Ranka Nikolić

MORD IM OLIVENHAIN

Buch

Der bekannte Wunderheiler Damjan wird auf seinem Anwesen, in der Nähe von Rijeka, von seiner Nachbarin Nada Kinkela ermordet aufgefunden. Jeder in der Region Kvarner hat schon von Damjan und seinen wundersamen Heilmethoden gehört. Er war sehr erfolgreich und hatte viele Patienten, die fest an ihn und seine Fähigkeiten geglaubt haben. Seine beiden Mitarbeiter Gordan und Miki haben ihn bewundert, für sie war Damjan ein Halbgott. Ein heikler Fall für Sandra Horvat, die dagegen so gar nichts fürs Handauflegen und ähnliche Heilmethoden übrig hat. Die Liste der Verdächtigen ist lang, denn Damjans falsche Versprechen und Experimente haben auch Enttäuschung und Verzweiflung gesät. Ein Patient ist sogar gestorben, weil er der Schulmedizin den Rücken kehrte. Die Presse, allen voran die Journalistin Mirta Car, stürzt sich auf den Fall, und Sandra gerät immer mehr unter Druck. Doch nicht nur die schwierigen Ermittlungen beschäftigen sie, auch die Gefühle ihrem Kollegen Danijel Sedlar gegenüber verwirren sie mehr, als ihr lieb ist …

Autorin

Ranka Nikolić wurde 1966 in Rijeka geboren, kam im Alter von drei Jahren nach Deutschland und lebt heute mit ihrer Familie in München – allerdings nicht, ohne ihrer Heimat Kroatien, der sie sich nach wie vor sehr verbunden fühlt, mindestens drei Besuche im Jahr abzustatten. Sie begann bereits als Jugendliche mit dem Schreiben von Gedichten und Kurzgeschichten und gibt ihre Erfahrung heute als Leiterin von Schreibseminaren weiter. Nach Mord mit Meerblick erscheint mit Mord im Olivenhain der zweite Band ihrer Kroatien-Krimireihe im Blanvalet Verlag.

Von Ranka Nikolić bereits erschienen

Mord mit Meerblick

Ranka Nikolić

MORD IM OLIVENHAIN

Ein Kroatien-Krimi

blanvalet

MIX
Papier aus verantwortungsvollen Quellen
FSC® C014496

Verlagsgruppe Random House FSC® N001967

2. Auflage

Dieses Werk wurde vermittelt durch die
Literaturagentur Kai Gathemann.

Neumarkterstr. 28, 81673 München
Redaktion: Ulrike Gallwitz
Umschlaggestaltung: www.buerosued.de
Umschlagmotiv: mauritius images/Stefan Sassenrath
Karte: © Jürgen Speh
JaB · Herstellung: sam
Satz: KompetenzCenter, Mönchengladbach
Druck und Bindung: GGP Media GmbH, Pößneck
Printed in Germany
978-3-7341-0572-2

www.blanvalet.de

Lakše se žrtvovati za ljude nego ih voljeti.

Es ist leichter, sich für die Menschen zu opfern,
als sie zu lieben.

Janko Polić Kamov, Schriftsteller,
geb. 1886 in Rijeka

RIJEKA
IN DER
KVARNER BUCHT
N
W
O
S
ZAGREB
160 km
OPATIJA
RIJEKA
BAKAR
LOVRAN
PULA
108 km
CRIKVENICA
ZADAR
293 km
DUBROVNIK
607 km
MALINSKA
CRES
KRK

Sämtliche Orte, Geschäfte und Lokale im Buch sind real. Nur das Dorf *Malnari* ist fiktiv. Sollte es in Kroatien tatsächlich ein Dorf dieses Namens geben, so hat dies nichts mit der Geschichte in diesem Buch zu tun und ist rein zufällig.

Personenregister

Die Hauptfiguren:

Sandra Horvat, die ermittelnde Inspektorin der Mordkommission in Rijeka. Sie liebt ihren Job und ihre Stadt, erledigt ihre Arbeit rational, trotzdem nicht ohne Empathie.

Danijel Sedlar, der Neue im Revier. Er ist attraktiv, intelligent und verhält sich manchmal noch ungelenk. Da er das Kino liebt, vergleicht er Menschen gerne mit Schauspielern oder Filmfiguren.

Mihajlo Zelenika, Sandras exzentrischer Kollege serbischer Abstammung. Sein derber Humor lockert so manche Situation auf.

Jakov Milić, ein weiterer Kollege von Sandra, der seinem Kollegen Zelenika nie einen bissigen Kommentar schuldig bleibt. Er ist ein Muttersöhnchen und wohnt im Hotel Mama – und er steht dazu.

Vladimir Mandić, Sandras eigenwilliger, aber fairer Vorgesetzter.

Ika, die Polizeirevier-Putzfrau: eine gute Seele, die ihre eigene Art hat, mit dem Leben fertig zu werden.

Nataša Horvat, Sandras Schwester, die sich ihre eigene Realität schafft.

Irma Horvat, Sandras Mutter, die es nicht lassen kann, an ihren Kindern herumzunörgeln und sie weiterhin zu erziehen.

Pavle Horvat, Sandras Vater, ein Mann weniger Worte, der zu seinen Kindern nie eine Verbindung aufbauen konnte.

Weitere Personen:

Jelena Jurić, Freundin und Nachbarin von Sandra, ist in München aufgewachsen, arbeitet als Kellnerin und hat für Sandra stets ein offenes Ohr.

Tamara Ibrahimović, Schreibkraft bei der Mordkommission, spricht ausschließlich im Telegrammstil.

Ilija Perica, Gerichtsmediziner, lässt sich gerne um seine Meinung bitten.

Sikirica arbeitet bei der Spurensicherung, mit seinen gerade mal einssechzig kann man ihn schnell übersehen.

Sowie:

Damjan Martinović, Mordopfer

Gordan Dedić, Mitbewohner und ehemaliger Buchhalter Damjans, dessen Hauptbeschäftigung darin liegt, die Welt und die Menschen zu studieren.

Daria Dedić, Gordans hübsche und unterkühlte Ehefrau.

Andrija Martinović, Damjans Bruder und Mitbewohner, der in Selbstmitleid versinkt.

Benedikta Saršon, die alte Frau, die in Damjans Haus wohnt, war in der Mittelschule seine Lehrerin – und seine treue Stammpatientin.

Rafael Mohorović, Mitbewohner Damjans, der kocht und das Haus sauber hält. Wie es aussieht, lebt er damit einen Traum.

Mladen Višković, Mitbewohner Damjans und ehemaliger Strafgefangener, dessen IQ unter dem Durchschnitt liegen dürfte.

Tilda Medica, 18 Jahre alt und wegen Streitigkeiten von zu Hause ausgezogen, hat große Pläne für die Zukunft und lebt in Damjans Haus.

Danica Petrinac, deren Mann starb, weil er an Damjan und seine Wunderheilung glaubte und der Schulmedizin den Rücken kehrte.

Kata Vrdoljak, Patientin Damjans, die damit drohte, ihn wegen Stalkings anzuzeigen.

Miki Stanić, Damjans Angestellter in der »Praxis« und sein Bewunderer.

Kristijan Kopljar, Damjans Hausarzt.

Mirta Car, ehrgeizige und hartnäckige Journalistin.

Marko De Santis, Dorfpfarrer, für den Damjan ein krimineller, aber sympathischer Verführer war.

Nada Kinkela, Nachbarin Damjans und Entdeckerin der Leiche.

I

Die Menschen glauben, alle Mörder seien Monster. Ich bin kein Monster, sondern setze meine Ziele nur etwas drastischer um als andere. Im Grunde ist es der Weg des geringeren Widerstands, weil es die schnellste Art ist, Probleme zu lösen. Gleichzeitig erlöse ich die Menschen von ihren Qualen und schicke sie in die bessere Welt, in der sie sich von ihrem Elend befreien können.

Sicher, es ist ein bisschen primitiv. Aber nur, weil ich eine unbedeutende Ameise unter sieben Milliarden Ameisen bin. Würde ich einen Staat führen und ein anderes Land erobern oder ausbeuten, würde man mir trotz tausendfacher Morde später Denkmäler errichten. Ich halte die Menschen zum Großteil für Idioten, die Egomanen bewundern und ihnen gehorchen, sich Regeln unterwerfen, die vermeintlich kluge Menschen aufgestellt haben. Wenn etwas einen Millimeter vom Pfad der Normalität abweicht, werden sie nervös und verurteilend und zeigen mit dem Finger auf andere. Die Normalität, eine konstante Massenbewegung. Aber eine andere Welt steht mir leider nicht zur Verfügung. Es ist mein Schicksal, mit all diesen Idioten hier zurechtkommen zu müssen. Ich hasse die Menschen nicht, empfinde sie nur als lächerlich, weil sie so uner-

träglich angepasst sind, sich gleichzeitig aber als Individualisten sehen. Es gibt ein paar Rebellen auf dieser Welt, nur hört man ihnen nicht zu. Man beschimpft und verhöhnt sie. Aber nach ihrem Tod benennt man Straßen nach ihnen und sagt, sie wären ihrer Zeit voraus gewesen.

Der erste Mord ist der schwerste. Jedenfalls war es bei mir so. Es hat mich Überwindung gekostet und mich lange Zeit verfolgt. Das Bild ging mir wochenlang nicht aus dem Kopf. Trotzdem mischten sich auch Gefühle der Erleichterung darunter, und ich empfand tiefe Zufriedenheit. Die guten und schlechten Gefühle kamen in Intervallen, Traurigkeit und Glück. Danach lief es besser. Ich hatte jedes Mal gute Gründe dafür, aber das sagen wahrscheinlich alle Mörder. Es klingt nach einer Ausrede, aber ich habe meinen Opfern einen Gefallen getan, habe sie erlöst. Sie litten, jeder auf seine Weise, unter ihren Angewohnheiten, ihren Schwächen und ihrem unterentwickelten Charakter. Keinen meiner Morde habe ich aus einem einzigen Grund begangen, vielmehr war es eine Anhäufung von Gründen, bis der Auslöser zur Vollstreckung geschah. Wenn der Damm bricht, kommt die Flut. Danach gibt es kein Zurück mehr.

Es ist ein heißer Sommer, trotzdem fröstelt es mich. Mit zitternden Fingern ziehe ich das Laken bis zum Hals. Es ist jedes Mal dasselbe. Das Frösteln hält etwa zwei Stunden an, dann breitet sich dieses vertraute Gefühl aus: die Mischung aus Zufriedenheit und Traurigkeit. Das zufriedene Gefühl, den Plan umgesetzt und das Ziel erreicht zu haben. Nach jedem Mord habe ich aber auch ein schlechtes Gewissen, mal mehr, mal weniger. Das Gewissen ist eine lästige Empfindung und genau genommen unnütz, weil sie eintritt, nachdem das Ereignis stattgefunden hat. Zumindest ist es bei mir so.

Der Plan ist nur dann gelungen umgesetzt, wenn das Mordmotiv nicht erkennbar ist. Alles andere wäre schwachsinnig, sonst käme man über kurz oder lang auf mich. Allerdings hatte jeder Mord auch einen gewissen Kick, weil ich jedes Mal hätte entdeckt werden können. Ich meine, wenn ich viel Pech gehabt hätte – aber das hatte ich nicht.

Das Frösteln lässt allmählich nach. Wer Damjan wohl finden wird? Bald wird die Polizei in Malnari sein. Wenn ich Glück habe, wird man es für einen Unfall oder für Selbstmord halten. Natürlich fiel es mir nicht leicht, ihn zu töten. Aber es ist für alle am besten so. Und ihm selbst habe ich ebenfalls einen großen Gefallen getan. Armer Damjan, hat er doch sein Bestes getan und war trotzdem unglücklich. So viele Menschen werden ihn vermissen. Auch ich.

2

Für Nada Kinkela war es die schönste Zeit des Tages. Gleich würde die Sonne aufgehen. Wie jeden Morgen um diese Zeit nahm sie eine Tasse frisch gebrühten Kaffees und ging damit auf ihre kleine Terrasse, um sich den Sonnenaufgang anzusehen. Noch immer standen die zwei Stühle neben dem runden Bistrotisch, dessen Platte mit kleinen Mosaiksteinchen verziert war. Nada nahm auf einem der beiden schwarzen Metallstühle Platz und warf einen Blick auf den anderen Stuhl, wie jeden Morgen. Er war leer und würde es bleiben. Ante und sie waren vor zehn Jahren zur gleichen Zeit pensioniert worden. Nada war früher immer um fünf Uhr aufgestanden, was die Arbeit in der Bäckerei mit sich brachte. Wie sehr hatte sie sich auf die Pensionierung gefreut, um endlich ausschlafen zu können. Aber ihr Körper war schon so darauf eingestellt, dass das Ausschlafen sich nur auf eine halbe Stunde mehr beschränkte. So waren Ante und sie immer gegen halb sechs aufgestanden, und in den Frühlings- und Sommermonaten hatten sie sich gemeinsam den Sonnenaufgang angesehen. Seit anderthalb Jahren war Ante tot. Während des Mittagessens war er einfach vornübergekippt. Seine linke Gesichtshälfte lag auf dem

Teller mit seinem Lieblingsessen, Kutteln mit Kartoffeln und Gemüse. Der Parmesan war überall verstreut, auf Antes Gesicht und auf dem Tisch.

Nada wandte den Blick vom Stuhl ab und sah zum Horizont. Fünfundsiebzig würde sie nächste Woche werden. Was, wenn sie neunzig Jahre alt würde? Das bedeutete noch fünfzehn Jahre Einsamkeit. Kinder hatten sie keine bekommen, warum auch immer. Ihre Eltern waren längst tot, und Geschwister hatte sie keine. Ihre Mutter hatte drei Fehlgeburten vor ihr gehabt, deshalb nannte die Mutter sie Nada, die Hoffnung. Und mit den Nachbarn … na ja, der Tratsch langweilte sie, aber so war eben das Dorfleben. Hin und wieder konnte sie mit den Frauen aus dem Dorf aber auch eine normale Unterhaltung führen, ohne dass es dabei um einen anderen Dorfbewohner ging. Eine richtige Freundschaft mit einer der Frauen hatte sie nie geschlossen, denn Ante und sie blieben am liebsten unter sich. Antes Bruder Alojz hatte einmal scherzhaft gemeint, wie perfekt Nada und Ante zusammenpassen würden, weil sich »zwei Exzentriker gefunden haben«. Ja, die Leute sind immer schnell bereit, anderen Etiketten anzuheften. Wahrscheinlich treibt sie das Bedürfnis, jeden in eine Schublade stecken zu müssen. Exzentrisch? So würde sie sich selbst nicht bezeichnen. Sie trug gerne farbenfrohe Kleider, und sie sprach aus, was sie dachte. Wie es aussah, genügte das, um als Exzentriker zu gelten.

Nun, sie ging jeden Sonntag in die Kirche, und auf ihre alten Tage ließ sie sich manchmal sogar auf ein

Klatsch-und-Tratsch-Pläuschchen ein, was sie früher immer als stumpfsinnig erachtet hatte. Man wurde eben älter. Das bedeutete nicht, dass man sich nun plötzlich für Dorfklatsch interessierte, sondern dass das Leben im Alter ruhig genug war, um jedes Ereignis als kleinen Aufreger zu empfinden.

Im Winter strickte sie Pullover und häkelte bunte Decken oder Spitzendeckchen. Vor ein paar Jahren hatte sie ein Seminar in Rijeka besucht: Internet für Senioren. Nada wollte lernen, wie sie ihre Handarbeiten im Internet verkaufen konnte. Sie konnte tatsächlich alles verkaufen, weil die Teile geschmackvoll und professionell gearbeitet waren. Wirklich lukrativ war das Ganze nicht, wenn man die Materialien und die investierte Zeit mitrechnete, aber es machte ihr Freude, und darauf kam es an.

Im Sommer nahm sie manchmal den Bus nach Crikvenica, verbrachte ein paar Stunden am Strand, bis die Touristen aus ihren Hotels und Appartementhäusern kamen, danach schlenderte sie durch Crikvenica, kaufte sich ein Eis, und manchmal gönnte sie sich ein Mittagessen. Nachdem Ante gestorben war, hatte sie überlegt, ob sie einen Teil des Hauses an Touristen vermieten sollte. Schließlich hatte sie aus zwei Gründen davon abgesehen. Sie wollte sich weder mit dem elenden Papierkram herumschlagen, noch war sie es gewohnt, fremde Menschen um sich zu haben. Nada schüttelte sich bei dem Gedanken. Nein, Alleinsein war nicht das Schlimmste, was sie sich vorstellen konnte. Ihr graute davor, ständig Menschen um sich herum zu haben, wie das bei ihrem Nachbarn Damjan und seinen merkwürdigen Mitbewohnern der Fall war.

Da war sie! Im Aufbruch. Ein kleines Wunder, jeden Tag. Niemals hätte Nada jemandem erzählt, wie sehr sie dieses Schauspiel berührte, dass es ihr vor Glückseligkeit manchmal die Tränen in die Augen trieb. Auch wenn Nada wusste, dass es sich im Grunde nur um einen riesengroßen Feuerball handelte, war die Sonne für sie eine liebe, treue Freundin geworden, auf die sie tagtäglich wartete. Der Himmel färbte sich orangerot, die Wolken wurden in ein warmes Licht getaucht, alles schien schon auf die Sonne zu warten. Als ob es in diesem Moment nichts Wichtigeres gäbe. Majestätisch und prachtvoll kam sie innerhalb weniger Minuten hervor, und als sie sich in ihrer ganzen Größe zeigte, war es beinahe wie eine rettende, schützende Hand, die einen aufatmen ließ.

Nada lehnte sich zufrieden zurück, nahm die Kaffeetasse vom Tisch und wollte sie zum Mund führen, als sie innehielt.

Jeden Morgen, nachdem der Tag hereingebrochen war, wandte sie den Kopf nach rechts und erblickte Damjan Martinović, der mit gekreuzten Beinen auf dem Felsen am Rande seines Olivenhains saß und in Richtung Meer meditierte. Damjans Haus war etwa zweihundert Meter von dem ihren entfernt.

Wo war er? Es war das erste Mal, dass Damjan nicht an der vertrauten Stelle saß und meditierte. Das tat er grundsätzlich jeden Tag, auch am Wochenende und bei

Bura[1] und Nieselregen. Sollte sie hinübergehen und nachsehen? Aber was, wenn er einfach nur verschlafen hatte? Dann würde sie dastehen wie eine neugierige Nachbarin, die ständig das Haus und das Leben der anderen im Blick hatte. Vielleicht sollte sie einfach warten, bis Rafael nach draußen kam. Normalerweise rief er Damjan zum Frühstück, meistens gegen halb sieben, wenn Damjan mit seiner Meditation fertig war und seine lächerliche Gymnastik machte. Ganz altmodisch mit Kniebeugen und Armwedeln. Manchmal ging er auch vom Felsen an seinem Grundstück aus die Steintreppen nach unten und lief am Strand entlang. Nada kannte im Wesentlichen den Tagesablauf der Hausbewohner. Sie war nicht übermäßig neugierig, eher brachte es die Tatsache mit sich, dass sie den ganzen Tag zu Hause war.

Möglicherweise war Damjan heute noch früher aufgestanden als sonst und ging bereits am Strand spazieren. Das Ganze ließ ihr keine Ruhe. Nada stellte die Kaffeetasse auf den Tisch und ging zum Nachbarhaus, um nach Damjan zu sehen. Seltsamerweise wusste sie es. Einfach aus einem Gefühl heraus. Sie wusste, dass mit Damjan etwas nicht stimmte. Seltsam, dass das Gefühl so stark war. Vielleicht hatte ihn sogar jemand getötet. Was sie dabei erschreckte, war die Erkenntnis, dass sie darüber nicht sonderlich überrascht gewesen wäre.

---

1 Kroatisch für den Fallwind Bora

3

Sandra Horvat putzte sich gerade die Zähne, als ihr Handy im Flur klingelte. Sie stellte das Duschradio leiser und spülte eilig aus, bevor sie aus dem Bad ging, um sich zu melden. Das Display zeigte: Zelenika.

»Guten Morgen, Horvat.« Ihr Kollege klang frisch und ausgeruht, ganz im Gegensatz zu ihr. Sandra war einfach kein Morgenmensch und würde vermutlich nie einer werden. An ihren freien Tagen nahm sie sich vor, früher aufzustehen, schlief dann aber jedes Mal bis neun Uhr weiter.

»Morgen«, brummte sie.

»Wir haben einen Mord. Also, fahr nicht ins Büro, sondern mach dich auf in Richtung Crikvenica.«

»Nach Crikvenica?«

»Nein, ich sagte *Richtung* Crikvenica. Das idyllische Mörderdörfchen liegt zwischen Jadranovo und Dramalj.«

»Und wie heißt das Mörderdörfchen?«, griff sie Zelenikas Ironie auf.

»Malnari. Gib's in dein Navi ein.«

»Großartiger Tipp, Kollege. Danke.«

»Gern geschehen. Übrigens, der Tote ist Damjan Martinović.«

Sandra brauchte ein paar Sekunden, bis sie den Namen einordnen konnte. »Der Wunderheiler?«

»Ganz genau.«

»Gut. Ich schütte nur schnell meinen Kaffee in den To-Go-Becher.«

»Was?«

»Meinen transportablen Plastik-Kaffeebecher. Du solltest lernen, mit der Zeit zu gehen.«

»Ach so. Also, ich bin auf dem Weg dorthin. Ich rufe gleich Milić und Sedlar an. Wir treffen uns dann dort. Das Dorf ist klein, richte dich einfach nach den Polizeiautos und der Menschenansammlung. Du kannst es nicht übersehen.«

»Warum hat Mandić dich und nicht zuerst mich angerufen?« Das wunderte Sandra, schließlich war sie als Inspektorin die Chefin von Zelenika, Milić und Sedlar, der vor Kurzem erst hinzugekommen war. Mandić leitete die Kriminalpolizei des MUP[2] und war ihrer aller Chef. Allerdings wurde normalerweise Sandra als Erste von ihm informiert. Oder ein Polizeibeamter aus der Zentrale übernahm diese Aufgabe, wobei auch hier Sandra zuerst über einen Mord in Kenntnis gesetzt wurde.

»Er sagt, er hat angerufen, aber du bist nicht ans Handy gegangen.«

»Das Radio war wohl zu laut, während ich unter der Dusche war. Durch das Wasserrauschen und die Musik habe ich es nicht gehört. Ich bin auf dem Weg.«

---

2 Ministarstvo unutarnjih poslova = Ministerium für innere Angelegenheiten

»Bis gleich.«

Zehn Minuten später saß Sandra im Auto. Sie setzte ihre Sonnenbrille auf und steckte den Kaffeebecher in den Getränkehalter neben sich. Das GPS zeigte für den eingegebenen Ort neunzehn Kilometer und zweiundzwanzig Minuten an. Als sie das Radio aufdrehte, ertönte *High Hopes* von Pink Floyd, definitiv Sandras Lieblingssong dieser Band. Deren Beliebtheit war in Kroatien seit Jahrzehnten konstant. Die meisten Kroaten unter sechzig besaßen mindestens ein Album von Pink Floyd.

Sie fuhr aus der Stadt in südlicher Richtung, dann an der Bucht von Bakar vorbei. In dieser Bucht hatten Fischer seit dem Mittelalter Thunfische in großem Stil gefangen, was heute nicht mehr stattfand. Aber die riesigen Holzleitern, die den Fischern als Beobachtungsposten gedient hatten, gab es immer noch. Bakar war ein entzückendes kleines Städtchen, das aus der Perspektive der Jadranska Magistrala[3] zunächst unspektakulär wirkte, umgeben von Bergen und Karst. Doch fernab der Hauptstraße hatte der Ort eine alte Geschichte und ein eigenes Flair.

Die restliche Fahrt brachte Sandra zügig hinter sich, da um diese Zeit auf der Strecke kein großer Andrang herrschte. Außerdem war es Ende August, und so allmählich reisten die Touristen wieder in ihre Heimat ab. Rechts von ihr lag in ein paar Kilometern Entfernung die Insel Krk, die, vom Festland aus gesehen, wie ein

3 Adriatische Küstenstraße

einsamer Gesteinsbrocken wirkte. Die Schönheit dieser Insel wurde einem erst ersichtlich, wenn man sie betrat. So als ob sie ihren natürlichen Glanz ganz bescheiden für sich behalten wollte.

In letzter Zeit verspürte Sandra eine ständige Müdigkeit, nicht gravierend, aber dennoch unterschwellig präsent. Sie war eindeutig urlaubsreif. In vier Tagen sollte es mit Jelena, ihrer Freundin und Nachbarin, nach Sardinien gehen. Zunächst hatten sie nach Sizilien gewollt, aber Sandras Mutter täuschte einen bevorstehenden Herzinfarkt vor, weil sie offenbar annahm, dass dort jeder zur Mafia gehörte. »Du bist ein Opfer der Medien«, hatte Sandra halb scherzhaft gesagt, aber ihre Mutter verstand in dieser Hinsicht keinen Spaß. »Reicht es denn nicht, dass du mich wegen deines Berufs noch ins Grab bringst! Kannst du nicht wenigstens deinen Urlaub an einem normalen Ort verbringen?« Also einigten sie sich auf Sardinien. Hauptsache, eine Zeit lang weg. In ein anderes Land zu fahren, bedeutete, nicht erreichbar zu sein. Sandra hätte sich auch gut vorstellen können, die Zeit in Istrien oder Dalmatien zu verbringen, aber das hätte ihr das Gefühl vermittelt, nicht wirklich weg zu sein. Zum Reisen war sie nie richtig gekommen. Als Kind war sie mit den Eltern immer irgendwohin in Kroatien gefahren, auf eine Insel oder ins Landesinnere, um Verwandte zu besuchen. Dann kam das Kriminalistik-Studium in Zagreb, und von da an war an einen ausgedehnten Auslandsurlaub nicht mehr zu denken. Sie hatte zweimal im Jahr je zwei Wochen Urlaub. Dann besuchte sie ihre Eltern oder ihre Schwester Nataša öfter – und versuchte die nicht immer harmonische Schwesternbeziehung einigermaßen aufrechtzuerhalten. Nataša war ganz anders als Sandra, eine Träumerin, die im *Vital Center* arbeitete, Yoga unterrichtete und für ihre Auswanderung nach Los Angeles sparte. Sie hatten dort Verwandte, die ihre Schwester zwar aufnehmen würden, aber wie sie sonst dort zurechtkommen sollte, darüber hatte Nataša sich keine großen Gedanken gemacht. Andererseits glaubte Sandra, dass ihre Schwester Angst vor diesem Schritt hatte, denn sonst hätte sie den Plan längst verwirklicht. Den Rest ihres Urlaubs investierte Sandra ins Shoppen, wozu sie ansonsten nicht kam, oder sie las die Bücher, für die sie normalerweise nie Zeit hatte, manchmal las sie auch Jane Austen ein zweites oder gar drittes Mal. Aber diesmal hatte Jelena es geschafft, sie zu überreden, wegzufliegen. Der Flug nach Sizilien war im Angebot gewesen, und sie sagte einfach Ja, als Jelena anfing, auf sie einzureden. Nun gut, Sardinien war etwas teurer. Strand und Sonne – wofür die meisten Menschen schwärmten – waren nicht unbedingt Sandras Vorstellung eines idealen Urlaubs. Sie wäre lieber nach Island oder Norwegen gefahren, aber das war zu teuer.

Ein kleiner Wegweiser in Form eines Pfeiles, der vor einer schmalen Straße nach rechts verwies, riss sie aus ihren Gedanken: Malnari.

Sandra war etwa hundertfünfzig Meter in den Weg hineingefahren, als sie schon die Polizeiautos und das weißblaue Absperrband entdeckte. Sie parkte neben Milićs Peugeot, stieg aus und ging auf ihre Kollegen zu.

Sie blickte sich um. Wenn es so etwas wie die perfekte Idylle gab, dann war es das hier. Ein Anwesen mit einem großen Steinhaus und einem Olivenhain, durch den sie gerade hindurchging. Weiter hinten, in der Nähe des Hauses, erblickte sie einen interessanten Baum, an dem große Früchte hingen. Waren das Mangos? Hinter dem Mangobaum waren zwei große Feigenbäume zu sehen, die satte und blauviolette Früchte trugen.

Sandra war es gewohnt, dass nach einer Tötung eine Ansammlung von Menschen herumstand, und in diesem Fall war es nicht anders. Allerdings konnte sie das Mordopfer nirgends entdecken. Ein paar uniformierte Polizisten sprachen gerade mit Perica, dem Gerichtsmediziner, der dabei war, sich den Schutzoverall überzuziehen. Der Fotograf, die Kriminaltechnikerin und Sikirica von der Spurensicherung hatten dies bereits erledigt. Sikirica nahm seinen Ausrüstungskoffer und wartete auf Perica. Beim Anblick von Sikirica musste Sandra lächeln, ohne dass sie es wollte. Mit seiner kleinen Statur sah er aus, als habe er sich ausnahmsweise in die Erwachsenenwelt begeben, um ein wenig mitzumischen. Sikirica war schüchtern und redete nicht viel. Ganz anders dagegen Perica! So sehr Sandra den Gerichtsmediziner schätzte, blieb es ihr doch nicht verborgen, wie sehr er jedes Mal seinen Auftritt genoss. Pericas Kompetenz stand außer Frage, aber sein In-Szene-Setzen konnte manchmal anstrengend werden. Zum Glück war er kein Rockstar geworden, denn vor einem Publikum mit fünfzigtausend Leuten aufzutreten, wäre für ihn einfach zu viel Egofutter. Perica würde durchdrehen und sich gottgleich fühlen. Einmal hatte ihn Tamara, die Schreibkraft bei der Mordkommission und Mandićs Sekretärin, gefragt, warum er »eigentlich nicht Arzt geworden« sei. Perica grüßte Tamara seitdem nicht mehr, wenn er im Präsidium war, sondern nickte ihr nur überheblich zu.

Milić und Sedlar sprachen gerade über etwas. Zelenika stand mit seinen breiten Schultern und seiner imposanten Körpergröße vor einer Frau, die sich den Hals ausrenkte, während sie sich mit ihm unterhielt.

»Morgen«, grüßte Sandra in die Runde.

»Guten Morgen«, gab Perica den Gruß zurück.

Der Fotograf und die Uniformierten murmelten überlappende Begrüßungen.

Sikirica nickte lächelnd und sah dann schüchtern weg. Zelenika war fest davon überzeugt, dass Sikirica ein bisschen verliebt in Sandra war. Sie fand ihn süß, aber der Mann war fast einen Kopf kleiner als sie. Sandra war sich nicht sicher, ob es wirklich gut war, wenn man einen Mann süß fand, so als sei er ein Welpe. Andererseits gefiel es ihr, wenn ein Mann Wesenszüge hatte, die sie süß fand. Aber ein Date mit Sikirica? Die Vorstellung war beinahe genauso grässlich wie die Vorstellung, mit ihrem Team in der Sauna zu sitzen. Obwohl, mit Sedlar … Vielleicht war der Kaffee vorhin zu stark gewesen!

Milić und Sedlar kamen auf sie zu. Nach einem kurzen Gruß fragte Sandra: »Wo ist die Leiche?«

»Unten«, erklärte Sedlar und sah sie an. Als er vor

nicht allzu langer Zeit zum ersten Mal durch ihre Bürotür gekommen war, hatte sie ihn sehr attraktiv gefunden, dann aber erfahren, dass er verheiratet war. Offenbar in einer unglücklichen Ehe, aber verheiratet. Was im Grunde egal war, denn mit einem Kollegen aus dem Team privat zusammen zu sein, wäre unvernünftig – und für Mandić würde das ebenfalls ein Problem darstellen. Ihr Chef war ein netter Kerl, aber konservativ wie ein alter Mönch. Von dem Du, das Sedlar ihr nach dem ersten gemeinsam gelösten Fall angeboten hatte, war sie daher schnell wieder abgerückt.

»Unten? Was heißt das?«, wollte Sandra wissen.

Sedlar zeigte über den Abhang, an dem sie standen. Rechts von Sandra befand sich das Haus, etwa in zwanzig Meter Entfernung. Links erstreckte sich ein Felsen, der oben gewölbt war und dann steil in den Abgrund verlief. Sie erblickte eine Treppe, die nach unten zum Strand führte und mit Steinplatten ausgelegt war. Sandra tat ein paar Schritte nach links und sah hinunter. Das waren mindestens dreißig Meter bis zum Boden. Drei Leute von der Spurensicherung waren dort beschäftigt und warteten auf Perica und Sikirica. Auch hier hatten die Beamten schon eine Absperrung errichtet. Dann erblickte sie den Toten. Er lag seitlich, der Kopf war voller Blut und das Gesicht kaum zu erkennen. Das weiße Gewand, das er trug, flatterte leicht, bedingt durch den frischen Morgenwind. Vom Kragen bis zur Brust hatte sich das ursprüngliche Rot des Blutes bereits bräunlich gefärbt. Sandra besah sich die Umgebung, es war ein bezaubernder kleiner Strand, möglicherweise Privateigentum von Damjan Martinović. Perica, Sikirica, die Kriminaltechnikerin und der Fotograf nahmen die Steintreppe nach unten, um die Leiche zu untersuchen.

Sandra ging wieder zu Milić und Sedlar. »Könnte das Ganze nicht auch Selbstmord gewesen sein? Er könnte Anlauf genommen und sich vom Felsen gestürzt haben. Schließlich kommt so etwas vor. Warum also nicht auch hier?«

»Theoretisch schon«, meinte Milić, »aber seine Mitbewohner sind sich einig, dass er sich niemals töten würde. Das heißt, bis auf einen …« Milić warf einen Blick in seinen Notizblock. »Mladen Višković. Er sagt als Einziger, dass er sich vorstellen könne, es sei Selbstmord.«

»Interessant«, kommentierte Sandra.

»Das finde ich auch«, ergänzte Sedlar. »Macht er sich damit nicht automatisch verdächtig?«

Sandra machte eine relativierende Handbewegung. »Immer langsam, Sedlar. Sie nehmen immer gleich drei Stufen auf einmal. Wie ist das? In diesem Haus wohnen mehrere Leute?«

»So ist es«, bestätigte Milić, »aber wir sind ja erst seit zwanzig Minuten hier. Mehr konnte ich bisher nicht herausfinden.«

»Wer hat ihn gefunden?«

»Die bunte Frau, mit der Zelenika gerade spricht.«

In dieser Sekunde drehte Zelenika sich um, wandte sich dann kurz wieder seiner Gesprächspartnerin zu und sagte etwas zu ihr. Schließlich kam er zu ihnen herüber. »Wunderschönen Morgen, Horvat. Also, die Frau sieht das Opfer normalerweise jeden Morgen beim Meditieren auf dem Felsen vorm Olivenhain, mit Blick aufs Meer, sagt sie. Sie wohnt da drüben.« Zelenika zeigte auf ein kleines beigefarbenes Haus mit dunkelbraunen Fensterläden, das auf einer leichten Anhöhe lag. »Ihr Name ist Nada Kinkela.«

»Sie sieht aus wie Ruth Gordon«, kommentierte Sedlar. Sandra kam es vor, als würde Sedlar jede Filmfigur kennen. Jedenfalls verglich er manchmal reale Personen mit Filmfiguren. Laut Sedlar war Sandra eine Mischung aus Jamie Lee Curtis und Debra Winger – als sie noch jung waren. Von Letzterem ging sie zumindest aus, schließlich war sie gerade mal siebenunddreißig.

»Wer ist Ruth Gordon?«, wollte Zelenika wissen.

»Harold und Maude. Darin sind eine Achtzigjährige und ein Zwanzigjähriger ein Liebespaar und …«

Zelenika musterte ihn von oben bis unten. »Du brauchst professionelle Hilfe, Kumpel, wenn du solche Filme …«

Sedlar lächelte. »Das ist ein Kultfilm.«

»Ja, unter Perversen vielleicht.« Zelenika wandte sich wieder Sandra zu. »Na, jedenfalls wartet sie jeden Morgen auf ihrer Terrasse auf den Sonnenaufgang, sagt sie, und jeden Morgen sieht sie auch Stjepan Martinović beim Meditieren.«

»Wen?«

»Stjepan Martinović ist sein richtiger Name. Damjan ist ein Pseudonym. Einer dieser Mitbewohner von ihm hat mir gerade erklärt, dass er sich den Namen zugelegt hat, weil es ›Großer Mann‹ oder so was bedeutet. Witzig. Der Mann war nämlich sehr klein. Aber vielleicht gerade deshalb das aufgeblähte Pseudonym.«

»Unheimlich«, kommentierte Sedlar. »Damien ist der kleine, böse Junge aus dem zweiten Teil von *Das Omen.*«

Zelenika war kein Filmliebhaber. »Aha. Ein Horrorfilm?«

»Ja.«

»Dann wollte er vielleicht auch mystisch erscheinen.«

Milić, der dem Schlagabtausch seiner Kollegen schweigend zugehört hatte, runzelte nachdenklich die Stirn. »Die Nachbarin wartet jeden Morgen auf den Sonnenaufgang? Warum?«

Zelenika sah ihn verständnislos an. »Warum? Keine Ahnung. Ist ja auch egal. Meinetwegen wartet sie auf Sonne, Mond und Sterne. Ich werde sie kaum fragen, warum sie das macht.«

Milić verdrehte die Augen. »Reg dich nicht gleich auf. Ich dachte, es hätte irgendeinen bestimmten Grund.«

»Sie hat ihn also heute Morgen nicht gesehen«, lenkte Sandra das Gespräch wieder auf den Fall. Zelenika war seit ein paar Wochen trocken, und deshalb war er in letzter Zeit noch kratzbürstiger als sonst. Das ließ er hauptsächlich an Milić aus. Die beiden verband eine Art Hassliebe, was sie niemals zugegeben hätten, jedenfalls nicht den Teil mit *Liebe*.

»Also ... sie sagt, wenn es hell wird, kann sie ihn

sehen, beim Meditieren. Aber heute Morgen war er nicht da und das sei das allererste Mal gewesen.«

»Gehen wir zu ihr«, befahl Sandra.

Während sie und ihr Team auf die zierliche Frau zugingen, beobachtete Sandra, dass ein paar Leute, die zwischen Martinovićs und Kinkelas Haus im Olivenhain standen, weinten und sich gegenseitig Trost spendeten. Vermutlich die Mitbewohner des Toten.

»Frau Kinkela?«

Die Frau sah tatsächlich etwas seltsam aus mit ihrem grauschwarzen Dutt und dem knallroten Sommerkleid mit pinkfarbenen Punkten. Der orangefarbene Lippenstift tat ein Übriges dazu. Ihr Gesichtsausdruck wirkte selbstsicher, beinahe trotzig.

»Ja?« Nada Kinkelas Augen fixierten neugierig Sandras Gesicht.

»Ich bin Inspektorin Sandra Horvat und führe die Ermittlungen.«

»Ah ja«, meinte Nada Kinkela lapidar.

»Sie haben von Ihrer Terrasse aus einen guten Einblick in Herrn Martinovićs Anwesen. Er war heute das erste Mal nicht beim Meditieren?«

»Ganz recht. Normalerweise tut er das ausnahmslos jeden Morgen. Danach macht er seine Gymnastik. Ich wusste sofort, dass etwas nicht stimmt. Seltsam, aber ich habe gleich das Schlimmste angenommen.«

»Warum?«

Die Nachbarin dachte ein paar Sekunden darüber nach, dann meinte sie: »Ich kann es nicht erklären, aber es war so.«

»Hmm, etwas unüblich. Vielleicht möchten Sie noch mal darüber nachdenken, warum Sie so empfunden haben?«

Nada Kinkela nickte. »Das würde ich auch tun, ohne dass Sie mich darum bitten.« Im nächsten Moment fügte sie hinzu: »Entschuldigen Sie, es klang harscher als beabsichtigt. Ich wollte damit nur sagen, dass ich es selbst merkwürdig finde.«

»Schon gut, Frau Kinkela. Sie sind also hierhergekommen, um nachzusehen?«

»Genau. Ich dachte, vielleicht ist er unten am Strand. Dann blickte ich über den Felsen und … entdeckte ihn. Die Sache war offensichtlich. Es war nicht nötig, die Stufen nach unten zu gehen und seinen Puls zu fühlen.« Nada Kinkela nahm einen tiefen Atemzug. »Also klingelte ich, und Rafael machte die Tür auf. Er trug seine Schürze, weil er immer das Frühstück vorbereitet.« Sie blickte von einem zum anderen. »Ich bin Rentnerin und den ganzen Tag zu Hause. Im Sommer sitze ich morgens auf der Terrasse und trinke meinen Kaffee. Natürlich entgehen mir gewisse Dinge nicht. Zwangsläufig. Ich bin nämlich nicht neugierig. Das Leben anderer Leute interessiert mich nicht besonders.«

»Sie müssen sich nicht rechtfertigen«, sagte Zelenika. »Wenn Sie Nachbarn sind, bekommen Sie vieles mit, ob Sie wollen oder nicht.«

Nach Zelenikas Worten sah die alte Dame erleichtert aus.

»Gut, ich danke Ihnen fürs Erste«, sagte Sandra. »Vielleicht kommen wir noch mal auf Sie zu.«

»Das können Sie, Frau Horvat. Aber ich kann Ihnen leider nicht mehr sagen. Kann ich wieder nach Hause gehen?«

»Natürlich, gehen Sie nur.« Nachdem Martinovićs Nachbarin sich von ihnen entfernt hatte, sagte Sandra: »Ich möchte, dass alle, die in diesem Haus wohnen, hineingehen. Wir können sie dann dort befragen. Zelenika?« Im nächsten Moment entfernte sich Zelenika und ging zu den weinenden Leuten. »Versammeln Sie sich bitte im Wohnzimmer, wir kommen gleich nach«, hörte sie ihn sagen.

Außer den Beamten blieb nur eine Person übrig. Ein Mann mittleren Alters mit schütterem, dunklem Haar und leicht eingefallenen Wangen. »Sie wohnen nicht in diesem Haus?«, fragte Sandra.

Der Mann schüttelte den Kopf.

»Und wer sind Sie?«

»Ich bin der Pfarrer im Dorf.«

Zelenika stieß gerade wieder zu ihnen und hatte die Worte gehört. Die vier sahen den Pfarrer erstaunt an, was hauptsächlich an seinem Erscheinungsbild lag: schwarze Jeans, grauweißes Hemd und Adidas-Sneaker.

»So so«, meinte Zelenika. »Ich muss zugeben, dass ich in meinem Leben nicht vielen Geistlichen begegnet bin, aber ich habe sie mir im Outfit immer konservativ vorgestellt.«

Der Pfarrer lächelte, sagte aber nichts.

»Wir sind von der Kriminalpolizei Rijeka. Ich bin Inspektor Sandra Horvat. Das sind meine Kollegen, Jakov Milić, Danijel Sedlar und Mihajlo Zelenika.«

»Mihajlo Zelenika?«, hakte der Pfarrer nach. »Sind Sie Serbe?«

Zelenika sah etwas überrascht aus. »Na ja, ich bin serbischer Herkunft, aber kroatischer Staatsbürger. Sonst würde ich kaum bei den kroatischen Bullen arbeiten.« Er holte ein Päckchen Kaugummi aus seiner Hosentasche und warf einen der Drops in den Mund. »In der Politik war nichts mehr frei, um für Recht und Ordnung zu sorgen. Also bin ich zur Polizei.«

Der Pfarrer nickte irritiert und fragte sich wahrscheinlich gerade, ob Zelenika das ernst meinte.

»Warum fragen Sie?«, wollte Zelenika wissen.

»Ihr Name. Und weil Sie sagten, dass Sie nicht oft einem Geistlichen begegnet sind. Aber so ist es klar.«

Zelenika runzelte die Stirn. »Ich persönlich bin Atheist. Aber die Serben haben den orthodoxen Glauben und ihren Popen.«

»Das weiß ich doch.« Der Pfarrer wurde leicht rot. »Ich meinte nur, dass früher im Kommunismus ...«

»Jetzt drehen wir das Rad der Zeit aber gewaltig zurück, was?«, griff Sandra ein. »Wie ist denn Ihr Name, bitte?«

»Marko De Santis.«

»De Santis?«, fragte Zelenika. »Also, mit dem Nachnamen mussten Sie ja Pfarrer werden.«

De Santis machte ein säuerliches Gesicht. »Ach, wenn ich doch nur jedes Mal eine Kuna bekommen würde, wenn ich diesen Witz höre.«

»Geld ist wohl das Einzige, woran die Kirche denken kann«, kommentierte Zelenika.

Im Gesicht des Pfarrers war tatsächlich ein leichtes Schmunzeln zu erkennen, wie Sandra bemerkte. Konnte es sein, dass Zelenika ihm irgendwie sympathisch war?

Zelenika nickte ihm fragend zu: »Der Name ist doch italienisch, oder?«

»Ja.«

»Sind Sie Italiener?«

»Ich bin auf die Art Italiener, auf die Sie Serbe sind.«

»Verstehe. Marco mit C?«, erkundigte sich Zelenika und zückte den Stift.

»Nein, mit C ist es italienisch. Mit K bitte, ich bin Kroate.«

Sandra schloss für zwei Sekunden die Augen. »Warum sind Sie hier, Velečasni[4]?«

»Ich habe die Polizeiautos gesehen, dann bin ich hergekommen und habe erfahren, dass Herr Martinović tot ist.«

»Kannten Sie ihn?«

Er zuckte die Schultern. »Ein bisschen.«

»Was heißt das?«, hakte Sedlar nach.

»Manchmal kam er in die Kirche.« Der Pfarrer lächelte. »Aber nie zum Gottesdienst, er setzte sich in die hinterste Reihe und starrte vor sich hin, manchmal eine ganze Stunde lang. Einmal hatte ich eine längere Unterhaltung mit ihm, weil er mich geradezu entschuldigend ansah und sagte, er sei kein guter Katholik, aber eigentlich wüsste er gar nicht, was er sei.«

»Und was haben Sie darauf gesagt?«

---

4 Hochwürden

»Ich sagte, dass meine Kirche jedem offen stünde und er sich nicht zu erklären brauche.«

»Hmm, das ist nett von Ihnen«, bemerkte Zelenika.

»Nun, ich tue mein Bestes, wissen Sie. Diese sogenannte Wunderheilung … also … davon halte ich natürlich überhaupt nichts. Meines Erachtens ist das, was er tut … äh … tat, geradezu kriminell. Aber es steht mir nicht zu, darüber zu urteilen. Das sollten wir Gott überlassen.« Er blickte von einem zum anderen. »Und der Polizei. Aber deshalb sind Sie ja nicht hier, sondern wegen seines Todes.« Er senkte den Kopf. »Furchtbar.«

»Wann fand dieses Gespräch mit Herrn Martinović denn statt?«, fragte Sandra.

»Vor etwa zwei Monaten.«

»Und worüber haben Sie noch mit ihm gesprochen?«

De Santis dachte eine Weile nach. »Er sagte, dass er mit seinen achtundvierzig Jahren immer noch nicht wüsste, wohin er gehen solle. Als ich nachhakte, meinte er, dass er an das Karma glaube und dass wir die Sünden aus unseren vorigen Leben wiedergutmachen müssten, dass jeder Mensch seine Aufgabe in diesem Leben habe. Aber dann äußerte er, dass er seine Aufgabe nicht wirklich kenne und nicht herausgefunden habe, was seine Mission sei.« Der Pfarrer schnaufte. »Er schien mir sehr verwirrt. Ich sagte ihm, dass dieses Karmazeug Blödsinn sei, aber er schüttelte heftig den Kopf. Er sagte, alles andere ergäbe für ihn keinen Sinn. Natürlich versuchte ich, ihn davon zu überzeugen, dass es noch immer nicht zu spät wäre, seinem katholischen Glauben zu folgen.«

»Was hat er darauf gesagt?«

»Das käme für ihn überhaupt nicht infrage. Natürlich wollte ich wissen, warum er dann bei mir in der Kirche sitzt. Er sagte, wegen seiner Großmutter. Die habe er geliebt, und ihr musste er versprechen, dass er manchmal eine Kerze für sie anzünden und in der Kirche für sie beten würde.« De Santis blickte von einem zum anderen. »Wissen Sie, ich fand ihn nett. Sehr zugänglich und freundlich. Aber da war so etwas in ihm, wie soll ich sagen ... etwas Gebrochenes, Verzweifeltes. Allerdings bin ich kein Psychologe. Ich schildere nur meinen Eindruck.«

Sandra nickte. »Wir sind Ihnen sehr dankbar, Velečasni.« Sie nahm ihre Karte aus der Hosentasche. »Rufen Sie mich bitte an, wenn Ihnen noch etwas einfällt.«

»Selbstverständlich.« Gedankenverloren strich De Santis über die Visitenkarte, dann meinte er: »Ich glaube, er war kein schlechter Mensch, wissen Sie. Aber aus irgendeinem Grund hat er sich eingebildet, er könne durch Berührung die Menschen heilen. Entweder war er bewusst ein Betrüger oder er war hochgradig gestört.«

Sandra überlegte, dann fragte sie: »Und was ist Ihre Vermutung?«

Der Pfarrer hob den Kopf und sah sie an. »Ich denke, es war das Letztere.«

4

Im Wohnzimmer befand sich eine riesengroße dunkelbraune Couch in Hufeisenform. Sandra und ihre Kollegen blickten auf die Hausbewohner, die dort saßen und entweder traurig auf den Boden starrten oder sich die Tränen aus dem Gesicht wischten. Nachdem Sandra sich und ihr Team vorgestellt hatte, hob eine Frau den Arm nach oben und sah Sandra erwartungsvoll an.

»Ja?«

»Ich habe eine Frage«, sagte die Frau. Sie hatte ein hübsches Gesicht, langes brünettes Haar und Sandra schätzte sie auf Anfang dreißig.

»Sie können uns alles fragen«, erläuterte Zelenika, »aber es ist wirklich nicht nötig, dass Sie sich dafür melden wie in der Schule.«

»Ach so, Entschuldigung.« Es schien ihr nicht peinlich zu sein. Sie wirkte selbstbewusst und hatte einen offenen Blick.

»Was möchten Sie wissen?«, kam es von Sandra.

»Dürfte ich fragen, wie lange das hier dauern wird?«

Diejenigen, die zuvor geschluchzt hatten, hielten inne und starrten sie an. Genau genommen starrten alle die junge Frau an, aber keiner sagte etwas. Also ergriff sie selbst das Wort: »Ich möchte wirklich nicht herzlos erscheinen. Mein Herz ist gebrochen, weil Damjan tot ist, aber ich habe meinen Arbeitsplatz erst seit zwei Wochen …« Stolz fügte sie hinzu: »Bei dm, wissen Sie. Ich möchte nicht nach zwei Wochen dort anrufen und sagen, dass ich nicht zur Arbeit komme.«

Zelenika atmete hörbar aus. »Also, man muss ja als Chef wirklich ein Arschloch sein, wenn ein Angestellter sagt, dass es in seinem Umfeld einen Todesfall gab – und man ihn trotzdem auffordert, sofort zur Arbeit zu erscheinen.«

»Ich habe doch schon angerufen und Bescheid gegeben. Sie wollten wissen, ob das ein naher Verwandter ist, aber ich habe geantwortet, dass es der Mann ist, bei dem ich wohne. Dann sagte meine Vorgesetzte: ›Ich denke, Sie sind verheiratet?‹ Darauf musste ich dann sagen, dass es der Mann ist, bei dem mein Mann und ich leben … dann wollte sie wissen, ob das mein Schwiegervater sei, und ich sagte Nein …« Die Frau schlug die Hände über dem Kopf zusammen und rief: »Ganz klar, die werden mich feuern.«

»Hören Sie mir bitte zu.« Sandra bemühte sich um einen milden Tonfall. »Uns ist durchaus bewusst, dass Sie alle Ihre Verpflichtungen haben, denen Sie nachgehen müssen. Niemand versteht das besser als ich. Wenn ich meinen Chef anrufen und ihm erzählen würde, dass ein Nachbar oder entfernter Verwandter gestorben ist und ich deshalb zu Hause bleibe, würde er mir gehörig die Leviten lesen.«

Die Frau sah sie dankbar und erleichtert an. Ihre Kollegen dagegen wirkten irritiert. »Was denn?«, rief

Sandra. »Ist es nicht so?« Sie wandte sich wieder der Gruppe zu, die sie allesamt von der monströsen Couch aus ansahen. »Trotzdem ist es wichtig, dass Sie uns Ihre Zeit widmen. Wir müssen zunächst einmal herausfinden, ob ein Gewaltverbrechen stattgefunden hat.«

»Sie meinen Mord?«, fragte eine alte Frau.

»Ja, das meine ich. Es könnte sich auch um Selbstmord handeln oder um einen Unfall.«

»Einen Unfall?«, wiederholte ein spießig aussehender Mann mit Dreitagebart und Brille. Er trug ein strahlend weißes, gestärktes Hemd. »Sie meinen, er ist zufällig vor dem Abhang gestolpert – wo keine Äste oder Steine herumliegen – und hinuntergestürzt? Und mit Verlaub, würde er Selbstmord begehen, dann würde er doch einen anderen Weg wählen. Außerdem kann ich mir nicht vorstellen, dass er dann keinen Abschiedsbrief geschrieben hätte.«

»Das stimmt«, kommentierte die alte Frau. Sie blickte von Sandra zu ihren Kollegen, dann meinte sie: »Aber bitte, setzen Sie sich doch. Unter dem Tisch sind Hocker, die Sie heranziehen können.«

Sandra, Milić und Sedlar nahmen die Hocker. Zelenika musste natürlich wieder einen eigenen Weg gehen – und nahm auf der Couch neben der alten Frau Platz. »Sie erinnert mich an Marlene Dietrich«, flüsterte Sedlar Sandra zu.

Sie lächelte kurz darüber, dann sagte sie zu den anderen: »Zunächst einmal würde ich gerne wissen, was das hier ist. Eine Art Kommune?«

Die alte Frau antwortete: »Sie dürfen es so nennen,

wenn Sie möchten. Aber wir sind keine Sekte oder so etwas. Damjan hat uns hier bei sich wohnen lassen.«

»Warum?«

Die alte Frau runzelte die Stirn. »Aber warum denn nicht? Er war ein guter Mensch, darum.«

Sandra lehnte sich nach vorne und verschränkte die Hände ineinander. »Es ist wohl am besten, wenn Sie sich der Reihe nach vorstellen und kurz erzählen, woher Sie Herrn Martinović kannten und wie es dazu kam, dass Sie hier wohnen.«

»Sie meinen, wie in einer Vorstellungsrunde in einem Seminar?«, fragte der spießige Mann.

»Genau«, antwortete Sandra knapp. »Fangen wir mit Ihnen an. Weil Sie ganz links von mir sitzen, und wir gehen einfach der Reihe nach. Name, Alter, Beruf. Woher kannten Sie Herrn Martinović? Wie kam es dazu, dass Sie hier wohnen? Milić, schreiben Sie bitte mit.«

Der spießig aussehende Mann seufzte, dann lächelte er mechanisch. »Mein Name ist Rafael Mohorović, ich bin sechsundvierzig und ehemaliger Immobilienmakler. Hobbys auch?« Das hatte etwas Provozierendes, aber Sandra beschloss, nicht darauf einzugehen.

»Nein, erst einmal nicht«, antwortete sie.

»Also, mein Beruf als Immobilienmakler hat mir keine Freude mehr gemacht, und dann habe ich mich auf die Annonce gemeldet.«

»Welche Annonce?«

»Damjan suchte eine Haushaltshilfe.«

Sandra grübelte. »Ich verstehe nicht. Sie meinen, Sie sind hier die Haushaltshilfe?«

Rafael nickte. »Ich liebe es zu kochen, zu bügeln und zu putzen.«

»Sind Sie homosexuell?«, fragte Zelenika. »Nicht, dass es etwas damit zu tun hätte, aber ich dachte, ich frag mal. Wir müssen alles Mögliche fragen.«

Rafael schüttelte den Kopf. »Nein, bin ich nicht. Jedenfalls habe ich mich auf die Annonce gemeldet. Ich kann hier mietfrei wohnen, aber das trifft auf alle von uns zu. Niemand von uns bezahlt Miete oder etwas fürs Essen. Aber mir hat Damjan natürlich ein Gehalt bezahlt, wegen der vielen Arbeit.«

»Wie viel?«

»Zehntausend Kuna.«

»Zehntausend?«, rief Milić. »Fürs Kochen und Bügeln?«

»Und Putzen und Gartenarbeit. Um den Olivenhain habe ich mich auch gekümmert. Deshalb hat Damjan dieses Anwesen auch gekauft, wegen des Olivenhains. Mit Olivenbäumen kenne ich mich aus, ich bin in Istrien aufgewachsen, meine Familie hatte eine kleine Olivenplantage.«

»Was machen Sie mit den Oliven? Stellen Sie Olivenöl her?«

»Nein. Bei der Olivenlese helfen wir alle zusammen. Es kommt ein Landwirt, der selbst eine Plantage besitzt, kauft die Oliven ab und stellt selbst das Öl her.«

»Gut, weiter bitte.« Sandra sah auf das Mädchen, das neben Mohorović saß. Sie hatte langes, rötlichblondes Haar, und alles an ihrem Gesicht war zierlich: Mund, Nase, Augen. Aber sie war groß, was Sandra schon vorhin aufgefallen war, mindestens einsachtzig. Sie trug ein pinkfarbenes T-Shirt, und ihre langen, sehnigen Arme ließen erkennen, dass sie Kraftsport betrieb, besonders ihr Bizeps konnte nur durch regelmäßiges Training so ausgeprägt sein. Die Stimme der jungen Frau klang leise und unsicher: »Ich heiße Tilda Medica … eigentlich Matilda, aber so nennt mich niemand. Ich bin achtzehn, habe gerade meine Matura gemacht und im Herbst fange ich mit meinem Medizinstudium an. Später möchte ich nämlich in die Forensik.« Sie lächelte schüchtern.

»Das ist interessant«, bemerkte Sedlar. »Vielleicht werden wir später beruflich miteinander zu tun haben.«

Zelenika klinkte sich ein: »Wir haben doch mit den Forensikern nicht direkt zu …«

»Sei doch still«, würgte Sedlar ihn ab. Dann wandte er sich wieder Tilda zu. »Und wie haben Sie Herrn Martinović getroffen?«

»Vor einem halben Jahr bin ich von zu Hause weg, weil es da so schrecklich war. Ich wusste nicht wohin, bin ziellos durch Rijeka gelaufen und habe mich irgendwann auf eine Steinmauer an der Straße gesetzt und geweint. Zufällig war das vor dem Gebäude, in dem Damjan seine Praxis hat. Er kam heraus und sah mich weinen, dann fragte er mich, was los sei, und alles sprudelte aus mir heraus. Damjan sagte, er habe in seinem Haus gerade kein freies Zimmer, aber ich könne im Wohnzimmer schlafen, wenn ich wollte. Seitdem bin ich hier. Aber ich habe dann doch nicht im Wohnzimmer geschlafen, sondern bei Benedikta.« Tilda wandte den Kopf und lächelte die Alte an, die milde zurücklächelte. »Damjan hat ein Bett für Tilda gekauft. Mein Zimmer ist doch groß genug, habe ich gesagt.«

»Und jetzt haben Sie ein eigenes Zimmer?«, fragte Sandra.

»Ja.«

»Ist jemand ausgezogen?«

»Nein. Vor drei Monaten ist einer unserer Freunde an einem Herzinfarkt gestorben. Er hieß Luka Frlan.«

Als Nächste war die hübsche Frau dran, die sich Sorgen um ihren Arbeitsplatz bei dm machte. »Mein Name ist Daria Dedić. Ich bin dreiunddreißig und die Ehefrau von Gordan.« Sie zeigte mit dem Daumen links neben sich. »Ich bin hier, weil Gordan hier ist.«

Ihr Mann erklärte: »Ja, das stimmt. Ich … bin also Gordan Dedić, siebenundzwanzig, und … ich habe ein paar Jahre bei Damjan gearbeitet, habe die Buchhaltung und die Patiententermine gemacht. Früher machte er das selbst, dann bin ich einfach hingegangen und habe gesagt, ich würde gerne für ihn arbeiten. Zunächst wies er mich ab, aber dann bat ich ihn, mir eine Chance zu geben. Ich würde auch ohne viel Lohn arbeiten. Ich brauchte einen Job, weil meine Frau und ich arbeitslos waren und die Untermiete nicht mehr bezahlen konnten. Also stellte er mich ein. Nach drei Jahren hatte ich keine Lust mehr auf die Arbeit. Letztes Jahr habe ich gekündigt.«

»Aber Sie beide durften trotzdem noch hier wohnen?«

»Ja. Damjan hätte niemals jemanden von uns auf die Straße gesetzt.«

»Und was arbeiten Sie jetzt?«

»Nichts. Ich habe zwei Studiengänge abgebrochen, also eigentlich nichts in der Tasche.«

»Was haben Sie denn studiert?«, fragte Sandra.

»Zuerst Philosophie, danach Psychologie. Jetzt tue ich nichts. Ich finde, man ist genügend damit beschäftigt, das Leben und die Menschen zu begreifen. Für Arbeit hätte ich gar keine Zeit.«

Sandra sah aus den Augenwinkeln, wie Zelenika seine Augen mit der Hand bedeckte. Sandra wollte sich gar nicht vorstellen, was jetzt in seinem Kopf vor sich ging. So wie sie ihn kannte, durchkreuzten gerade Worte wie Schmarotzer und Nichtsnutz sein Gehirn.

»Machte Herr Martinović die Verwaltungsarbeiten wieder selbst, nachdem Sie gekündigt hatten?«, fragte Sandra.

»Nein. Miki arbeitet für ihn. Mihael Stanić. Er vergöttert Damjan, betet ihn geradezu an. Damjan ist für ihn so etwas wie ein spiritueller Führer. Aber Miki *ist* gay«, bemerkte Gordan Dedić in Richtung Zelenika. »Weil Sie sich doch für homosexuelle Männer interessieren.« Er spielte wohl auf Zelenikas Frage an Rafael an, ob er homosexuell sei.

Zelenika reckte in gespielt dankbarer Geste das Kinn nach vorne. »Ja, danke.«

»Etwas interessiert mich doch sehr.« Sandra blickte in die Gesichter der Bewohner. »War Damjan nicht für Sie *alle* ein spiritueller Führer, und nicht nur für Mihael Stanić?«

»In gewisser Weise schon«, antwortete die alte Frau.

»Aber wir haben ihn nicht vergöttert, denn das wollte Damjan nicht. Er wollte nur … na ja … gemocht werden. Und er wollte Harmonie zwischen uns. Das war ihm wichtiger als alles andere.«

Die anderen nickten bestätigend.

Der Mann neben Gordan stellte sich als der dreiundvierzigjährige Mladen Višković vor. Er trug wie Rafael einen Dreitagebart, wirkte aber im Gegensatz zu diesem ungepflegt. Offensichtlich ging er nicht oft zum Friseur. Der Kurzhaarschnitt war mittlerweile ziemlich verwachsen.

»Was machen Sie beruflich?«, fragte Sandra.

»Ich helfe Rafael im Garten.«

»Na ja, nennen wir's helfen«, bemerkte dieser mürrisch.

»Hey, ich tue mein Bestes«, verteidigte sich Mladen. »Seit zwei Jahren bin ich aus dem Knast raus, und seitdem suche ich nach Arbeit, finde aber keine.«

Darauf hatte Rafael etwas zu sagen: »Ich habe noch nie gesehen, dass du eine Bewerbung geschrieben hast.«

»Was ich in meinem Zimmer mache, kannst du doch nicht wissen.«

»Doch. Ich bin nämlich derjenige, der dein Zimmer putzt.«

»Ja, einmal pro Woche. Die anderen Zimmer putzt du jeden Tag.«

»Ich betrete ungern jeden Tag einen Schweinestall.«

»Warum waren Sie im Gefängnis?«, fragte Milić. »Wir werden es ohnehin erfahren, aber vielleicht können wir das ja auch jetzt schon klären.« Milić setzte eine amtliche Miene auf.

»Ich habe Einbrüche begangen und ... bei meinem letzten Einbruch einen Mann angeschossen. In die Schulter. Versehentlich.«

»Ja, natürlich«, kommentierte Zelenika. »Ist doch jedem schon mal passiert.«

»Ich schwöre, ich wusste nicht, dass die Pistole geladen war. Der Typ, von dem ich sie gekauft hab, sagte, sie wäre leer.« Mladen rutschte auf der Couch herum. »Mit Waffen kenne ich mich nicht aus, und ich habe ihm vertraut.«

Zelenika nickte verständnisvoll. »Deswegen haben Sie die Waffe auch zum Einbruch mitgenommen, weil sie ungeladen war.«

»Ja!«, beteuerte Mladen mit ausgestreckten Armen. »Für den Fall der Fälle, um denjenigen zu erschrecken, der mir in die Quere kommt. Der Hauseigentümer war da, dachte, der wäre im Urlaub, dann ging das Ding los. Einfach so.«

»Einfach so?« Zelenika schüttelte den Kopf. »Man muss schon ziemlich fest am Abzug drücken, damit die Waffe losgeht.«

»Ach, ich kann mich nicht mehr erinnern. Vielleicht war es ein Reflex.«

»Und wie haben Sie Herrn Martinović kennengelernt?«, fragte Sedlar.

»Ich bin zu ihm in die Praxis und wollte, dass er mich von dieser negativen Energie befreit, die ich mit mir herumtrage. Mein Leben konnte so nicht mehr weitergehen. Nach seiner Therapie bin ich weinend zusammengebrochen und habe gesagt, dass ich mein Leben verbessern will. Das ist mir gelungen, durch Damjans Hilfe. Seitdem bin ich nicht mehr straffällig geworden, und ich schreibe Bewerbungen. Irgendwann werde ich schon Arbeit finden.«

Als Vorletzter war Andrija Martinović dran, der zehn Jahre ältere Bruder des Opfers. Auch er tat beruflich nichts. Seine Aufgabe bestand allein darin, immer für Damjan da zu sein, wenn dieser ihn brauchte, erklärte er.

»Und was haben Sie früher gemacht?«, fragte Milić, während er sich Notizen machte.

»Ganz früher habe ich als Kellner in einem Fischrestaurant in Lovran gearbeitet, danach war ich im Hotel Bonavia in Rijeka sechzehn Jahre lang für den Frühstücksraum zuständig. Vor vier Jahren bekam ich es mit Arthrose zu tun. Schließlich plagte mich mein Rücken so sehr, dass ich nicht mehr arbeiten konnte.«

Die Letzte in der Runde war die alte Frau, die ihr Zimmer mit Tilda teilte. »Mein Name ist Benedikta Saršon. Beruflich bin ich Rentnerin.« Sie lächelte. »Ich bin zweiundachtzig. Als ich Damjan in seiner Praxis besuchte und wir uns wiedersahen, erzählte ich während unserer Unterhaltung, dass ich von meiner Rente kaum leben könne. Nun, seitdem bin ich hier. Seit Damjan mich therapiert hat, bin ich von meiner Arthrose befreit.«

»Schon wieder Arthrose?«, fragte Zelenika. »War er so etwas wie ein Arthrose-Spezialist?«

Benedikta schüttelte den Kopf. »Er war ein Spezialist für einfach alles. Natürlich hat er immer ganz seriös darauf bestanden, der Schulmedizin nicht den Rücken zu kehren, wenn es um schwere Krankheiten ging. Er sah sich als Bereicherung auf dem Weg zur Heilung, als Ergänzung.«

Sandra fragte: »Sie sagten, dass Sie ihn in seiner Praxis wiedersahen. Woher kannten Sie sich denn?«

»Er war mein Schüler. Ich habe ihn auf der Wirtschaftsschule in Mathematik unterrichtet.«

»Tatsächlich?«, entfuhr es Sandra überrascht. Ihr Vater hatte ebenfalls Mathematik unterrichtet, allerdings nicht an der Wirtschaftsschule, sondern am Gymnasium, und er war um einiges jünger als Benedikta Saršon. Demnach kannten sich die beiden wohl eher nicht. Sandras Mutter war Grundschullehrerin und stand kurz vor der Pensionierung. Sandras Schwester Nataša meinte, als Lehrerkind müsse man entweder Streber oder Bohemien werden, womit sie mit Streber Sandra und mit Bohemien sich selbst meinte.

Sandra sah sich um. Das Wohnzimmer war spartanisch, aber geschmackvoll eingerichtet. Die Wände waren in einem hellen Mintgrün gestrichen. Auf dem Parkettboden lag ein großer Teppich in der gleichen Farbe, mit einem Rand aus bestickten Blumen. Hinter Sandra befand sich ein großes Bücherregal. Sie überflog die Titel. Romane, Kochbücher, historische und philosophische Sachbücher, aber hauptsächlich Esoterisches. Das konnte man unschwer an den Titeln erkennen, und auch manche Autoren sagten ihr etwas, auch wenn sie sich für diese Themen nicht interessierte: Eckhart Tolle, Byron Katie, Louise Hay …

An den beiden Seitenwänden stand jeweils eine größere Kommode, und hinter der Couch hing ein riesiges Poster vom Wasserfall im Nationalpark Krka. »Gibt es hier keinen Fernseher?«, fragte Sandra.

Alle schüttelten gleichzeitig die Köpfe. »Fernsehen verblödet, sagte Damjan immer«, kam es von seinem Bruder. Darauf nickten wieder alle.

Gordan erklärte es etwas deutlicher: »Damjan war der Ansicht, dass das Fernsehen den Menschen vorgefertigte Meinungen liefert und ihr Denken in eine bestimmte Richtung steuert. Er war der Meinung, jeder Mensch solle sich selbst so entfalten, damit er seinen innersten Kern findet.«

»Hat *er* seinen innersten Kern gefunden?«, fragte Sandra. Sie hatte erwartet, dass es von allen Zustimmung geben würde, aber es entstand eine seltsame Spannung.

»Damjan war ein sehr sensibler Mensch«, erklärte Benedikta schließlich. »Ständig zweifelte er an sich, obwohl er so viel Gutes tat.« Ihre Stimme brach, und sie zog ein altmodisches Spitzentaschentuch aus ihrer Rocktasche, mit dem sie sich die Augen betupfte.

Alle Hausbewohner nickten, außer Mladen. »Ich glaube, deshalb hat er sich den Abhang hinuntergestürzt. Er war depressiv«, analysierte dieser.

»Rede doch nicht so einen Unsinn!« Mit erkennbar empörter Stimme stellte Andrija, der Bruder des Opfers, den ehemaligen Gefängnisinsassen zur Rede. »Ich frage mich sowieso, weshalb du als Einziger darauf besteht, dass es Selbstmord war.«

»Was willst du denn damit sagen?«, rief Mladen aufgebracht.

»Niemals hätte Damjan sich selbst umgebracht!«, entgegnete Andrija.

»Letzte Woche, während des Abendessens«, fing die schüchterne Tilda an, »hat er gesagt, wie kompliziert er das Leben findet, aber wie sehr er das Leben liebt.«

»Stimmt, das hat er gesagt«, bestätigte Daria.

»Jedenfalls sollten wir nicht anfangen, uns zu streiten«, sagte Gordan. »Wir alle wissen, wie wichtig Harmonie für Damjan war und wie sehr er es verabscheute, wenn jemand laut oder ausfallend wurde.«

»Das ist wahr«, kam es von Rafael. »Er wird uns allen fehlen.« Traurig presste er die Lippen aufeinander, dann sagte er: »Ich kann mir beim besten Willen nicht erklären, warum Damjan tot ist. Dass er Selbstmord begangen haben soll, ist vollkommen ausgeschlossen. Gestolpert? Sicher nicht. Warum nur wurde er ermordet? Das ist doch absurd. Er hat niemandem geschadet, hat aber so vielen Menschen geholfen. Aber irgendjemand hat es getan und sein wertvolles Leben ausgelöscht.«

»Vielleicht ...«, setzte Daria an, »also, vielleicht ist ihm schwindelig geworden, und dann ist er getorkelt und hinuntergestürzt.«

»Ach«, winkte Rafael genervt ab, »allmählich werden die Thesen immer abstruser. Was kommt denn als Nächstes? Ein Magnet hat ihn nach unten gezogen?«

»Aber dann muss es jemand von uns gewesen sein.«

Darias Stimme war klar und gefasst. »Glaubst du das denn?«

»Natürlich nicht!«, rief Rafael empört.

Zelenika sah Rafael an. »Sie haben den Notruf gewählt, nachdem Frau Kinkela an Ihre Tür klopfte und berichtete, dass Herr Martinović tot unten am Strand liegt.«

»Ja.«

»Sie haben gesagt, und ich zitiere ...« Zelenika blätterte in seinem Notizblock: »›Die Polizei, bitte. Schnell. Unser Freund, Damjan Martinović, ist ermordet worden.‹ Wie kamen Sie eigentlich gleich auf Mord?«

Rafael machte mit den Händen eine hilflose Geste. »Das kann ich schwer erklären. Wie ich schon sagte, muss ihn jemand ermordet haben.«

»Tja«, meinte Zelenika und klappte sein Notizbuch zu. »Wenn dem so ist, dann werden wir es herausfinden. Darauf können Sie sich verlassen.«

»Wie leben Sie hier eigentlich?« Sandra blickte in die Runde. »Jeder in seinem Zimmer mit gemeinsamer Küche und Wohnzimmer? Wie eine Wohngemeinschaft?«

»Wenn Sie möchten«, meldete Tilda sich zu Wort, »kann ich Sie herumführen und Ihnen zeigen, wer in welchem Zimmer wohnt.«

»Das wäre nett von Ihnen. Wir werden uns hier im Haus ein wenig umsehen. Sie zeigen Milić, Zelenika und mir die Räume, während Kollege Sedlar bei den anderen hier unten bleibt.«

Unter den Hausbewohnern setzte Gemurmel ein.

»Tut mir leid, aber das muss sein«, erklärte Sandra. »Und Sie, Frau Dedić, können meinetwegen zur Arbeit gehen. Es genügt zunächst, wenn Ihr Mann hierbleibt.«

»Danke!« Daria Dedić stand sogleich auf, kaum dass Sandra den Satz zu Ende gesprochen hatte. Im selben Augenblick verließ sie das Wohnzimmer und nahm im Flur ihre Tasche vom Haken. Das Nächste, was sie hörten, war die Haustür, die ins Schloss fiel.

Sandra erhob sich ebenfalls. »Sedlar, kommen Sie kurz mit, bitte?«

Als die beiden draußen vor der Haustür standen und gerade Daria mit ihrem alten Nissan Micra wegbrausen sahen, erklärte Sandra: »Hören Sie zu, Sedlar. Behalten Sie die Leute im Auge. Mir ist natürlich klar, dass das Vernichten von eventuellen Beweisen längst erledigt werden konnte. Trotzdem soll keiner den Raum verlassen. Plaudern Sie ein bisschen mit den Leuten.«

»Über das Mordopfer?«

Sie lächelte nachsichtig. Sedlar war auf dem besten Weg, ein guter Ermittler zu werden, aber er war noch nicht erfahren genug, und er hatte einen Schwachpunkt, an dem er noch arbeiten musste: »Und denken Sie daran, Sedlar, das Gespräch nicht in irgendeine Richtung zu lenken. Versuchen Sie weder die Leute zur Vernunft zu bringen, noch sie von etwas zu überzeugen. Wie ich Ihnen schon erklärt habe, ehrliche Meinungen und Gefühlsäußerungen bekommen Sie nur, wenn Sie neutral bleiben. In Ordnung?«

Sedlar sah sie an, mit diesen verdammt schönen und verheirateten Augen. Er nickte. »Ja, schon gut. Keine

Sorge.« Dann lächelte er. »Sie sind ein bisschen nachtragend, oder?« Wie es aussah, missfiel es ihm, dass sie ihm seinen Schwachpunkt wieder unter die Nase gerieben hatte.

»Nein, nicht nachtragend. Ich habe nur ein ausgezeichnetes Gedächtnis.«

»Ja, genau das meinte ich«, griff er die Ironie auf.

Ein paar Minuten später befanden sich Sandra, Zelenika und Milić mit Tilda im Dachgeschoss des Hauses. »Hier hat Damjan gewohnt«, erklärte die junge Frau betrübt. »Der Raum ist riesig, aber sehr gemütlich, oder?« Sie lächelte verbittert. »Damjan mochte es nicht, von einem Raum in den anderen zu gehen, sagte er. Deshalb ist nur das Badezimmer separat.«

Zelenika und Milić öffneten Schubladen und sahen Papierstapel durch. Tilda wirkte darüber irritiert.

»Das ist so üblich«, erklärte Sandra. »Wir suchen nach Hinweisen. Dadurch lässt sich ein Verbrechen entweder ausschließen oder nachweisen.«

Tilda verzog den Mund. »Ja, sicher.«

»Was glauben Sie? Könnte ihn jemand getötet haben?«, fragte Sandra geradeheraus.

Tilda schüttelte leicht den Kopf. »Ich weiß es nicht. Wer soll denn so etwas tun? Und warum? Von uns kann es niemand gewesen sein.« Sie breitete die Arme aus. »Wir leben doch hier bei ihm wie im Paradies. Außerdem lieben wir ihn. Alle. Auch wenn wir ziemlich unterschiedlich sind, aber das haben wir definitiv gemeinsam.«

»Hatte er keinen Computer?«, fragte Milić. »Einen Laptop?«

Tilda schüttelte den Kopf. »Nein, nur in seiner Praxis. Damjan besaß nicht einmal ein Handy. Die Termine liefen über sein Büro, und am Computer kannte er sich nicht aus. Das machte alles Miki im Büro für ihn.«

»Kennen Sie diesen Miki?«

»Ja, er kommt manchmal zum Essen zu uns. Damjan hat ihn oft eingeladen. Außerdem ist Miki der Einzige, der Damjan im Schach ebenbürtig ist. Damjan liebte Schach. Am Wochenende, nach dem Essen, haben die beiden oft stundenlang miteinander Schach gespielt.«

Sandra sah sich um. Der Raum war wirklich gigantisch. Die Mansarde umfasste die Fläche des ganzen Hauses. In einer Ecke war so etwas wie die Bibliothek, mit einem Liegesessel und jeder Menge Bücher. Dieser Mann musste ein Büchernarr gewesen sein. »Die Bücher im Wohnzimmer sind ebenfalls Eigentum von Herrn Martinović?«, fragte Sandra.

»Ja. Er hat gerne und viel gelesen. Romane oder Historisches, aber hauptsächlich über Philosophie und Spiritualität.«

Sandra besah sich die Titel. »Er hatte viele Bücher von Erich Fromm. Ein paar davon habe ich auch gelesen.«

»Wirklich? Ich finde sie kompliziert.«

Das hatte Sandra als Teenager zuerst auch gedacht, aber als sie sich eines davon aus dem Regal ihres Vaters gezogen hatte, konnte sie mit dem Lesen nicht mehr aufhören. »Mein Vater war Lehrer für Mathematik und Physik am Gymnasium. Er hat seinen Schülern eingebläut, dass es beim Begreifen eines Buches oder einer Aufgabe weniger auf Intelligenz als auf Konzentration ankommt.«

Tilda verzog den Mund. »Oh. Ob das die richtige Strategie ist, Schüler zu ermuntern?«

»Wahrscheinlich nicht.« Sandra ließ den Blick schweifen. In der anderen Ecke stand ein Heimtrainer und auf dem Boden lagen Hanteln. Die gegenüberliegende Seite des Raumes bestand aus einem großen Bett und einem Beistelltischchen, auf dem eine Duftlampe und Räucherstäbchen lagen.

»Damjan hat trainiert?« Sandra zeigte auf den Heimtrainer.

»Ja. Frühmorgens hat er draußen meditiert und Gymnastik gemacht und spätabends hat er sein Krafttraining gemacht.«

»Machen Sie auch Krafttraining?« Sandras Blick wanderte zu Tildas Armen.

»Ja, morgens, mindestens eine Stunde. Er ließ mich hier auf seinem Gerät trainieren. Abends machte ich dann das Hanteltraining in meinem Zimmer.«

Sandra dachte einen Augenblick nach. »Er hat viel Zeit für seine Übungen investiert. War er eitel?«

»Eitel?« Tilda blickte zu Boden, als wäre ihr peinlich, was sie jetzt sagen würde. »Damjan hat ein bisschen unter seiner Körpergröße gelitten.«

»Ach ja? Wie groß war er denn?«

»Knapp einssechzig.«

»Ach so.« Sandra legte eine kleine Pause ein, bevor sie fragte: »Hat sich in letzter Zeit irgendetwas verändert? Hat Damjan sich in letzter Zeit verändert? War etwas anders als sonst?«

Tilda nahm sich für die Antwort viel Zeit, dann schüttelte sie den Kopf. »Nicht, dass ich wüsste. Mir ist nichts aufgefallen, das sich verändert hätte, und Damjan war wie immer.«

»Sie lassen es mich wissen, wenn Ihnen doch noch etwas einfällt?«

Tilda nickte kaum merklich. »Ja, natürlich.«

Sandra zeigte auf eine cremefarbene Tür. »Ist das hier das Badezimmer?«

»Ja. Ich zeige es Ihnen.« Tilda ging voran und öffnete die Tür, damit Sandra einen Blick hineinwerfen konnte. »Damjan hatte sein eigenes Bad«, erklärte Tilda. »Das war ihm wichtig. Im ersten Stock und im Erdgeschoss gibt es Gemeinschaftsbäder.« Das Badezimmer war eine Welt für sich. Champagnerfarbene Fliesen und das Sanitär in derselben Farbe. Die Tapete mit Blumenmuster war in einem kräftigen Lila, ebenso die Handtücher und die Accessoires. »Wow!«, entfuhr es Sandra.

»Ja, Damjan liebte den Luxus, aber er wollte auch, dass es anderen Menschen gutgeht.«

Sandra drehte sich zu Tilda um. »Wie ist das eigentlich gemeint, dass er ein guter Mensch war und nur Gutes getan hat? Er hat in dieser sogenannten Praxis den sogenannten Patienten die sogenannte Therapie doch berechnet, oder?«

Tilda war über die Frage beinahe etwas erschrocken. »Ja, das natürlich schon. Soweit ich weiß, hat eine Therapiesitzung bei ihm dreihundertfünfzig Kuna gekostet, und er arbeitete den ganzen Tag lang.«

»Aha.«

»Aber«, kam es hastig von der jungen Frau, »Damjan hat viel gespendet und die Armen unterstützt.«

Zelenika schaute auf und hob skeptisch die Augenbrauen. »Hat er das nur behauptet, oder haben Sie dafür Beweise?«

»Beweise? Nein, das habe ich nicht. Aber ich lebte hier mit ihm zusammen, und er hat davon erzählt. Damjan hat bestimmt nicht gelogen. Er hat nie gelogen.«

»Nie?«, hakte Sandra nach.

»Nein, nie.« Sie hielt inne. »Doch. Einmal. Als er sagte, kein Mensch sei es wert, dass man ihm vollkommen vertraut. Das ist doch nicht wahr! Warum hat er das gesagt? Er wusste doch, dass das nicht stimmt.«

Sandra sah Tilda in die Augen. »Und was haben Sie ihm daraufhin gesagt?«

»Ich habe geantwortet, dass doch *er* so jemand sei. Darauf meinte Damjan: ›Vertrauen ist ein Mythos und viel zu zerbrechlich, als dass man auf Vertrauen vertrauen könnte.‹ Darauf musste ich lachen, weil es sich komisch anhörte. Aber Damjan lachte nicht.«

»Haben Sie einen Nebenjob?«

»Nein. Damjan hat meine Busfahrkarte bezahlt und mir Taschengeld gegeben.«

»Haben Sie dafür eine Gegenleistung erbracht? Irgendetwas für ihn erledigt?«

Tilda schüttelte den Kopf. »Nein, nichts. Damjan hat uns alle unterstützt.«

»Was werden Sie jetzt tun, Tilda?«

Das Mädchen sah sie verständnislos an.

»Als Studentin ohne Nebenjob und ohne familiäre Unterstützung?«

»Ich denke, ich werde mir erst mal einen Nebenjob suchen.«

»Herr Martinović hat wahrscheinlich ein Testament hinterlassen. Wissen Sie etwas darüber?«

Tilda nickte. »Damjan hat uns von dem Testament erzählt.«

»Ach ja?« Sandra lehnte sich an den Türrahmen des Badezimmers und verschränkte die Arme. Sie bemerkte, wie Zelenika und Milić bei ihrer Durchsuchung innehielten und zu ihnen herüberblickten.

»Damjan wollte uns alle versorgt wissen, wie er das nannte. Er hat erklärt, dass das Bargeld zu fünfundzwanzig Prozent an seinen Bruder Andrija geht, zu fünfundzwanzig Prozent an De Santis und seine Dorfkirche, weitere fünfundzwanzig Prozent an Gordan – und das restliche Viertel wird an den Rest von uns verteilt, also mich, Mladen, Rafael, Daria und Benedikta.«

»Interessant. Warum bekommt Gordan so viel wie Damjans Bruder?«

»Gordan war Damjans Liebling.«

»Aha. Und seine Frau Daria bekommt trotzdem noch etwas extra?«

Tilda zuckte die Schultern. »Damjan wollte es so.«

»De Santis und die Dorfkirche…«, überlegte Sandra laut.

»Mir kommt diese Verteilung seltsam vor«, kommentierte Zelenika. »Aber vielleicht war er Ihnen gegenüber nicht ehrlich oder hat es sich anders überlegt.«

Tilda machte eine hilflose Handbewegung. »Ich glaube nicht, weil es noch nicht so lange her ist, als er das sagte. Aber ich weiß es natürlich nicht.«

»Egal«, sagte Zelenika. Er stemmte die Hände in die Hüften. »Na ja, wir werden erst einmal in Erfahrung bringen, um welchen Betrag es überhaupt geht.«

»Ich kann Ihnen sagen, was Damjan gesagt hat. Damjan hat sein Geld in Euro angelegt. Es sind 1,2 Millionen.«

»Kuna?«, fragte Milić, weil er offenbar nicht glauben konnte, dass es sich um Euro handelte.

Tilda schüttelte den Kopf. »Nein, wie gesagt, in Euro.«

Milić schmunzelte. »Wahrscheinlich hat er sich einen Scherz mit Ihnen erlaubt.«

Tilda schluckte sichtlich ihren Ärger hinunter, und ihr Gesicht bekam einen müden Ausdruck. »Sie kannten Damjan nicht. Er hat nie jemanden verarscht.«

Sandra schreckte vor dem Ausdruck beinahe etwas zurück. Er schien so gar nicht zu der sanften Tilda zu passen. Wahrscheinlich war das Mädchen einfach nur wütend, weil hier jemand eindrang, der ihren Guru infrage stellte. Jedenfalls schien dieser Damjan eine vielschichtige Person gewesen zu sein. Zumindest das war sicher.

»Und wer bekommt das Haus und das Anwesen?«, fragte Sandra.

»Miki.«

Sandra, Zelenika und Milić starrten sie an.

»Der Mann, der für ihn arbeitet?« Milićs Stimme klang höher als sonst.

»Ja.«

Tilda schien sich unwohl zu fühlen, denn sie fügte hinzu: »Das hat er uns jedenfalls erzählt. Und Damjan hat nie gelogen.«

5

Tilda wurde nach unten beordert, und nun war Sandra mit ihren beiden Kollegen im ersten Stock in Rafaels Zimmer. Während die drei darauf warteten, dass Tilda Rafael nach oben schickte, meinte Zelenika: »Ich kann nicht glauben, dass wir in dem Zimmer von diesem Esoteriker nichts gefunden haben. Ich habe selten ein langweiligeres Zimmer eines Mordopfers untersucht.«

Als Sandra kurz darauf mit Rafael sprach, konnte sich dieser kaum auf das Gespräch konzentrieren, weil er ständig Zelenika und Milić im Visier hatte. »Bringen Sie bitte nichts durcheinander, ja? Ich hasse Unordnung und verabscheue es, wenn nicht alles an seinem Platz ist. Wonach suchen Sie überhaupt?«

»Sie tragen rote Reizwäsche?«, fragte Zelenika und fischte ein Netzteil aus einer der Schubladen.

»Was?!«, rief Rafael schockiert. »Das ist eine Netzhaube!«

»Ach jaaa.« Zelenika hielt das Ding in die Luft. »Wofür braucht man so etwas?«

»Für den Kopf natürlich. Ich kann es nicht leiden, wenn ich morgens aussehe wie ein gerupftes Huhn.«

Zelenika drehte seinen Kopf in Zeitlupe Richtung Rafael. »Na ja. Sie tun damit niemandem weh. Es ist

Ihr gutes Recht, eine Netzhaube auf dem Kopf zu tragen, wenn Sie das möchten.«

»Ich möchte nicht unhöflich sein, aber können Sie das bitte wieder zurücklegen?«

»Nichts lieber als das«, antwortete Zelenika und ließ das Netzteil in die Schublade fallen.

»Herr Mohorović«, begann Sandra, »würden Sie sagen, dass sich in letzter Zeit etwas verändert hatte? Oder dass Damjan sich anders verhielt als sonst?«

Rafael blickte nachdenklich zur Decke, dann schüttelte er energisch den Kopf. »Nein, alles war wie sonst auch.«

»Wissen Sie etwas über ein Testament?«

Rafael ließ sich auf einen der beiden Sessel im Zimmer fallen und rieb sich die Augen. »Ja, natürlich. Wir alle wissen darüber Bescheid. Damjan hat es uns erst vor ein paar Wochen beim Abendessen erzählt.«

Sandra nahm auf dem anderen Sessel Platz. »Und, wie haben Sie und die anderen darauf reagiert?«

Er zuckte mit einer Schulter. »Überrascht. Wir alle wussten nicht so recht, wie wir reagieren sollten. Wir waren überwältigt, dankbar. Ich meine, obwohl wir nicht mit ihm verwandt sind. Aber es … ach, egal.«

»Was wollten Sie sagen?«, bohrte Sandra nach.

Rafael hob die Handflächen nach oben. »Wissen Sie, wenn Ihnen jemand so großzügig entgegenkommt … Also ich kann natürlich nicht für die anderen sprechen, aber ich fühlte eine Art Beklemmung, wenn ich ehrlich sein soll.«

»Wie meinen Sie das?«

»Anders kann ich es nun mal nicht beschreiben. Ich weiß noch, dass ich abends im Bett lag und dachte, dass ich ihm gegenüber nun nie mehr nörgeln dürfte oder etwas tun, dass ihm gegen den Strich geht.« Er wedelte mit den Händen herum. »Das hört sich wahrscheinlich blöd an, als wäre ich ein undankbares Arschloch.«

Sandra schüttelte den Kopf. »Ich finde nicht, dass es sich blöd anhört, Herr Mohorović. Für mich klingt das sehr schlüssig. Ich würde es genauso empfinden.«

»Wirklich?«

»Ja. Hat sich denn dadurch etwas zwischen Ihnen verändert?«

Rafael dachte eine Weile darüber nach, dann nickte er. »Ich denke schon, ja. Irgendwie war die … Leichtigkeit weg. Zumindest bei mir war es so.«

Sandra lehnte sich im Sessel zurück. »Hatten Sie denn das Gefühl, dass er das merkt? Hat er Sie darauf angesprochen?«

»Ja. Das war letzte Woche. Während er frühstückte und ich in der Küche herumräumte, sagte er, dass er es bereue, uns davon erzählt zu haben. Damjan sagte: ›Dadurch hat sich etwas verändert. Ihr seid irgendwie steif und unnatürlich geworden.‹ Ich habe versucht, ihm das auszureden, aber ich konnte sehen, dass genau das ihn ärgerte. Also habe ich den Mund gehalten.«

»Um wie viel Uhr ist Damjan immer aufgestanden?«

»In den Sommermonaten zwischen halb fünf und fünf, im Herbst und Winter stand er eine Stunde später auf. Aber er ist abends auch immer als Erster ins Bett gegangen, spätestens um zehn.«

»Beschreiben Sie ihn.«

»Beschreiben? Damjan?« Rafael seufzte. »Es ist so schwer, ihn zu beschreiben. Er wollte immer, dass wir harmonieren. Das war eines seiner Lieblingswörter. Kaum spürte er einen Anflug von Spannung, legte sich so ein verärgerter Zug um seinen Mund.«

Milić trat einen Schritt näher und sah Rafael an. »Aber ist es nicht normal, dass Menschen, die zusammenwohnen, sich auch mal streiten?«

Rafael nickte. »Ja. Genau das ist der Punkt. Er kehrte lieber alles unter den Teppich, als dass es zum Streit kam.«

»Gab es denn mal Streit?«, fragte Sandra. »Wenn Damjan nicht zu Hause war?«

»Manchmal. Die anderen beschimpfen mich hin und wieder als pedantisch. Mladen hat tagtäglich mit jemandem Streit, weil er wiederum extrem unordentlich ist. Andrija geht den anderen mit seinem Gerede über die Ungerechtigkeit des Lebens auf die Nerven … Also alles ziemlich normal, würde ich sagen. Aber wenn Damjan zu Hause war, waren wir alle gut miteinander. Wir wollten ihn nicht verärgern. Und wir hatten ihn alle sehr gern – und er uns.«

»Aber untereinander sind Sie nicht ganz so harmonisch?«

Rafael hob die Augenbrauen, dann lächelte er, was etwas unentspannt wirkte. »Alles in allem funktioniert es ganz gut, aber wir sind einfach zu unterschiedlich. Ich glaube nicht, dass wir es in diesem Haus lange ohne Damjan aushalten werden.« Dann dachte er eine Weile nach und ergänzte: »Und wahrscheinlich wird Miki uns sowieso bald hier rausschmeißen, wenn das Haus erst ihm gehört.«

»Warum glauben Sie das?«

»Er mag uns nicht, außer vielleicht Tilda und Benedikta. Mit den beiden kommt er ganz gut aus.«

»War Herr Dedić Damjans Liebling?«

»Ja, ganz klar«, bestätigte Rafael sofort. »Das liegt vielleicht auch daran, dass sie lange Zeit tagtäglich zusammen waren, als Gordan noch für ihn gearbeitet hat.«

»Waren Herr Dedić und sein Nachfolger eifersüchtig aufeinander?«, wollte Zelenika wissen.

Rafael schob seine Brille zurecht. »Na ja, ich würde sagen, Gordan war nicht eifersüchtig auf Miki. Umgekehrt sieht die Sache vielleicht anders aus.«

»Tatsächlich?« Sandra beugte sich nach vorne und sah Rafael direkt an. »Miki Stanić ist doch schwul? War er verliebt in …«

»Nein, nein!«, unterbrach Rafael entschieden. »Nicht auf diese Art. Miki wollte, dass Damjan ihn wie einen Sohn sah. Diesen Eindruck hatte ich immer, wenn er beim Essen hier war. Aber … ich weiß auch nicht … irgendwie war Gordan eher wie der Sohn und Miki wie ein lieber Neffe für Damjan.« Rafael blickte in die Gesichter der Beamten. »Wahrscheinlich hört sich das bescheuert an.«

Sandra verneinte. »Keineswegs.«

In Mladen Viškovićs Zimmer wollte sich Sandra nirgends hinsetzen. Zelenika und Milić war es anzusehen, dass sie bei der Durchsuchung am liebsten in Schutzanzüge gestiegen wären. Kleidung lag auf dem Boden herum, auf dem kleinen Beistelltisch stand schmutziges Geschirr und auf dem Kopfkissen war ein roter Fleck, was nach Himbeermarmelade aussah.

Mladen wollte sich gerade auf das ungemachte Bett setzen, als Zelenika rief: »Moment!« Erschrocken fuhr Mladen zusammen. Zelenika hob die Matratze hoch.

»Hä?«, machte Mladen. »Was soll'n das?«

Zum Vorschein kamen vier Pornohefte und drei Comics. Zelenika sah Mladen an und blinzelte.

»Oh Gott!«, rief Mladen gespielt entsetzt. »Wie viel bekomme ich dafür? Zwanzig Jahre?«

Zelenika ließ die Matratze los und ging zwei Schritte rückwärts. »Warum verstecken Sie das Zeug wie ein Pubertierender?«

Mladen winkte ab. »Rafael ist so ein verdammter Spießer. Wenn er das sehen würde, dann könnte er sich glatt an Ort und Stelle erbrechen. Es ist mir egal, was er denkt, aber ich muss mir dann das Gefasel von dem anhören.« Mladen setzte sich nun auf das Bett, dann lehnte er sich an die Wand. Stirnrunzelnd wandte er den Kopf in Richtung Zelenika, der gerade in den Kleiderschrank sah. »Ach«, kam es resignierend, »ich sage es Ihnen am besten gleich. In der Kommode, linke Schublade finden Sie ein Stück Dope.«

Zelenika sah ihn an und nickte. »Danke.«

»Es gehört mir nicht. Ich hab's zufällig auf der Straße gefunden und eingesteckt. Ist schließlich schade, es wegzuwerfen.«

»Wirklich?«, fragte Zelenika. »Ihnen passieren ja die abenteuerlichsten Geschichten. Sie schießen jemandem versehentlich in die Schulter, finden zufällig Dope auf der Straße… Worauf dürfen wir uns noch gefasst machen, Herr Višković? Sind Sie zufällig mal über eine Frau gestolpert und haben sie versehentlich vergewaltigt?«

»Nein! Alles, was mit Sex zu tun hat, ist mir fremd!« Kaum hatte er es ausgesprochen, korrigierte er sich: »Also strafdeliktmäßig meine ich, ansonsten habe ich nämlich sehr viel mit Sex zu tun.«

»Davon haben wir uns bereits überzeugt. Zumindest in der Theorie haben Sie damit zu tun.«

»Praktisch auch!« Offenbar war es ihm wichtig, das zu klären.

Großer Gott, dachte Sandra. Damjan musste wirklich ein Heiliger gewesen sein, wenn er diesen Einfaltspinsel bei sich wohnen ließ. »Wo sind eigentlich all diese Bewerbungen, die Sie geschrieben haben?«, fragte sie dann.

Mladen stand auf und öffnete die rechte Schublade an seinem Schreibtisch. »Hier.« Er zog eine rote Mappe heraus und legte sie auf den Tisch. Danach zog er eine grüne Mappe heraus und legte diese obenauf. »Und das hier sind die Absagen.«

Zelenika klappte beide Mappen auf und überflog die Papiere. »Herr Višković, welchen Schulabschluss haben Sie?«

»Ich hab nur die Achtjährige gemacht.«

»Und wie viele Fremdsprachen sprechen Sie?«

»So ’n bisschen Englisch.«

Zelenika schloss kurz die Augen. »Und damit bewerben Sie sich als Anwaltsgehilfe und Hotelrezeptionist?«

»Damjan hat immer gesagt: ›Denke groß und glaube an dich!‹«

Zelenika lächelte verkniffen. »Hmm, wenn das so einfach wäre, dann wäre ich Präsident und meine Frau Bankdirektorin.«

Mladen tat ein paar Schritte zurück in Richtung seines Bettes. »Oh, von solchen Leuten hat Damjan gar nichts gehalten. Er sagte, dass er das Wort *Elite* nur für Erbsen und Erdbeeren anwende. Er verachtete Politiker, Manager und diese Imperisten, wie er sie nannte.«

»Imperialisten?«, hakte Milić nach.

»Wie auch immer.« Bockig presste Mladen die Lippen aufeinander.

»Können Sie sich bitte wieder setzen, Herr Višković?«, bat Sandra.

Wie ein vorbildlicher Schüler nahm Mladen sich einen Stuhl, der neben dem Bett stand und setzte sich Sandra gegenüber. Seine Hände lagen auf den Knien, und sein Rücken war kerzengerade, was ihn angespannt wirken ließ.

»War in letzter Zeit irgendetwas anders als sonst? Hat Damjan sich anders verhalten als gewöhnlich?«

»Anders? Hmm… Da fällt mir nur gestern Abend ein.«

»Ja?« Aus den Augenwinkeln sah sie, dass Zelenika und Milić neben sie traten und gespannt darauf warteten, was Mladen als Nächstes sagen würde.

»Damjan und Gordan waren nach dem Essen draußen spazieren. Ich glaube, unten am Strand. Die beiden waren ’ne lange Zeit weg, bestimmt zwei Stunden oder so. Na, jedenfalls kam Damjan mit einem wütenden Gesichtsausdruck zurück. Diki hat ihn gefragt, ob alles in Ordnung wäre.«

»Wer ist Diki?«

»Na, unsere Alte.«

»Benedikta Saršon?«

»Das ist wohl ihr voller Name. Der ist mir zu lang, deswegen nenne ich sie Diki und die anderen mittlerweile auch.«

»In Ordnung. Frau Saršon hat ihn also gefragt, ob alles in Ordnung ist.«

»Ja, genau. Aber Damjan hat nur gesagt, er geht nach oben und will alleine sein und nicht gestört werden.«

»Nach oben in sein Zimmer?«

»Ja, wohin denn sonst?«

»Gut. Kam Herr Dedić kurz darauf auch nach Hause?«

Mladen nickte. »Ja, nach ein paar Minuten. Wir alle wollten wissen, was da los war, aber er hat echt neben der Spur gewirkt.«

»Was meinen Sie damit?«

»Na ja, verstört halt, und auch traurig irgendwie.« Mladen rieb sich die Handflächen an seiner alten Jeans. »Ich will Gordan keinen Ärger machen oder so.«

»Wissen Sie, Herr Višković«, meldete Milić sich zu Wort, »ich habe darüber eine eigene Theorie. Den

Ärger macht man sich stets selbst. Die anderen fördern ihn nur schneller zutage.«

Zelenika hob die Augenbrauen, dann sah er seinen Kollegen von der Seite an. »Du bist so verdammt weise. Ich verstehe gar nicht, dass es noch immer keinen Gedichtband von dir gibt.«

Milić überhörte Zelenikas Sarkasmus, wie so oft.

»Haben Sie erfahren, was zwischen den beiden vorgefallen ist?«, fragte Sandra.

»Nein, echt nicht. Ich schwör's.«

»Okay. Was hat Damjan Ihnen gegeben, Herr Višković?«

Mladen schien die Frage nicht zu verstehen. »Was er mir gegeben hat?«

»Ja, im übertragenen Sinn. Leben Sie denn nur hier, weil Sie nicht wissen, wohin sonst?«

Mladen zuckte zusammen, wirkte plötzlich zerbrechlich und berührt. »Nein, nicht nur deshalb. Damjan war Vater, Mutter, Freund, Bruder. Er war alles für mich. Für uns alle eigentlich. Er wollte, dass wir glücklich sind, hat er gesagt.« Mladen starrte geradeaus. Dann lief ihm eine Träne übers Gesicht.

Mit Andrija Martinović war ein Gespräch zunächst kaum möglich, weil er bitterlich weinte. Er saß auf einem Holzstuhl, der alt aussah, aber wahrscheinlich nur auf antik gemacht war. Als Andrija den Kopf hob, sah er von einem zum anderen und sagte: »Bei mir werden Sie nichts finden, da können Sie das ganze Zimmer auf den Kopf stellen. Ich hätte meinem kleinen Bruder nichts getan. Nicht einmal ein Haar hätte ich ihm gekrümmt.«

»Tut mir leid, aber das muss nun einmal sein.« Sandra sah zu ihm hinunter. »Sie werden ein Viertel des Vermögens erben?«

Mit ungelenken Bewegungen wischte er sich die Tränen aus dem Gesicht und bemühte sich um Fassung. »Ja. Sie sagen das so komisch.«

Wirklich? Das war ihr nicht aufgefallen. Vielleicht lag es daran, dass sie es als schmutziges Geld ansah, weil Damjan den Menschen das Geld aus der Tasche gezogen hatte. Konnte man es auch anders sehen? Durch ihre Arbeit hatte sie gelernt, neutral an die Dinge heranzugehen. Bei Wunderheilung fiel es ihr schwer, neutral zu bleiben. »Es ist nur eine Frage. Sie lässt sich schwer anders stellen, Herr Martinović.«

»Ja, da haben Sie recht. Entschuldigung. Aber ich könnte den Gedanken nicht ertragen, dass Sie mich verdächtigen, etwas mit dem Tod meines kleinen Bruders zu tun zu haben.«

»Wenn es Sie beruhigt«, meldete Zelenika sich zu Wort, »verdächtigen wir erst einmal niemanden und jeden.«

Andrija sah erschrocken aus. »Nein, das beruhigt mich keineswegs.«

»Aber Sie verstehen, was ich damit sagen will?«

Andrija nickte. »Glaub' schon.«

»Ich habe noch eine Frage«, nahm Sandra den Faden wieder auf.

»Ja, Frau Inspektor?«

»Gab es etwas in letzter Zeit, das sich verändert hat? Sie, als sein Bruder, kannten ihn am besten. Gab es eine Veränderung an Damjan? Oder gab es … einen Zwischenfall?«

»Hmm, eigentlich nicht.«

Seltsam, dachte Sandra. War Andrija entgangen, dass es zwischen Damjan und Gordan zu einem Konflikt gekommen war? »Wirklich nicht?«, bohrte sie weiter.

Andrija dachte ausgiebig nach. »Nein, ich denke nicht.«

»Und gestern Abend? Kam er denn nicht aufgelöst von einem Spaziergang mit Gordan zurück?«

»Ach das«, winkte er ab. »Sie hatten sich öfter mal in der Wolle, aber nichts Dramatisches. Eigentlich war Gordan der Einzige, mit dem Damjan manchmal aneinandergeriet. Keine Ahnung, was das zwischen den beiden war, schätze, sie waren durch alte Geschichten aneinander gebunden.«

»Welche alten Geschichten?«

»Aus anderen Leben. Karma.«

»Verstehe«, sagte Sandra, weil ihr dazu nichts anderes einfiel.

»Damjan …« Andrija presste die Lippen aufeinander, um sich zusammenzureißen, dann sprach er weiter: »Gordan war für ihn etwas Besonderes.« Das letzte Wort sprach er abfällig aus, fiel Sandra auf. »Ich weiß gar nicht, warum. Gordan ist so ein langweiliger Typ, finde ich. Er macht ein bisschen auf exzentrischen Denker. Aber … keine Ahnung, vielleicht hatte Damjan nur Mitleid mit ihm.«

»Mitleid? Weshalb?«

»Wegen dem, was er durchgemacht hat. Er war krank.«

Sandra wartete darauf, dass er weitersprach, aber Andrija hüllte sich in Schweigen. »Welche Krankheit hatte er denn?«

»Ich weiß nur von einem Tumor. Gordan will nicht darüber sprechen. Einmal habe ich meinen Bruder danach gefragt, aber er sagte: ›Wenn Gordan nicht darüber sprechen will, dann müssen wir das respektieren. Also werde ich nichts darüber sagen.‹ Ach, wahrscheinlich hat er sich ein Muttermal entfernen lassen und macht jetzt einen auf leidend.«

»Sie mögen Herrn Dedić nicht?« Als Sandra es ausgesprochen hatte, bereute sie es. Das war eine Spur zu direkt. Erfahrungsgemäß blockte der andere dann ab.

Andrija sah ihr direkt ins Gesicht. »Es ist weder so, dass ich ihn mag, noch dass ich ihn nicht mag. Mir sind die anderen hier ziemlich egal. Wie Sie sicher gemerkt haben, sind wir nicht gerade eine homogene Gruppe, um es mal so auszudrücken. Diejenigen, die gut miteinander auskommen, sind Tilda und Diki, Tilda und Gordan, und Diki und Gordan. Eine Art Dreiecksgespann.«

»Aha«, meldete sich Zelenika. »Und Herr Dedić und seine Frau, vermute ich, verstehen sich ebenfalls gut.« Dieser Gedanke war auch Sandra sofort in den Sinn gekommen. Aber vielleicht erwähnte Damjans Bruder dieses Verhältnis nicht, weil es naheliegend war.

»Ja, sicher«, antwortete Andrija mechanisch. »Aber

richtig warmherzig gehen die nicht miteinander um. Geht mich ja nichts an, aber dass die überhaupt ein Paar sind... Gordan ist ein Weichei und Daria eine ziemlich kühle Person, anderen gegenüber. Mit Tilda versteht Gordan sich gut, weil sie spirituell viel gemeinsam haben, so etwas wie Seelenverwandte sind. Und mit Diki versteht Tilda sich gut, weil die Kleine es zu Hause sehr schwer hatte und Diki eine Art Omi für sie ist.«

»Und Frau Dedić ist nicht spirituell?«, fragte Sandra.

»Daria?« Andrija wirkte beinahe amüsiert. »Die ist ungefähr so spirituell wie ein kommunistischer Diktator. Ich glaube, Gordan hat sich in Daria verliebt, weil sie so attraktiv ist.«

»Ja, das passiert schon mal.«

»Sie kommt wohl aus einer recht gut situierten Familie. Der Vater hatte mehrere Metzgereien, die Mutter war eine Fiumanka[5] aus einem alten italienischen Adelsgeschlecht. So viel ich weiß, ging alles den Bach runter, ihre Eltern waren anscheinend ziemlich unfähige Leute. Aber Daria spricht nicht viel darüber.«

Sandra ließ eine kleine Pause entstehen, dann fragte sie: »Wie genau hat Ihr Bruder geheilt?«

»Ich zeige es Ihnen.« Andrija stand auf und zeigte auf den Sessel. »Setzen Sie sich, bitte. Ich habe die Gabe nämlich auch.«

»Tatsächlich?« Sandra wusste, dass sie sich nicht überzeugt anhörte. Was für ein Irrenhaus!

---

5 Fiuman = Einwohner Rijekas mit ital. Wurzeln und eigenem Dialekt (aus der Zeit, als Rijeka Fiume hieß und zu Italien gehörte)

Milić und Zelenika traten näher und beobachteten, wie Andrija seine Hände auf Sandras Schultern legte.

»Muss ich irgendetwas machen?«, fragte Sandra und warf ihren Kollegen einen amüsierten Blick zu. Milićs Gesichtsausdruck war gleichgültig, während Zelenika aussah, als würde er gleich anfangen zu lachen.

»Pscht.« Andrija bestand auf Ruhe. Etwa anderthalb Minuten lagen seine Hände auf Sandras Schultern. »Sie werden sich nun leicht und entlastet fühlen.« Andrija ließ langsam seine Hände von ihren Schultern gleiten.

Sandra konnte keine heilsame Wirkung feststellen. Sie stand auf und drehte sich zu Andrija um. »Sie haben also auch diese Gabe, sagen Sie. Ist das … genetisch?«

»Würde mich auch interessieren«, kommentierte Zelenika. »Die Begabung liegt quasi in der DNA, oder?«

Andrija ließ sich nicht provozieren. »Manchmal ist so etwas erblich, ja.«

Sandra biss sich auf die Unterlippe. »Wie haben Sie denn herausgefunden, dass Sie ebenfalls heilen können?«

Andrija rang nach den richtigen Worten. »Ich fühle das seit vielen Jahren. Dann habe ich es bei Damjan versucht, und er bestätigte es, sagte mir, dass ich es könne.«

Sandra sprach lieber nicht laut aus, was sie dachte. Nämlich, dass ein Scharlatan seinem Bruder weismachte, dass dieser ebenfalls ein Scharlatan werden könne. »Auf welche Weise hat Ihr Bruder denn entdeckt, dass er Heilkräfte hat?«

»Er wusste es einfach, alle wussten es. Er hat von klein auf die Menschen geheilt.«

»Einfach so? Es muss doch einen Auslöser gegeben haben.«

»Nein, nicht, dass ich wüsste. Jeden, den er berührte, hat er geheilt.«

»Aha. Sie können sich nicht daran erinnern, wie das Ganze begonnen hat? Immerhin sind Sie zehn Jahre älter als Ihr Bruder.«

»Ich sagte doch, er hatte die Gabe schon immer.«

Sandra stemmte die Hände in die Hüften. »Aber Sie haben die Gabe angeblich auch, praktizieren aber nicht.«

Andrija nickte traurig. »Ja. Damjan hatte das stärkere Charisma, eine einnehmende Stimme, und er weckte Vertrauen. Seine geringe Körpergröße nahm man gar nicht mehr wahr.«

»Sie sind normal groß. Waren Sie richtige Brüder?«

»Selbstverständlich!«, zischte er empört, als seien Halbgeschwister ein inakzeptables Phänomen. »Damjan ist nach unserer kleinen Mutter geraten und ich nach unserem normalen Vater.« Dieser Mann hatte eine merkwürdige Art der Formulierung, aber Sandra verstand, was er sagen wollte.

»Zumindest in dieser Hinsicht hat Gott mich nicht gestraft. Ich hatte nie wirklich Glück im Leben.« Andrija war voller Selbstmitleid und hörte sich an, als könnte er jederzeit in Tränen ausbrechen. »Aber vielleicht könnte ich jetzt die Praxis übernehmen.« Er fixierte nachdenklich einen Punkt auf dem Boden.

»Natürlich müsste ich mich erst einarbeiten.« Dann blickte er erschrocken auf. »Aber ich bin durch seinen Tod noch ganz durcheinander und sehr bedrückt. Daran kann ich noch nicht denken.«

»Wirklich nicht?«, platzte Milić heraus.

»Meine Gedanken spielen einfach nur verrückt. Ich will mich nur von der Trauer ablenken.«

Zelenika nickte. »Sicher. Mit Ihrer Gabe können Sie sich doch bestimmt entlasten?«

Nachsichtig angesichts von Zelenikas Naivität lächelte Andrija gequält. »Ein Heiler kann sich nicht selbst heilen.«

»Oh, tut mir leid. Ich kenne mich da nicht so aus.« Zelenika selbst hatte kürzlich Heilung von seiner Alkoholsucht bei einem Arzt gesucht und war derzeit in Behandlung bei Sedlars Cousin, einem Psychiater. Die Terminliste des Psychologen, zu dem Zelenika in Zukunft gehen würde, war voll, da dieser auf Alkoholismus spezialisiert war. Zelenikas absoluter Alkoholverzicht bestand erst seit ein paar Wochen, weshalb er manchmal extreme Stimmungsschwankungen hatte, depressiv und aufgedreht, überempfindlich und sarkastisch war. Aber eigentlich war er das alles vorher auch schon gewesen.

»Das ist alles Karma, da hatte mein Bruder schon recht.«

»*Was* ist Karma?«, fragte Zelenika.

»Einfach alles. Verstehen Sie?«

»Ehrlich gesagt, nein.«

Andrija seufzte laut. Sandra wartete, dass er zu einer

Erklärung ansetzen würde, er tat es aber nicht. »Sie haben also vor, die … Praxis … Ihres Bruders zu übernehmen?«, fuhr sie deshalb mit der Befragung fort.

»Wie bitte? Oh, das war nur ein Gedanke, der mir in diesem Moment durch den Kopf geschossen ist.« Daraufhin hob er die Hand und wischte sich etwas aus den Augenwinkeln, was wohl eine Träne sein sollte, doch hatte Sandra keine Träne erkennen können.

»Leben Ihre Eltern noch?«, fragte Sandra.

»Nein, unser Vater ist vor fast zwanzig Jahren an Leberzirrhose gestorben. Unsere Mutter starb vor acht Jahren an Lungenembolie.«

»Hatten Sie ein gutes Verhältnis zu Ihren Eltern?«

In Andrijas Gesicht spiegelte sich pure Verblüffung. »Selbstverständlich! Wir hatten gute Eltern und eine schöne Kindheit. Wäre Damjan sonst so erfolgreich geworden?«

Sandra überlegte kurz. »Nun, manche Kinder werden erfolgreich, weil sie ein gesundes Selbstwertgefühl haben. Manche treibt das genaue Gegenteil zum Erfolg. Die Gier zur Macht.«

Andrija zuckte zurück. »Damjan verachtete Macht und Machtmenschen. Er fand das zerstörerisch. Es gibt einfach viele Menschen, die nicht an Damjans Gabe glauben. Sie war für ihn Segen und Fluch zugleich. Er litt sehr darunter, dass er von manchen für einen Betrüger gehalten wurde.«

»Könnte es nicht sein, dass er darunter litt, weil er instinktiv spürte, dass er diese sogenannte Gabe überhaupt nicht besaß?« Als Sandra Andrijas entrüstete

Miene sah, fügte sie hinzu: »Ich frage nur, weil ich begreifen will, was in ihm vorgegangen ist.«

»Sind Sie nicht hier, um einen Mord zu lösen? Falls es Mord war, meine ich.«

»Doch«, antwortete Sandra seelenruhig. »Aber nur selten führt der Weg zur Auflösung direkt zum Ziel.«

Andrija sah sie mürrisch an. »Ob er gezweifelt hat, wollen Sie wissen?«

Sandra nickte.

Andrija setzte zum Sprechen an, dann besann er sich anders. Schließlich wagte er einen zweiten Versuch. »Ich glaube schon, dass Damjan manchmal zweifelte. Aber das lag an seinem sensiblen Wesen.«

»Danke, Herr Martinović«, beendete Sandra das Gespräch. Sie glaubte nicht, dass heute noch mehr von Damjans Bruder zu erfahren war.

6

Unten im Erdgeschoss befanden sich die Zimmer von Benedikta, Tilda und das größte Zimmer, das des Ehepaares Daria und Gordan Dedić. Mit Tilda hatte Sandra sich schon im Dachgeschoss unterhalten, also sahen sich Milić und Zelenika in Tildas Zimmer alleine um, während Sandra nur kurz hineinschaute. Es war einerseits ein typisches Teenager-Zimmer und andererseits das Büro einer angehenden Ärztin. An der Wand hingen Poster von Dubioza kolektiv, einer Band aus Bosnien-Herzegowina, die Ska und Folk mit Punkrock vermischte. In den Regalen sowie auf dem großen Schreibtisch standen und lagen Bücher, alles über Medizin und Anatomie. In der hinteren Ecke war eine Hängematte, die von zwei Deckenhaken gehalten wurde. Auf dem Bett lag eine rosa-orange-rote Patchwork-Decke, und auf dem niedrigen Glastisch befand sich eine Box mit einem Schachspiel, ebenfalls aus Glas.

Tilda trat ein und stellte sich neben Sandra. »Sie spielen ebenfalls Schach?«, fragte Sandra die junge Frau.

Tilda schüttelte lächelnd den Kopf. Sie zeigte auf das Schachspiel. »Das hat Damjan mir geschenkt. Er sagte, Schach sei das beste Gehirntraining und hervorragend zur Entspannung geeignet. Ich habe es versucht, habe aber kein besonderes Talent dafür.« Sie sah Sandra an, dann fiel ihr Blick wieder auf das Schachspiel. »Das werde ich immer in Ehren halten, obwohl ich es wahrscheinlich nie benutzen werde.«

Sandra zeigte auf die Poster. »Sie mögen Dubioza kolektiv?«

»Ja, die sind so herrlich durchgeknallt.«

Sandra lächelte. »Ich mag sie auch.«

Tilda wandte ruckartig den Kopf. »Ach ja?« Wie es aussah, glaubte Tilda, dass jemand von der Polizei keine Musik hörte. Dann kam die Testfrage: »Was sind denn Ihre Lieblingssongs?«

»Schwer zu sagen.«

»Ja, klar«, meinte Tilda nachsichtig und sah sich in ihrer Annahme bestätigt.

»Ich denke, *USA* und *Blam blam* mag ich am liebsten.«

Tilda fiel die Kinnlade herunter. »Äh, ja, die gehören auch zu meinen Favoriten.«

»Gibt es auch eine kroatische Band, die Sie mögen?«

»Ich ...«, dann sprach sie im Flüsterton weiter: »Ich liebe Osmi putnik.«

»Sie mögen Metal?«

»Ja, aber Damjan mochte die Musik und die Ausstrahlung«, das letzte Wort setzte sie mit den Fingern in wörtliche Rede, »der Band nicht. Deshalb habe ich sie nur mit Kopfhörern gehört.«

Sandra grinste. Tilda war eben noch ein Teenager.

»Und Dubioza hat ihm nichts ausgemacht? Ich meine, die Jungs singen vom Kiffen und ...«

Tilda winkte ab. »Mit ihrem schwarz-gelben Outfit hielt er sie für harmlos. Und auch in diesem Fall: Kopfhörer.«

»Alles klar«, meinte Sandra amüsiert.

Als Sandra kurz darauf in Benediktas Zimmer war, fühlte sie sich wie in einem Puppenhaus. Benedikta saß in einem beigefarbenen Ohrensessel und Sandra in einem braunen. Die Kommoden und Kommödchen hatten verschnörkelte Beine und goldene Henkelchen zum Öffnen. An den Wänden waren Stickereien, und auf den Kommoden standen kleine, altmodische Vasen mit frischen Blumen.

»Wo kaufen Sie Ihre Blumen, Frau Saršon?«

Benedikta drehte sich nach den Blumen um, als sei sie darüber erstaunt. »Die sind aus dem Garten. Rafael weiß, wie sehr ich Blumen liebe, deshalb sorgt er dafür, dass ich alle paar Tage frische Blumen bekomme.« Sie lächelte zufrieden. »Er ist einfach eine Perle, unser Rafael. Aber im Winter kaufe ich manchmal welche im Blumenladen im Nachbardorf.«

»Mussten Sie an Damjan etwas von Ihrer Rente abgeben?«

»Abgeben?«, rief die alte Dame überrascht. »Aber nein! Niemand von uns musste etwas abgeben.«

»Hmm. Was glauben Sie, warum tat er das alles?«

Benedikta musste über die Antwort nicht lange nachdenken. »Weil er ein guter Mensch war.«

»Okay. Darf ich einen Gedanken äußern?«

»Das dürfen Sie, meine Liebe.«

»Sie haben Mathematik unterrichtet, ja? Das heißt, logisches Denken ist Ihnen nicht fremd.«

Benedikta lehnte sich nach hinten und strich mit den Händen über die Holzlehnen des Sessels. »Ach so. Sie meinen, wie kann man als vernünftiger Mensch nur an so einen Unsinn glauben. Wir nennen es doch Unsinn, oder? Jetzt gerade, in dieser Unterhaltung?«

»Ich möchte es nicht werten.«

Benediktas Gesichtsausdruck nach zu urteilen, nahm sie Sandra ihre Worte nicht ab. »Meinen Sie wirklich, dass nur das, was wir sehen, real ist, und alles andere nicht?«

In diesem Augenblick kamen Milić und Zelenika herein.

»Sie dürfen gerne auf der Ottomane Platz nehmen«, bot Benedikta Sandras Kollegen an. Kaum hatten die beiden sich dankend gesetzt, fragte sie: »Und? Haben Sie etwas gefunden?«

Zelenika grinste über die direkte Frage. »Bis jetzt noch nicht.«

»Tja, bei mir werden Sie auch nichts finden, meine Lieben. Sie dürfen gerne in den Schubladen wühlen. Außer Arthrose-Salben und Blutdrucktabletten finden Sie vielleicht noch ein paar Bücher und Teelichter.«

»Wir sehen trotzdem kurz nach, wenn's recht ist.«

»Aber gerne«, sagte Benedikta freundlich. Im nächsten Augenblick machten die beiden Beamten sich an die Arbeit. »Wo waren wir beide stehen geblieben, meine Liebe?«, wandte sich Benedikta wieder Sandra zu. »Ach ja, warum ich an diesen Unsinn glaube. Für mich waren Damjans Fähigkeiten kein Unsinn. Er hat jedem geholfen. Wir und seine Patienten sind der Beweis.«

»Sie leiden doch immer noch an Arthrose und haben Probleme mit Ihrem Blutdruck. Sonst hätten Sie keine Medikamente in der Schublade.«

Benedikta lächelte. »Ja, aber in sehr viel schwächerer Form. Mein Arzt hatte damals keine Erklärung dafür, warum sich mein Gesundheitszustand besserte. Außerdem hat Damjan mich von Sodbrennen und Migräne vollkommen geheilt. Diese beiden Beschwerden habe ich nämlich überhaupt nicht mehr.«

»Das freut mich für Sie«, sagte Sandra mit einem aufrichtigen Lächeln. »Ich möchte Sie gerne fragen, ob in letzter Zeit etwas anders war als sonst. Ist Ihnen vielleicht an Damjan etwas aufgefallen?«

Die alte Frau schüttelte sogleich den Kopf. »Nein, das hätte ich Ihnen doch längst gesagt.«

»Gestern Abend waren Herr Dedić und Herr Martinović auf einen Spaziergang draußen, worauf Letzterer verärgert zurückkam.«

In ganz neutralem Ton sagte Benedikta: »Ja, das ist richtig.«

»Und warum haben Sie das nicht erwähnt?«

Benedikta machte ein Gesicht, als ob einer ihrer Schüler eine dämliche Frage gestellt habe. »Ach je. Das war nicht so außergewöhnlich. Die beiden rieben sich regelmäßig aneinander.« Bei dieser Äußerung kam Sandra der Gedanke, ob es zwischen den beiden womöglich eine andere Art der Verbindung gegeben hatte. »Wissen Sie«, fuhr Benedikta fort, »unser Damjan kam mit jedem gut aus und war immer so verständnisvoll und ruhig, aber auf Gordan sprang er an, der bewegte etwas in ihm.«

»Könnte es mehr gewesen sein?«

»Mehr?« Benedikta kräuselte die Stirn. »Sie meinen, ob er stärkere Gefühle für Gordan hatte als für die anderen? Ich denke schon. Schließlich hat er ihn auch großzügig im Testament bedacht. Damjan hatte an dem Jungen einen Narren gefressen. Vielleicht lag es daran, weil sie lange zusammengearbeitet haben, tagein, tagaus über mehrere Jahre.«

Sandra nickte verständnisvoll. »Ich meinte etwas anderes, Frau Saršon. Sie haben Menschenkenntnis und viel Lebenserfahrung. Halten Sie es für möglich, dass es zwischen Damjan und Gordan eine … stärkere Verbindung gab? Ich meine … Liebe auf einer anderen Ebene?«

Benedikta starrte sie an. »Eine Liebesbeziehung?«

»Oder einfach nur Sex«, warf Zelenika über die Schulter knochentrocken dazwischen.

Benedikta schnappte nach Luft. »Das ist völlig ausgeschlossen! Damjan hatte keinen Sex, mit niemandem. Er hielt ihn für primitiv und tolerierte ihn nur wegen der Familiengründung.«

»Er hielt Sex für primitiv?«, fragte Milić. »Sie meinen, so wie die katholische Kirche, in dieser Richtung?«

Benedikta biss sich nachdenklich auf die Unterlippe. »Genau genommen, ja. Er sagte, wenn ein Mensch eine hohe spirituelle Ebene erreicht hat, dann füllt ihn das vollkommen aus, und primitive Triebe wie Sexualität, übermäßiges Essen und Alkoholsucht verschwinden von selbst.«

»Aha«, warf Zelenika ein. Vielleicht hatte es ihm einen Stich versetzt, als Benedikta die Alkoholsucht erwähnte. Aber so, wie Sandra ihren Kollegen kannte, ließ er sich nicht so schnell verletzen.

»Frau Saršon, wie war Damjan als Schüler? Als Jugendlicher im Allgemeinen?«

»Damjan war ein mittelmäßiger Schüler. Und als Junge? Er fiel kaum auf, war irgendwie ängstlich.«

»Können Sie das näher erklären?«

»Wir waren mit der Klasse mal zelten, auf Mali Lošinj. Er war alle drei Nächte wach, saß draußen vor den Zelten. Die anderen haben ihn ausgelacht, aber ich hab sie ausgeschimpft, dann haben sie damit aufgehört.« Benedikta neigte kurz den Kopf. »Nun ja, zumindest habe ich nichts mehr davon mitbekommen.«

»Wovor hat er sich gefürchtet?«

»Vor der Dunkelheit.«

»Hat er das gesagt?«

»Ja. Ich musste versprechen, es niemandem zu erzählen.«

»Wissen Sie vielleicht, was der Grund für seine Angst war?«

Die alte Frau wandte den Blick ab. »Ach, so genau weiß ich das nicht.«

»Aber Sie haben eine Vermutung?«

Benedikta ließ sich mit der Antwort Zeit. »Eine Cousine von mir wohnte im Nachbardorf, wo Damjan mit seiner Familie lebte. Sie hat mir erzählt, dass der Vater die Kinder zur Strafe in einen Schrank oder in den Keller sperrte. Als ich davon erfuhr, habe ich ihn gebeten, nach dem Unterricht dazubleiben, weil ich mit ihm reden müsste. Dann sagte ich ihm, dass ich die Jugendbehörde informieren werde. Darauf geriet er in Panik, bekam regelrecht eine Panikattacke und Schweißausbrüche. Er fing an, laut zu weinen, und ich brauchte lange, um ihn zu beruhigen. Er sagte, wenn ich das machte, würde er sich umbringen.«

Sandra war ergriffen, versuchte aber, sich weiter auf das Gespräch zu konzentrieren. »Sie haben es also nicht getan?«

»Ich habe es verschoben, und irgendwann war es nicht mehr nötig.«

»Wie meinen Sie das?«

»Damjan blühte auf, wirkte ausgeglichen und zufrieden.« Plötzlich wirkte auch Benedikta so, als würde sie in dieser Erinnerung schwelgen.

»Hat er geschauspielert?«, fragte Sandra.

Benedikta nickte mit geschlossenen Augen. »Dies war zunächst auch mein Verdacht, weshalb ich wieder das Gespräch mit ihm suchte. Er sagte aber, sein Vater ließe ihn jetzt in Ruhe, weil er die meiste Zeit auf dem Dachboden mit seinen Büchern verbrachte und ihm nicht mehr in die Quere kam.«

»Er ist also ins Lesen geflüchtet, in andere Welten abgetaucht?«

»Nun, er hat spirituelle Bücher gelesen. Über Reinkarnation, Karma und über das Wachstum der Seele. Das hat ihm sehr geholfen.«

»Nun gut«, meinte Sandra und lenkte das Gespräch auf Benedikta. »Haben Sie Familie? Kinder und Enkel?«

»Ich bin seit vielen Jahren Witwe. Mein Sohn lebt mit seiner Familie in Zadar. Seine Frau ist aus Zadar, und sie betreiben dort eine Pension.«

»Sie leben lieber hier als bei Ihrer Familie?«, wollte Sandra wissen.

»Hier ist es viel lebendiger und harmonischer. Mein Sohn und seine Frau arbeiten doch den ganzen Tag.« Seufzend blickte sie zur Seite. »Aber jetzt, wo Damjan nicht mehr ist ... vielleicht werde ich dorthin ziehen.«

»Und Ihre Freunde hier?«

Benedikta nickte eifrig. »Ja, ja, sie sind alle zauberhaft und ich habe sie alle gern, sogar Mladen. Meine Güte, hatte Damjan Geduld mit ihm! Aber wir alle haben von Damjan gelernt, dass man jeden so nehmen muss, wie er ist. Jedenfalls muss man erst einmal sehen, wie sich das hier entwickelt. Ohne Damjan wird es natürlich nicht mehr dasselbe sein. Vielleicht verstreut es uns in alle Richtungen. Aber vielleicht bleiben wir auch zusammen.«

»Was halten Sie von den anderen?«

»Ich mag sie alle, ausnahmslos. Jeder Mensch hat sein inneres Licht, sagte Damjan immer.«

»Gibt es jemanden, den Sie besonders gerne mögen?«

Benedikta nickte. »Natürlich hat man in jeder Gruppe immer einen Favoriten. Die kleine Tilda mag ich. Vielleicht weckt sie einen Beschützerinstinkt in mir. Ach ja, und Gordan natürlich, diesen sensiblen Träumer. Aber die anderen sind mir auch ans Herz gewachsen.«

Sandra neigte den Kopf. »Und mit wem kommen sie am wenigsten klar?«

»Am wenigsten?« Sie dachte eine ganze Weile darüber nach. »Mit Andrija, glaube ich. Vielleicht hat das mehr mit mir selbst als mit ihm zu tun. Ich verabscheue Selbstmitleid, müssen Sie wissen. Er bildet sich ein, dass jeder und alles immer gegen ihn war. Dabei hat er doch das schönste Leben durch Damjan gehabt.«

Sandra sah aus dem Augenwinkel, wie Zelenika und Milić zur Tür gingen. »Wir sehen uns jetzt noch in den anderen Räumen um«, erklärte Zelenika.

»In Ordnung«, sagte Sandra. Dann wandte sie sich wieder der alten Frau zu. »Andrija hat schwer gearbeitet, während Damjan viel Geld verdient hat. Sie alle beschreiben Damjan als großzügig. Warum hat Andrija sich nicht aus seinem Beruf zurückgezogen und schon früher Damjans Hilfe in Anspruch genommen?«

»Andrija mag seine Macken haben. Aber er war immer sehr fleißig und wollte für sich selbst sorgen. Sehen Sie, das meinte ich vorhin. Jeder Mensch hat seine starken Seiten. Sein Licht, wie Damjan sagte.«

Das Zimmer von Daria und Gordan war das größte, mit einem Erker, in dem eine große Topfpflanze stand. Die beiden lebten hier ein bisschen wie Hippies. Knallbunte Kleinmöbel, offener Kleiderschrank und lachsfarbener Flauschteppich. Eigentlich hatte es ein gewisses Flair und war geschmackvoll eingerichtet. Nur das Poster mit Che Guevara war zu sehr Klischee und machte das Flair damit irgendwie zunichte.

Sandra und Gordan saßen sich in Rattansesseln gegenüber. Zelenika und Milić hatten ihre Durchsuchung beendet und saßen nebeneinander auf der Couch.

»Was ist das für eine Pflanze?«, fragte Sandra und zeigte zum Erker hin. »Ich mag Pflanzen, aber leider gehen bei mir alle ein, obwohl ich sie gieße.«

Gordan sah sie etwas überrascht an, dann wandte er den Kopf, als sähe er die Pflanze zum ersten Mal. »Das ist ein noch junger Mangobaum. Wir haben ihn noch nicht so lange. Damjan hat ihn uns geschenkt, weil der Erker so leer aussah, wie er meinte.«

»Damjan scheint eine Schwäche für Mangobäume zu haben«, bemerkte Sandra.

»Wie kommen Sie darauf?«

»Neben dem Haus steht auch ein Mangobaum, allerdings ein viel größerer. Die Früchte scheinen aber noch nicht reif zu sein.«

»Ach so.« Gordan schüttelte den Kopf. »Das ist kein Mangobaum.«

»Sondern?«

»Damjan sagte, der Baum heißt Cerbera odollam. Als er das Anwesen hier kaufte, waren der Olivenhain und dieser Baum schon gepflanzt. Angeblich lebten die Vorbesitzer eine Zeit lang in Australien. Ob sie den Samen mitgebracht haben oder hier gekauft haben, weiß ich nicht.«

»Die Früchte sehen aus wie Mangos. Das macht sich hübsch im Garten.«

Gordan lächelte. »Ja, aber Damjan erzählte, dass einmal ein Gärtner hier war und ihm gesagt hat, er solle das Ding aus dem Boden reißen und entsorgen. Das hat Damjan aber nicht gemacht, weil er den Baum so schön fand.«

»Warum hat der Gärtner das gesagt?«, fragte Zelenika.

»In Teilen Asiens wird dieser Baum angeblich ›Selbstmordbaum‹ genannt, weil die Früchte giftig sind.« Gordan zuckte die Achseln. »Das hat Damjan jedenfalls erzählt.«

»Sie haben ebenfalls keinen Computer?«

»Nein, Damjan wollte das nicht.«

»Hat Sie das geärgert?«

»Nein. Es war eben ein Kompromiss, den wir eingehen mussten. Verglichen mit seiner Großzügigkeit ist das kein Verzicht.«

»Was macht Ihre Frau eigentlich genau bei dm, Herr Dedić?«

»Sie ist Filialleiterin.«

»Und Sie arbeiten aus … Überzeugung nicht?«, fragte Zelenika.

»Na ja, so würde ich es nicht ausdrücken. Ich wollte das vorhin nicht vertiefen, wissen Sie, aber ich kann nicht arbeiten. Ich vertrage den Lärmpegel nicht, und zu viele Eindrücke machen mich unruhig. Damals, als ich bei Damjan beschäftigt war, das hat schon Spaß gemacht und so, aber ich bin dann krank geworden, und danach konnte ich nicht mehr arbeiten.«

»Wir wüssten gerne«, begann Sandra behutsam, »um welche Krankheit es sich handelt. Können Sie uns das sagen, Herr Dedić?«

»Ich hatte einen Gehirntumor, wurde operiert und ... alles verlief gut, und ich habe mich erholt. Natürlich kann man danach wieder arbeiten, aber ... ich liebe die Natur und liebe es, im Olivenhain spazieren zu gehen, aufs Meer zu blicken, Bücher zu lesen. In dieser stickigen Praxis zu sitzen, mitten in der Stadt, das wollte ich nicht mehr.«

Sandra konnte in Zelenikas Gesicht ablesen, dass ihn das schlechte Gewissen plagte, weil er den Mann zunächst für einen Schmarotzer gehalten hatte. Er musste es gar nicht aussprechen, Sandra wusste es auch so.

»Was ich nicht verstehe ...«, warf Milić ein, »wenn Sie hier alle zusammenleben, warum möchten Sie das dann vor den anderen nicht vertiefen, wie Sie sagen? Die anderen wissen darüber doch Bescheid, oder?«

»Damjan sagte, dass man über seine Schwächen nicht allzu offen sprechen sollte, denn der andere nimmt dich dann nur noch als Schwächling wahr und verwendet das irgendwann gegen dich.«

»Aber Sie kommen doch alle gut miteinander aus, oder? Vertrauen Sie sich nicht?« Das war Milićs Art, sein Gegenüber aus der Reserve zu locken. Er stellte sich unwissend. Dass hier alle wunderbar miteinander auskamen und sich lieb hatten, war schließlich mittlerweile widerlegt.

Nachdenklich runzelte Gordan die Stirn. »Irgendwie schon. Aber Damjan sagte, vollkommenes Vertrauen sei ein Mythos.«

»Ja, ich weiß, dass er das sagte. Das habe ich heute schon gehört«, bemerkte Sandra.

Die Tür ging auf. Sedlar hielt ein Telefon in der Hand. »Mihael Stanić ist am Apparat. Er hat angerufen, um zu fragen, wo Damjan bleibt. Der Junge hat es gerade von Rafael Mohorović erfahren. Na, jedenfalls weint er bitterlich.« Zum Beweis streckte Sedlar den Arm aus, und man hörte ein Schluchzen aus dem Hörer. Sandra wusste, dass es von Sedlar nicht verhöhnend gemeint war, aber in diesem Moment tat dieser Miki ihr leid, obwohl sie ihn noch nicht kennengelernt hatte. Er wurde dadurch auf gewisse Weise bloßgestellt, obwohl er nur um jemanden trauerte. Sedlar hatte zweifellos seine Qualitäten, aber er machte diese typischen Anfängerpatzer. Es würde noch eine Weile dauern, bis er ein Profi wurde. Sandra wollte ihn gar nicht verurteilen. In ihrer Ausbildung hatte sie sich einmal von einer Verdächtigen aufs Glatteis führen lassen – als diese ihr eine erfundene Leidensgeschichte erzählte und Sandra sich die Tränen vom Gesicht wischte und der Frau tröstend die Hand drückte. Wie sich später herausstellte, hatte diese Frau ihrem Mann eine Kugel in den Kopf gejagt und es wie Selbstmord aussehen lassen.

»Sedlar«, setzte Sandra an, »es ist ausreichend, wenn Sie uns darüber informieren. Sie müssen es uns nicht demonstrieren.«

Ruckartig nahm Sedlar seinen Arm zurück und hielt das Telefon an seine Brust gepresst. »Entschuldigung.« Sandra konnte nicht erkennen, ob es ihm unangenehm war, denn er wirkte souverän und sachlich. »Soll ich ihm sagen, dass er in der Praxis bleiben und dort auf uns warten soll?«

»Ja, das kann allerdings noch ein bisschen dauern. Aber er soll auf jeden Fall in … der Praxis auf uns warten. Fragen Sie nach der genauen Adresse.«

»Alles klar«, murmelte Sedlar und verließ den Raum.

Sandra wandte den Kopf zu Gordan und sah ihn an. Er wirkte vollkommen gelassen, die Ruhe selbst. Sandra hatte ihn vor dem Haus weinen sehen, und auch jetzt lag ein trauriger Schatten über seinem Gesicht. Es war schwer auszumachen, ob das Ganze aufgesetzt oder authentisch war. »Herr Dedić, ich muss Sie noch etwas fragen.«

Seine Arme lagen auf den Lehnen des Rattansessels, und seine Hände baumelten herunter. »Fragen Sie, was immer zur Lösung dieses … Vorfalls führt.«

»Glauben Sie, dass der Tod von Herrn Martinović ein Unfall war oder Selbstmord? Oder denken Sie, es war Mord?«

»Ich weiß es nicht. Niemand weiß es. Außer dem Mörder, wenn es einen solchen gibt.«

»Könnten Sie sich denn vorstellen, dass jemand ihn ermorden wollte?«

Gordan nahm einen tiefen Atemzug. »Lassen Sie es mich so sagen: Ich persönlich kann es mir nicht vorstellen, weil er der liebste Mensch war, den man sich denken kann. Ich kann mir aber vorstellen, dass er so manchen ein Dorn im Auge war.«

»Zum Beispiel?«

Er zuckte die Schultern. »Na ja, viele Menschen hielten ihn für einen Scharlatan und verurteilten, was er tat.«

»Hat er jemanden geschädigt?«

»Natürlich nicht direkt. Aber vor ein paar Wochen war er doch in der Zeitung, wegen dieses Mannes, der gestorben ist. Ich habe den Namen nicht mehr im Kopf.«

»Was ist passiert?«

»Also, dieser Mann war sehr krank und er war bei Damjan. Aber Damjan hat den Menschen immer gesagt, sie sollen sich unbedingt an die Anweisungen der Ärzte halten. Er könne seine Therapie ergänzend anbieten, aber er könne nicht Krebs verschwinden lassen oder andere schwere Krankheiten. Jedenfalls hat dieser Mann sich nur noch auf Damjan verlassen und ist gestorben. Das hat Damjan sehr belastet, und er hat abends oft davon gesprochen.«

»Wann war das genau?«

»Das kann ich nicht mehr exakt sagen. Mein Gedächtnis ist nicht das beste. Vor zwei oder drei Wochen vielleicht.«

Sandra sah, dass Milić eifrig in seinen Notizblock schrieb. »In Ordnung, Herr Dedić.« Sie rutschte auf dem Sessel herum, um eine bequemere Position zu finden. »Ich würde gerne mit Ihnen über gestern Abend sprechen.«

»Sie meinen, weil Damjan nach unserem Spaziergang verärgert war?«

Sandra nickte. »Worum ging es dabei?«

Gordan nahm einen tiefen Atemzug, beugte sich nach vorne und verschränkte die Hände ineinander. Plötzlich wirkte er überhaupt nicht mehr gelassen. Seine Gesichtszüge verhärteten sich, und er begann, die Finger ineinanderzuknoten. »Das Problem ist, dass ... ich Damjan etwas erzählt habe, das niemand weiß. Nicht einmal meine Frau.«

Die drei Beamten warteten darauf, dass er weitersprechen würde. Im Zimmer war es ganz still, nur Gordans lautes Atmen war zu hören. Als Gordan keine Anstalten machte weiterzusprechen, sagte Sandra leise: »Und das, was Sie ihm erzählt haben, hat ihn verärgert?«

Gordan richtete seinen Blick auf Sandra, dann nickte er kaum merklich.

»Was haben Sie ihm erzählt?«

»Ich ... habe ihm nur die Wahrheit gesagt.«

»Und was ist die Wahrheit?«

Er starrte ihr in die Augen und flüsterte: »Dass er mein leiblicher Vater ist.«

7

»Damjan war Ihr Vater?«

»Ja.«

»Und er wusste nichts davon?« Sandra schüttelte ungläubig den Kopf. »Zelenika? Gehen Sie bitte mit Herrn Dedić zu Sikirica, er soll eine Blut- oder Gewebeprobe nehmen. Das Resultat dürften wir heute noch bekommen. Sind Sie damit einverstanden, Herr Dedić?«

»Absolut. Nur wäre es mir recht, wenn wir hier über die Terrassentür gehen könnten und nicht durchs Wohnzimmer. Die anderen müssen davon nichts mitbekommen.«

»Von mir aus«, sagte Zelenika, und sie gingen nach draußen.

Während Sandra und Milić im Zimmer warteten, sahen sie sich die Bücher im Regal an. »Sehr interessante Werke«, bemerkte Sandra.

»Und teuer«, ergänzte Milić. »Da sind ein paar richtige Schätze dabei. Antiquarische Bücher und Bildbände. Grob geschätzt sind alleine die Bücher in diesem Zimmer zwanzig- bis dreißigtausend Kuna wert.«

Als Zelenika mit Gordan wieder zurück war, fragte Milić: »Wie kann denn das sein? Ich meine, dass Sie es nicht einmal Ihrer Frau erzählt haben? Und auch Damjan nicht, obwohl Sie so lange zusammengearbeitet haben?«

»Die Geschichte ist ein bisschen kompliziert.« Gordan ließ sich wieder in den Rattansessel fallen. »Als Damjan allmählich berühmt wurde, zeigte meine Mutter auf sein Foto in der Lokalzeitung und fragte: ›Was hältst du von ihm?‹ Ich sagte, dass ich von Damjan schon gehört hätte. Ich muss damals zwölf oder dreizehn gewesen sein. Meine Mutter sagte: ›Das ist dein Vater.‹ Sie kennen meine Mutter nicht. So etwas würde sie niemals behaupten, wenn es nicht wahr wäre. Trotzdem verstand ich nicht, wovon sie redete. Ich hatte doch einen Vater! Dann ist sie aufgestanden, hat in der untersten Schublade der Wohnzimmer-Kommode gekramt und mir ein paar Fotos auf den Küchentisch gelegt. Auf den Fotos war sie zusammen mit Damjan am Strand und in einem Café. Sie hat gesagt, sie sei mit keinem anderen Mann zusammen gewesen. Erst später, als ich drei war, hat sie geheiratet. Ich erfuhr also mit zwölf oder dreizehn, dass der Mann, den ich für meinen Vater hielt, eigentlich mein Stiefvater war. Die nächsten Jahre ging mir das nicht mehr aus dem Kopf. Ich beschloss, zu Damjan zu gehen, wegen meiner Schulter. Na ja, ich hatte keine wirklichen Beschwerden, suchte nur nach einem Vorwand, ihn kennenzulernen. Dann habe ich ihn gefragt, ob er mich einstellen würde. Das würde ihm doch vieles erleichtern, und ich bräuchte dringend Arbeit, redete ich auf ihn ein. Das Verrückte ist, als ich ihm so gegenübersaß, sah er mich an und sagte: ›Du hast dieselbe Augenfarbe wie ich. Grünbraun. Das ist selten.‹ Nachdem ich ein paar Wochen bei ihm gearbeitet hatte, fiel uns auf, dass wir beide eine Spinnenphobie hatten. Als er sich einmal die Socken auszog, um frische anzuziehen, sah ich, dass er den gleichen gekrümmten zweiten Zeh hatte wie ich.«

Sandra neigte skeptisch den Kopf. »Grundsätzlich können das auch Zufälle sein.«

»Sie können ja das Testergebnis abwarten. Ich weiß aber, dass es stimmt.«

»Was ich nicht verstehe, ist, warum war Damjan darüber verärgert, als Sie ihm sagten, dass Sie sein Sohn sind?«

Gordans Lippen fingen an zu zittern. »Ich habe eine ganz andere Reaktion erwartet. Ich dachte, er fällt mir glücklich um den Hals, aber nein, er war fassungslos. Ich hätte sein Vertrauen missbraucht, und ein missbrauchtes Vertrauen ließe sich nicht kitten, sagte er.«

»Wir haben gehört, dass Sie im Testament zu fünfundzwanzig Prozent begünstigt sind. Hat er etwas dazu gesagt?«

»Ja, hat er. Damjan sagte, er werde mich so bald wie möglich aus dem Testament streichen.« Gordan blickte von einem zum anderen. »Mir ist klar, wie das für Sie klingt. Das reinste Mordmotiv, nicht wahr? Ich kann Ihnen nur sagen, dass ich ihm nie etwas angetan hätte. Ich habe ihn geliebt.« Sandra hatte das auch schon von mordenden Ehemännern gehört. *Wie hätte ich sie töten können, ich habe sie abgöttisch geliebt …*

Als sie kurz darauf zurück ins Wohnzimmer gingen, legte Sandra ihre Karte auf den Wohnzimmertisch. »Sie können mich jederzeit anrufen, wenn Ihnen noch etwas einfällt. Aber wahrscheinlich sehen wir uns morgen wieder. Vielleicht auch heute Abend noch, wer weiß.«

Das schien den Hausbewohnern zu missfallen, sie sagten aber nichts.

Sandra kam mit ihren drei Kollegen gerade aus dem Haus, als sie ein junger Uniformierter abfing. »Frau Inspektor? Ich soll Ihnen von Herrn Perica etwas ausrichten.«

»Ja?«

Der junge Polizist nahm einen tiefen Atemzug, bevor er anfing. »Er sagte, in Anbetracht der Tatsache, dass sich das Verbrechen bereits in den frühen Morgenstunden ereignete, werde er sich vermutlich noch heute mit Ihnen in Verbindung setzen.« Der Mann atmete erleichtert aus, nachdem er das komplizierte Satzkonstrukt hinter sich gebracht hatte.

»Ja, das klingt nach Perica«, murmelte Zelenika.

Sandra nickte dem jungen Polizisten freundlich zu. »Danke.« Dann setzten sie sich in Bewegung und gingen durch den Olivenhain in Richtung ihrer Autos. Nach einer Weile blieb Sandra stehen, worauf auch ihre Kollegen nicht mehr weitergingen. »Ich muss schon sagen, es ist wundervoll hier«, bemerkte sie. »Sedlar?« Sie zeigte auf den Baum, der ihr beim Herkommen gleich aufgefallen war. »Was glauben Sie, was das ist?«

»Sind das Mangos? Wirklich? Ein Mangobaum?«

»Nein, der Mangobaum steht im Zimmer der Dedićs.«

»Wie bitte?«

»Dieser Baum hier nennt sich angeblich Selbstmordbaum. Den lateinischen Namen habe ich vergessen.«

Milić blätterte in seinem Notizblock. »Cerbera odollam.«

»Genau. Die Früchte sollen giftig sein.« Sandra verzog nachdenklich den Mund. »Ob das überhaupt erlaubt ist?«

Zelenika lachte auf. »Es gibt einen Haufen giftiger Pflanzen. Was glaubst du, wie viele Leute einen Oleander auf der Terrasse stehen haben, weil er so schön ist? Einen Oleandertee aus den Blättern würde ich aber niemandem empfehlen. Rhododendron, Efeu und Maiglöckchen sind ebenfalls giftig. Aber die Leute haben das im Garten, weil's hübsch aussieht.«

»Du kennst dich damit gut aus«, bemerkte Milić verwundert.

»Meine Schwiegermutter ist Hobbygärtnerin.«

Milić nickte anerkennend. »Bemerkenswert. Endlich mal ein Mann, der seiner Schwiegermutter aufmerksam zuhört.«

»Ja. Und mit dir haben wir einen Mann, der mit Ende dreißig immer noch Sätze anfängt wie: ›Meine Mama hat gesagt …‹« Sandra zog ihren Kollegen natürlich nie damit auf, aber es war Milić tatsächlich immer noch nicht gelungen, sich eine eigene Wohnung zu suchen. Weshalb seine Freundin Dolores mit ihm Schluss gemacht hatte, nicht einmal eine teure Halskette von Milić, versehen mit einem netten Brief und den besten Wünschen für die Zukunft, hatte dies verhindern können.

Sandra wechselte das Thema. »Jedenfalls hat sich unser Wunderheiler ein verdammt hübsches Plätzchen zum Leben ausgesucht.«

»Und einen wunderschönen Strand für sich allein«, ergänzte Sedlar. »Kommt es mir nur so vor oder ist das Meer hier noch blauer?«

Sandra blickte über die Klippen aufs Meer und entdeckte ein kleineres Motorboot, das weit draußen vorüberfuhr. Je weiter sie blickte, desto tiefer wurde das Blau des Meeres. »Wäre es nicht möglich, dass jemand vom Meer kam und ihn umgebracht hat?«

Zelenika blickte sich um. »Theoretisch ist alles möglich. Das Anwesen ist nicht umzäunt. Es kann praktisch jeder hierher. Egal ob von der Straße oder vom Meer.«

Sandra stimmte ihm zu. Dann sah sie Sedlar an. »Und? Wie war Ihre Zeit im Wohnzimmer?«

»Lang.«

Sie lachten kurz auf. »Erzählen Sie doch mal.«

»Ehrlich gesagt, ist nichts Interessantes geäußert worden, was ich erzählen könnte. Damjan war ein Halbgott. Darauf läuft es eigentlich hinaus.«

»Konnten Sie nicht etwas aus den Leuten herauskitzeln?«

»Herauskitzeln? Was meinen Sie damit?«

Sandra grinste. »Sie sind nicht so der subtile Typ, was?«

»Ach«, winkte Zelenika ab, »wir werden ihm das Kitzeln schon noch beibringen.«

Sedlar schien sich etwas unwohl zu fühlen. »Sie haben doch gesagt, ich soll das Gespräch nicht lenken. Und von denen kam einfach nichts.«

»Sie müssen Fragen stellen, Sedlar, immer wieder Fragen stellen«, erklärte Sandra.

Sedlar hob die Handflächen nach oben. »Das habe ich gemacht, immer wieder. Aber sie haben nur Belanglosigkeiten erzählt. Von Damjans wunderbarem Charakter und von dem langen Sommer. Ich habe sie sogar nach ihren Gefühlen gefragt, aber sie sagten nur, wie traurig sie seien.«

Zelenika grinste. »Na ja, vielleicht ist die Frage nach den Gefühlen eine Spur zu plump gewesen.«

»Zerbrechen Sie sich jetzt nicht den Kopf darüber.« Sandra merkte, dass ihre Stimme eine Spur zu bemüht klang. Als ob sie Gnade walten lassen wollte, was gar nicht ihre Absicht war. »Sie machen das schon, Sedlar. Wir alle mussten erst einmal da reinwachsen.«

»Genau«, bekräftigte Zelenika. »Learning by doing.«

»Ich finde, er lernt schnell«, kam Milić seinem Kollegen Sedlar zu Hilfe, »und subtil ist Zelenika auch nicht gerade, oder? Aber ihn lässt man gewähren.«

Zelenika warf ihm einen verärgerten Blick zu. »Lockenköpfchen? Don't mess with a capricorn.«

»Was soll das denn jetzt?«, erboste sich Milić. »Reden wir jetzt englisch miteinander? Hast du dich in einen Englischkurs eingeschrieben und gibst jetzt damit an? Was heißt das überhaupt, capricorn?«

»Steinbock.«

»Was?!«

»Das bin ich im Sternzeichen. Auf Englisch heißt es capricorn, hab ich gestern im Fernsehen gehört, und ich hatte jetzt irgendwie das Bedürfnis, es einzubringen. Notfalls mit Gewalt. Ich wollte, dass dieser Satz meine Lippen verlässt.«

Milić seufzte genervt. »Mann, bist du manchmal ein Idiot.«

»Was bist *du* denn im Sternzeichen?«, fragte Zelenika.

»Ich bin Jungfrau«, antwortete Milić.

»Ja, das haben wir vermutet. Aber das gehört nicht hierher. Ich fragte doch nach deinem Sternzeichen.«

Sedlar lachte leise auf, und Milić verdrehte die Augen. »Das ist der Witz eines Zwölfjährigen.«

»Sagt der Mann, der noch im Kinderzimmer wohnt.«

»Jedenfalls«, sagte Milić etwas lauter, um Zelenika demonstrativ zu ignorieren, »scheint dieser Damjan eine widersprüchliche Persönlichkeit gewesen zu sein. Ob seine Aussagen und seine Schwermut mit seinem Tod zusammenhängen?«

Zelenika übernahm die Antwort darauf. »Wer weiß. Wie die Engländer sagen: Nur weil du paranoid bist, heißt das nicht, dass du nicht verfolgt wirst.«

»Okay, Leute«, rief Sandra. »Wo finden wir diese Praxis? Wir sollten übrigens bei Gelegenheit über einen anderen, adäquaten Ausdruck dafür nachdenken. Schließlich war der Mann kein Arzt.«

Sedlar schlug vor: »Nennen wir es doch einfach Büro.«

»Ja. Manchmal kommt man nicht auf das Naheliegende. Also, wo ist es?«

»In der Straße Fiorello La Guardia. Ist diese Straße eigentlich nach dem New Yorker Flughafen benannt?«, fragte Sedlar lächelnd.

»Nein, der New Yorker Flughafen und diese Straße sind nach La Guardia benannt. Er hat mehrere Jahre in Rijeka gelebt und gearbeitet. Natürlich *bevor* er Bürgermeister von New York wurde. Als Rijeka unter italienischer Herrschaft stand und die Stadt noch Fiume hieß, trug die Straße den Namen Via Parini.« Sandra wandte sich zum Gehen. »Also los, an der Brajda einen Parkplatz zu bekommen, kann mühsam werden.« Die Brajda gehörte zum alten Stadtkern. In der Fiorello La Guardia sah man uralte Steinhäuser, alte Geschäfte wie Uhrmacher, und hier und da eine kleine caffe bar. Die deutschen Autohäuser von Volkswagen, Porsche und Mercedes wirkten darin wie Fremdkörper und beinahe zu futuristisch.

»Ach ja«, fiel Sandra ein, »zu welcher Hausnummer müssen wir denn?«

Nachdem Sedlar ihnen diese genannt hatte, stiegen alle in ihre Autos und Sandras Kollegen fuhren sofort Richtung Rijeka, um sich in Damjans Büro mit Miki Stanić zu treffen.

Kaum hatte Sandra die Autotür zugeschlagen, klingelte ihr Handy. »Störe ich?«, hörte sie die leise Stimme ihrer Mutter. Seltsamerweise flüsterte sie immer, wenn sie Sandra während ihrer Arbeitszeit anrief.

»Nein, schon in Ordnung, aber ich kann nicht lange

sprechen.« Im Auto war es unerträglich heiß. Sie startete den Motor und schaltete die Klimaanlage ein. Das Problem war, dass Sandra nicht einfach in T-Shirt oder kurzärmliger Bluse zur Arbeit gehen konnte, mit dem umgebundenen Waffenhalfter, für jedermann sichtbar. Die dunkelblaue Bluse klebte ihr am Körper. Nun zog sie den dünnen Blazer aus, denn im Auto konnte sie immer noch tragen, was sie wollte.

»Ich möchte fragen, ob du morgen Abend zum Essen kommst. Nataša hat Zeit und würde auch kommen. Es wäre nett, wenn wir uns noch einmal sehen könnten, bevor du wegfliegst.« Sandra fand das rührend. Als ob sie ein halbes Jahr auf Weltreise gehen würde. Die Besuche bei ihren Eltern waren für sie eine zwiespältige Angelegenheit. Sie plauderten, scherzten sogar manchmal, aber das distanzierte Verhältnis zu ihrem Vater bewegte sich ihr ganzes Leben auf dem gleichen Level, freundlich, aber nie herzlich. Er hatte keinen Sinn für Humor, obwohl er manchmal davon erzählte, wie viel Spaß er in seiner Jugend gehabt hatte. Ihre Mutter war eine großartige Köchin, wollte aber bei jedem Gang und jedem einzelnen Gericht gelobt werden.

»Ich komme gerne, weiß aber nicht, wie spät es wird. Wir haben seit heute Morgen einen neuen Fall.«

Am anderen Ende der Leitung war ein tiefer Seufzer zu vernehmen. »Hättest du nicht Lehrerin werden können? Tata[6] und ich hatten unsere Abende und unsere Wochenenden.«

---

6 Papa

»Und habt immer nur über Schule geredet.«

»Ist doch gar nicht wahr! Du hast ja kaum Freizeit, Sandra. Wenn du uns besuchst, müssen wir immer mit dem Essen auf dich warten.«

Nun war es Sandra, die gereizt war. »Du redest wie diese Ehefrauen im Film.«

»Was?«

»Im Film reiben sich die Männer auf, und immer haben sie eine keifende Ehefrau, die ihnen Vorhaltungen macht, warum sie so wenig Zeit für die Familie haben.«

»Ach, im Film. Da haben sie auch alle einen Kamin, obwohl ich niemanden kenne, der einen Kamin hat.«

Darauf musste Sandra lachen. »Hör zu, Mama. Ich tue mein Bestes. Falls ich bis neun Uhr nicht kommen kann, gebe ich rechtzeitig Bescheid.«

»In Ordnung. Bis dann.«

Als Sandra ihr Handy weglegte und gerade losfahren wollte, erblickte sie auf dem Balkon Andrija, den Bruder des Opfers. Wahrscheinlich war er aus seinem Zimmer gekommen, um frische Luft zu atmen oder um sich ein bisschen die Sonne aufs Gesicht scheinen zu lassen. Was tat er denn da? Andrija hob die Arme gen Himmel, streckte sie aus, so weit er konnte und hob den Kopf in Richtung Himmel. Der arme Mann. Es war offensichtlich, dass er nicht alle Sinne beieinanderhatte. Wollte er seine sogenannte Gabe verstärken, irgendeine Unterstützung der höheren Mächte? Die beiden Brüder waren von ihren Eltern richtiggehend verkorkst worden. Sie hatten eine Art Größenwahn entwickelt. Andrijas Selbsttäuschung weckte einerseits

Mitgefühl in ihr. Andererseits fragte sie sich, zu was er fähig wäre, um seinen Größenwahn auszuleben. War er imstande, seinen Konkurrenten zu töten, seinen Bruder?

8

Nachdem Sandra und ihre Kollegen alle einen Parkplatz gefunden hatten, trafen sie sich vor Damjans Büro. Es befand sich im ersten Stock eines dreistöckigen alten, sanierten Gebäudes. Auf der Klingel und an der Haustüre stand *Anti-Blockade-Heilung*.

Sandra hatte sich Damjans Mitarbeiter ganz anders vorgestellt. »Mihael Stanić?«, fragte sie erstaunt. Aus irgendeinem Grund hatte sie eine Art jungen Dalai Lama erwartet, mit schwingendem Gewand und einer randlosen Brille, wie Milić eine trug.

»Bitte nennen Sie mich Miki.« Der junge Mann wirkte wie ein strebsamer Buchhalter, mit weißem Hemd und dunkelblauer Krawatte. Sein brünettes Haar trug er etwas länger, als es modern war. Der Seitenscheitel war perfekt gezogen, und wie es aussah, hatte er sich heute Morgen frisch rasiert. Strahlend weiße Zähne und ... war das Make-up? Wahrscheinlich eine getönte Tagescreme, wie sie heute angeblich auch Männer benutzten. Sandra war eben auch nicht frei von Vorurteilen, denn sie wollte wirklich keinen Mann, der sein Make-up im Bad neben dem ihren stehen hatte. Aber darüber musste sie sich leider keine Sorgen machen, denn seit Marin vor anderthalb Jahren vom

Auto überfahren worden und gestorben war, hatte es keinen Mann mehr in ihrem Leben gegeben.

Mikis Augen konnte man ansehen, dass er geweint hatte. Sie waren rot und verquollen. Er hatte bereits vier Stühle in die Mitte des Raumes gestellt, sodass sich je zwei Personen gegenübersitzen konnten. »Ich habe in der Zwischenzeit alle Termine abgesagt. Sie können sich nicht vorstellen, wie schockiert seine Patienten über die Nachricht waren.« Zerstreut kratzte er sich an der Stirn. »Ich habe den Anrufbeantworter eingeschaltet, damit wir nicht gestört werden.« Er blickte von einem zum anderen. »Rafael sagte am Telefon, dass Sie zu viert sind«, erklärte er und zeigte auf die Stühle. »Möchten Sie vielleicht etwas trinken?« Er klang traurig. Sandra wusste zwar nicht, wie der junge Mann ansonsten war, aber er wirkte sehr geknickt. »Mineralwasser, Juice[7], Kaffee?«

»Ein Kaffee wäre großartig«, kam es von Sandra, kaum dass er zu Ende gesprochen hatte.

»Warum nicht?«, meldete sich Zelenika zu Wort. »Kaffee für alle, bitte.«

»Espresso? Cappuccino?«

Sandra wollte einen doppelten Espresso, wofür sich auch die anderen entschieden, wahrscheinlich auch deshalb, um Miki keinen unnötigen Aufwand zu bereiten.

»Bitte, setzen Sie sich doch«, forderte Miki das Team auf.

---

7 Orangensaft

Während er vor dem Vollautomaten stand und herumwerkelte, fragte Zelenika: »Ist das der Empfangsraum?« Vor der Wand zu Sandras rechter Seite befand sich ein Sekretär aus dunklem Massivholz. Auf ihm standen ein PC und ein Telefon. An derselben Wand war eine Tür, wahrscheinlich führte sie in Damjans Behandlungszimmer.

»Sozusagen«, antwortete Miki. »Hier empfange ich die Patienten und nehme die Anrufe entgegen, vereinbare die Termine und mache die Buchhaltung.« Miki nahm eine Pflanze von einem Holztischchen, stellte sie auf den Boden und das Holztischchen zwischen die Beamten. Darauf stellte er die Tassen ab und schob den Bürostuhl für sich heran, der hinter dem Schreibtisch stand.

»Was heißt das, Herr ...«, begann Zelenika.

»Nennen Sie mich Miki. Das tun alle.« Er ließ sich auf den Stuhl fallen, als sei er hundemüde.

»Gut, Miki. Also, was heißt das genau, dass Sie die Buchhaltung machen?«

»Eben alles, was anfällt. Ich stelle die Rechnungen aus, erledige die Steuer, mache Überweisungen ...«

Zelenika hob kurz die Hand, dann fragte er: »Sie machen die Steuer?«

»Ja, Damjan ist als Heiler gemeldet. Um seine Kranken- und Rentenversicherung musste er sich natürlich selbst kümmern, besser gesagt, ich habe mich darum gekümmert.«

»Ich frage sicherheitshalber noch mal: Alles lief... legal ab? Nichts schwarz?«

»Nein, natürlich nicht.« Miki schüttelte vehement den Kopf. »Das hätte Damjan niemals zugelassen. Alles, was gestohlen oder unterschlagen wird, ist schlecht fürs Karma.«

»Ah ja, klar«, meinte Zelenika, nicht ohne sarkastischen Unterton.

»Aber ...«, setzte Miki an, beschloss dann jedoch zu schweigen.

»Wir sind nicht von der Steuerfahndung.« Milić nickte ihm aufmunternd zu, als sei Miki ein Kind, das sich nicht traute, ein Gedicht aufzusagen.

»Es ist so, dass ...« Miki lächelte unsicher, dann erzählte er: »Also, manchmal kamen auch reiche Leute, Prominente oder Unternehmer und Künstler aus dem Ausland. Hin und wieder sah ich ein Kuvert auf dem Schreibtisch oder in der Schublade, wenn ich nach etwas suchte. Äh ... ich weiß ja nicht, was da drin war, aber ...«

»Na, ein Liebesbrief wohl kaum«, bemerkte Zelenika.

Miki sah ihn an und nickte. »Wenn Sie meine Meinung hören wollen, ich glaube nicht, dass es nur als Anerkennung gemeint war, sondern auch als eine Art Schweigegeld. Diese Leute wollten vor der Öffentlichkeit geheim halten, dass sie Damjan aufgesucht hatten. Wahrscheinlich dachte Damjan, die haben sowieso genug Geld, also warum soll er es nicht nehmen.«

»Interessant.« Sedlar blickte zu Sandra. »Vielleicht war das eben auch ein Grund, warum er Geld gespendet hat. Um sein Gewissen reinzuwaschen. Er nimmt gerne das Geld, aber wenn er einen auf Robin Hood macht, relativiert er das Ganze damit.«

Miki schnaubte: »Es tut weh, wenn Sie so über Damjan sprechen. Sie kannten ihn nicht.«

»Tut mir leid«, sagte Sedlar einsichtig.

Miki nickte, um zu zeigen, dass er die Entschuldigung akzeptierte.

»Und es kamen wirklich auch Prominente und reiche Leute?«

»Ja, natürlich. Wie Ivo Andrić[8] einst sagte, ist Krankheit das Schicksal der Armen, aber auch die Strafe der Reichen.«

»Sagen Sie, haben auch Sie sich von ihm behandeln lassen?«, fragte Sedlar.

»Oh nein, nein.«

»Oh nein, nein? Warum?«

»Weil ich nicht an seine Heilkräfte glaubte.«

Nicht nur Sedlar war darüber erstaunt. Dem musste Sandra auf den Grund gehen. »Das verstehe ich nicht. Sie haben ihn doch bewundert und sich hier so engagiert?«

»Ja, schon, aber nur, weil er so spirituell und philosophisch war und ich mit ihm über solche Dinge sprechen konnte. Wir haben täglich über Karma und ähnliche Dinge gesprochen. Er hatte diese einnehmende Art. Ich fühlte mich nicht, als wäre ich bei der Arbeit.«

»Verstehe«, meinte Sandra, auch wenn es ihr schwerfiel, das zu verstehen. »Hat Damjan sonst noch eine

---

8 Schriftsteller

andere Dienstleistung angeboten oder nur dieses Handauflegen?«

»Nein, nichts anderes.«

Zelenika bohrte nach: »Kein Tarot, keine Karmasitzungen, keine Horoskope?«

»Nein.«

Milić wandte den Kopf zu Zelenika. »Leider keine Horoskope, capricorn.«

Miki runzelte verwirrt die Stirn.

»Das heißt«, fragte Zelenika weiter, unbeeindruckt von Milićs Kommentar, »dieses Karmazeug war nur eine Art Hobby?«

»Hobby ist untertrieben, eher eine Leidenschaft.«

»Oder eine Obsession. Aber das ist vermutlich Auslegungssache. Und was sind das für Überweisungen, die Sie erwähnten? An wen tätigen Sie Überweisungen?«

»Damjan hat regelmäßig Geld an wohltätige Organisationen gespendet.«

»Davon haben wir gehört. Welche Organisationen sind das?«

»Ach, das ging querbeet. Für Waisenkinder, Tierheime, Obdachlose, Suchtkliniken, Frauenhäuser ...«

»Was Sie nicht sagen.«

»Möchten Sie die Belege sehen?«

»Unbedingt.«

In der nächsten Stunde gingen sie die Unterlagen durch. Miki hatte die Mappen in unterschiedlichen Farben und sauber geordnet nach Thematik erstellt. Er holte jede einzelne aus dem Regal und klappte sie vor ihnen auf. Sie stießen auf die Kopie des Testaments, und was sie bisher darüber gehört hatten, bestätigte sich.

»Unglaublich«, kommentierte Sedlar, als sie sich später wieder auf die Stühle setzten.

»Was ist unglaublich?«, wollte Miki wissen.

»Was unglaublich ist? Ich wüsste gar nicht, wo ich anfangen sollte. Warum hat er auch von armen Menschen Geld für seine Dienste verlangt, wenn er doch …«

»Disziplin«, erklärte Miki.

»Und diese Großzügigkeit! Woher kommt das?«

Miki drehte sich auf seinem Bürostuhl hin und her, während er überlegte, wie er darauf antworten sollte. »Das ist kompliziert.«

»Warum ist das kompliziert?«, fragte Sandra. »Versuchen Sie es zu erklären.«

»Damjan hatte ein schlechtes Karma.«

Zelenika nickte, als wäre das eine absolut schlüssige Erklärung für ihn. »Und wie kam er darauf?«

»Er hat vor vielen Jahren eine Rückführung gemacht.«

Zelenika schob seinen Kopf nach vorne. »Eine was?«

»Er hat sich in Trance versetzen lassen, um seine bisherigen Leben zu sehen. Man kann dabei nicht alle Leben sehen, denn wir alle haben schon sehr viele Leben gelebt. Meistens ist es nur ein Leben, das wir sehen, oder zwei. Diese Leben tauchen in der Trance deshalb auf, weil sie am meisten Rückschlüsse für das Heute geben. Dann begreifen wir, warum etwas heute ist, wie es ist, und weshalb uns Dinge quälen. Wir begreifen dann die Aufgabe, die wir in diesem Leben haben. Häufig ist es auch so, dass wir im heutigen Leben den Menschen begegnen, die in unserem früheren Leben eine Rolle spielten. Ihre Frau kann in einem anderen Leben Ihr Mörder gewesen sein.«

»Ach wirklich?« Zelenika schien nicht überzeugt. »Jetzt mal im Ernst, Miki. Glauben Sie an diesen ganzen Hokuspokus?«

»Ja.«

»Aha. Na gut, meinetwegen. Dann erzählen Sie uns mal, warum Damjan ein schlechtes Karma hatte.«

Miki rutschte nervös auf seinem Bürostuhl herum. »Aber das ist sehr persönlich. Damjan würde nicht wollen, dass ich es herumerzähle.«

Sandra schlug ein Bein über das andere und versuchte, entspannt und wohlgesonnen auf ihn zu wirken. »Ich möchte Sie etwas fragen, Miki. Würde Damjan wollen, dass sein Mörder gefasst wird?«

»Rafael sagte am Telefon, es steht noch nicht fest, dass es Mord ist. Obwohl er sich sicher ist, dass Damjan ermordet wurde.«

Sandra nickte. »Es ist richtig, dass es noch nicht bestätigt wurde. Aber da Mord nicht ausgeschlossen ist, ermitteln wir in dieser Richtung. Wir müssen abwarten, was die Obduktion ergibt.«

Ein dunkler Schatten legte sich über Mikis Gesicht. »Ja, das verstehe ich. Obwohl es mir natürlich schwerfällt, zu glauben, dass jemand ihn töten könnte. Andererseits, Damjan hätte auf keinen Fall Selbstmord begangen.«

»Also?«, griff Sandra den Faden wieder auf. »Würde Damjan wollen, dass sein Mörder gefasst wird?«

»Selbstverständlich.«

»Und genau deshalb müssen wir alles über ihn wissen. Alles, was ihn antrieb, beschäftigte, sorgte, freute … Verstehen Sie, Miki?«

»Schon klar. In Ordnung, ich werde es Ihnen erzählen.« Er machte eine Pause, bevor er fortfuhr: »Damjan hat mir erzählt, dass er in einem früheren Leben von seinem Vater verlassen wurde und seine Kindheit deshalb schrecklich war. Er musste Hunger leiden, und die Mutter starb an einer Lungenentzündung. Daraufhin kam er ins Waisenhaus, und als Erwachsener suchte er seinen Vater und wollte ihn bitten, ihm zu helfen. Der Vater weigerte sich, und es kam zum Streit. Er hat seinen Vater erstochen.« Pause. »Sein Vater im damaligen Leben ist Gordan.«

Sandra verspürte eine Mischung aus Komik, Traurigkeit und Mitleid. Sie hörte Milić leise auflachen. Sedlar und sie warfen sich einen Blick zu, worauf Sedlar ein Gesicht machte, als müsse er seine gesamte Toleranz aufbringen, um nichts zu sagen. Zelenika wirkte gelassen und ließ sich nichts anmerken. »Nun dann …«, begann er, »ist es wohl zu spät, Damjan wegen Mordes festzunehmen. Entschuldigung, ich weiß, das war blöd. Ich verstehe Ihre Trauer, glauben Sie mir. Hat Gordan gewusst, dass er in … einem anderen Leben von Damjan erstochen wurde? Ich hätte nicht gedacht, dass ich jemals so eine Frage stellen müsste.«

»Nein, niemand wusste es, nur ich.«

»Wir haben heute nur Gutes über ihn gehört. Denken Sie, dass er diese Wohltätigkeiten ausübte, um sein Karma reinzuwaschen?«

»Ja, das glaube ich.«

»Haben Sie auch mal so eine Trance-Sitzung gemacht?«, fragte Sandra.

»Nein, davor hätte ich Angst. Ich will es nicht wissen. Aber ich habe viel von Damjan gelernt. Er war beinahe eine Art Experte auf diesem Gebiet.«

»Ein Karma-Experte?«

»Karma und Reinkarnation. Ich habe viel von ihm gelernt, kann Menschen relativ gut einschätzen und erkenne, was sie schmerzt.«

»Tatsächlich?« Zelenika schmunzelte. »Also, was sehen Sie bei mir?«

»Nein, das möchte ich lieber nicht tun.«

»Na los, machen Sie schon.«

»Nein, wirklich nicht.«

»Tun Sie's!«, befahl Milić und zeigte mit der Hand auf Zelenika. »Er bettelt doch geradezu darum.«

»Ich bin kein Profiler oder so etwas. Damjan hat mir nur bestimmte Dinge beigebracht, was Menschen über sich verraten, ohne es zu wissen.«

»Ich warte.« Zelenika machte eine einladende Handbewegung.

Miki betrachtete Zelenika eine halbe Minute, dann begann er: »Sie schleppen viel Schuldgefühl mit sich herum. Als Sie jung waren, haben Sie versucht, es allen recht zu machen und haben viel getan, um den Menschen zu gefallen. Aber Sie wurden dadurch nur noch mehr verletzt. Deshalb ist Ihr Verhalten umgeschlagen, und Sie bauen sich heute Ihren Schutzschild aus Zynismus und Sarkasmus. Manchmal schrecken Sie auch vor Beleidigungen nicht zurück, meistens gegenüber Menschen, die Sie besonders gernhaben. Lange Zeit war ein Suchtmittel Ihr ständiger Begleiter, könnte Spielsucht gewesen sein, aber ich tippe eher auf Alkohol. Sie wollen ein guter Mensch sein, aber Sie begreifen nicht, dass Sie das längst sind. Diesen Beruf haben Sie bewusst gewählt. Sie wollen Ordnung schaffen, den Weg des Anstands und der Moral gehen. Sie suchen nach Antworten über sich selbst, stellen aber die falschen Fragen. Sie bewegen sich gedanklich in der Kindheit, um dort den Schlüssel zu finden. Aber Sie suchen in der falschen Zeitspanne. Ihre Probleme liegen viel weiter zurück. Möglicherweise waren Sie ein Krieger, vielleicht in hoher Position. Oder eine Frau, die viel Demütigung erfahren hat. Vielleicht beides, in unterschiedlichen Leben.«

Die Spannung war greifbar. Allen war es peinlich, bemerkte Sandra. Wobei *peinlich* stark untertrieben war. Niemand wollte als Erster etwas sagen. Zelenika starrte Miki mit offenem Mund an. Er war tatsächlich sprachlos. Oder konnte er »so viel Blödsinn« einfach nicht fassen?

Schließlich ergriff Milić das Wort. »Das war sehr aufschlussreich.« Seiner Stimme hörte man an, dass er ein Lachen unterdrückte. »Wissen Sie, welcher Teil mir am besten gefallen hat? Als Sie sagten, dass er Menschen beleidigt, die er besonders liebhat.« Offenbar dachte Milić dabei an die Beleidigungen Zelenikas ihm gegenüber.

»Gernhat!«, bellte Zelenika. »Er sagte gernhat, nicht liebhat.« Nach ein paar Sekunden hatte Zelenika sich wieder im Griff. Er räusperte sich ausgiebig, bevor er fragte: »Wie viel hat Damjan pro Monat verdient, so ungefähr?«

»Ich kann es Ihnen sogar ziemlich genau sagen. Etwa einhundertvierzigtausend Kuna[9] pro Monat.«

»Wie bitte?« Sandra glaubte, sich verhört zu haben.

Miki sah sie erstaunt an. »Damjan hat dreihundertfünfzig Kuna pro Sitzung berechnet, die eine halbe Stunde dauerte. Er arbeitete von acht bis achtzehn Uhr, ohne Pause. Pro Tag sind das siebentausend Kuna, pro Monat etwa hundertvierzigtausend. Nach Steuern, Miete und Unkosten blieben ihm über hunderttausend. Etwa zehntausend Kuna hat er jeden Monat für wohltätige Zwecke gespendet.«

Sandra versuchte, eine anerkennende Miene zu machen. Damjans Großzügigkeit in allen Ehren, aber was sie von der Art und Weise hielt, wie er zu seinem Geld gekommen war, wollte sie nicht nach außen tragen. »Ich weiß, es ist etwas zu früh, diese Frage zu stellen, aber ich stelle sie trotzdem, aus Neugier. Was wird aus seinen Mitbewohnern in Malnari?«

Miki zuckte die Schultern. »Darüber habe ich wirklich noch nicht nachgedacht. Aber es gibt keinen Grund für mich, sie von heute auf morgen aus dem Haus zu

9 1 Euro = 7,5 Kuna

werfen. Ich lebe mit meinem Freund bei seinen Eltern in Bakar. Sie haben ein riesiges Haus, und mein Freund ist Einzelkind. Wir haben bei denen das schönste Leben. Glücklicherweise, denn meine Eltern sind mit meinem … Lebenswandel nicht besonders glücklich.«

»Bakar liegt auf dem Weg zu Damjans Anwesen«, überlegte Sandra laut.

»Ja. Ich habe ihn manchmal besucht. Damjan lud mich zum Essen ein, und wir spielten danach immer Schach. Er liebte Rituale.«

»Ich habe auch mal eine Frage aus Neugier«, kam es von Sedlar.

Miki sah ihn anders an als den Rest, etwas verschämt und schüchtern. Sandra war darüber nicht erstaunt, denn Sedlar sah gut aus und Miki war schwul.

»Ja?«, kam es krächzend aus Mikis Kehle, darauf räusperte er sich verlegen.

»Wo ging Damjan hin, wenn er krank war? Wer war sein Arzt?«

Zelenika beugte sich weit nach vorne, um Sedlar ins Gesicht zu sehen. »Eine wirklich gute Frage.«

Sandra wollte Zelenika gerade zustimmen, besann sich dann aber anders. Es könnte bei Sedlar so ankommen, als würden sie ihn loben wie einen Halbwüchsigen und als hätte er sich bisher durch nichts hervorgetan. Außer ein paar Schnitzern hatte sich Sedlar in der kurzen Zeit, die sie bisher zusammenarbeiteten, durchaus bewährt und gute Arbeit geleistet, deshalb sagte Sandra nur: »Ja, das würde mich auch interessieren.«

»Sein Arzt ist Kristijan Kopljar.«

»Haben Sie ein Alibi für heute Morgen, so zwischen vier und sechs? Wo waren Sie zu dieser Zeit?«, fragte Zelenika.

Mikis Oberkörper wich ein wenig zurück, als er seinen Blick auf Zelenika richtete. »Das kam jetzt aber ziemlich übergangslos. Äh… wo ich war? Wo denn schon? Im Bett natürlich. Mit Miro, meinem Freund. Um sieben hat unser Wecker geklingelt.«

»Danke«, sagte Zelenika beiläufig, als habe Miki ihm nur die Tür aufgehalten. »Wir haben gehört, dass vor ein paar Wochen ein Mann zu Tode kam, weil er sich ausschließlich auf Damjans Methoden verlassen hat. Können Sie uns sagen, wie der Name dieses Patienten war?«

»Er hieß Domagoj Petrinac. Diese fiese Journalistin, Mirta Car, hat dann die Witwe aufgesucht, nachdem ihr Mann gestorben ist, und ein ausführliches Interview mit ihr geführt. Sie können sich vorstellen, wie einig sich die beiden waren, dass Damjan ein Betrüger ist.«

Zelenika nickte dankend und notierte die Namen. »Gab es sonst noch irgendwelche unangenehmen Vorfälle in den letzten Monaten?«

»Es gab da etwas, aber ich weiß nicht, ob das wichtig für Sie ist. Eine Irre. Wollte sich wahrscheinlich wichtigmachen, als hätte Damjan es nötig, sich bei der einzuschleimen.«

»Worum ging es dabei?«

»Sie hatte einen Termin. Die nächste Patientin wartete schon, weil Damjan um zehn Minuten überzogen hatte, was sonst nie passierte. Die dumme Nuss kam aus Damjans Behandlungsraum und ging grußlos hinaus. Sie wirkte so … künstlich aufgebracht. Nach ein paar Tagen rief sie hier an und sagte, ich solle meinem Chef ausrichten, er solle aufhören, sie zu stalken. Sonst würde sie nämlich die Polizei rufen.«

»Der Name der Frau?«

»Das weiß ich nicht mehr, ist schon eine Weile her, anderthalb Monate ungefähr. Aber ich kann das Terminbuch durchsehen, wenn Sie wollen.«

Zelenika nickte. »Das wollen wir.«

Miki stand auf und ging an seinen Schreibtisch. Während er vornübergebeugt in seinem Terminbuch blätterte, murmelte er abwechselnd »Verdammt« und »Das gibt's doch nicht« vor sich hin. Nach über zehn Minuten hatte er sie endlich gefunden. »Hier ist sie. Oh, doch schon zwei Monate her. Sie heißt Kata Vrdoljak.«

»Gibt es sonst noch etwas, das Sie uns über sie sagen könnten?«

»Über Kata Vrdoljak? Nein. Sie kam wegen Sodbrennen zu Damjan.«

»Wegen Sodbrennen?«, fragte Sedlar ungläubig.

»Wegen Reflux, besser gesagt. Das ist keine Kleinigkeit. Die Magensäure greift dabei die Speiseröhre an. Das Ganze ist sehr schmerzhaft. Meine Tante hatte das, deshalb weiß ich es.«

Sandra erhob sich. »Ich würde mir gerne dieses Behandlungszimmer ansehen.«

Miki öffnete sogleich die Tür neben seinem Schreibtisch. Sie gingen alle hinein, aber es gab nicht viel zu sehen. Damjan schien eindeutig den spartanischen Stil zu bevorzugen. In der Mitte des Raumes befanden sich zwei niedrige Sessel mit Holzlehnen und fliederfarbenen Polstern, die sich schräg gegenüberstanden. Zwischen den Sesseln gab es ein winziges Holztischchen, auf dem zwei umgedrehte Wassergläser auf weißen Papieruntersetzern standen. An der Wand gegenüber der Tür war ein ähnlicher Sekretär wie im Vorzimmer, allerdings deutlich kleiner. Auf ihm standen nur eine Vase mit Schnittblumen und ein eingerahmtes Foto von Gordan. Die Wände waren in einem zarten Blauton gestrichen. An jeder der vier Wände hing ein Landschaftsposter. Auch hier gab es einen Wasserfall, aber es war ein anderer als in Damjans Wohnzimmer zu Hause. Dieser befand sich im Nationalpark Plitvice. »Seltsam«, bemerkte Sandra.

»Was denn?« Miki stand neben ihr und sah sie neugierig an.

»Weder in seinem Haus noch hier hat er Fotos. Private Fotos, meine ich. Von Familie oder Freunden. Nur hier auf dem Schreibtisch eines von Gordan. Mein Verdacht ist, dass das Foto von Gordan ein bisschen Kalkül ist, wegen seiner Patienten. Es sieht doch komisch aus, wenn man nirgends ein Foto hat.«

»Hmm«, machte Miki verwundert. »Ist mir noch nie aufgefallen, dass er im Haus keine Fotos hat. Aber seine Freunde waren *wir*. Ich und die Leute, die bei ihm wohnen, und die sieht er ja jeden Tag. Andere Freunde hatte er nicht. Und Familie? Er hat nur seinen Bruder, und den sieht er ebenfalls jeden Tag.«

Sandra ging zum Sekretär und öffnete die vier kleinen Schubladen. Zwei waren vollkommen leer. In einer dritten befanden sich ein Päckchen Kaugummi und eine Handcreme. In der vierten waren Hustenpastillen, Vitamin-C-Kapseln und ein Lippenpflegestift mit Vanillegeschmack. »Wie lange geht der Mietvertrag noch?«, fragte Sandra unvermittelt.

»Zwei Jahre«, antwortete Miki und steckte unbeholfen die Hände in die Hosentaschen. »Ich muss den Vermieter anrufen, denn es gibt ja niemanden, der das hier weiterführen kann.«

Sandra ging wieder zur Mitte des Raumes und verschränkte die Hände vor der Brust. »Andrija Martinović scheint zu glauben, dass auch er diese Gabe hat.«

»Ja, ja«, kommentierte Miki lapidar. »Ich habe Ihnen ja bereits gesagt, dass ich nicht mal an *Damjans* Gabe glaube. Es wäre mir übrigens sehr lieb, wenn Sie meine Zweifel nicht den Leuten in Malnari erzählen würden. Selbstverständlich habe ich auch Damjan gegenüber nie etwas erwähnt. Obwohl er es irgendwie spürte, glaube ich. Aber wir haben uns auf dieser anderen Ebene so gut verstanden, deshalb war es ihm vielleicht gar nicht wichtig. Auch wenn es verrückt klingt, aber ich glaube, dass er selbst es auch nicht glaubte.«

»Dass er diese Gabe hat?«

Miki nickte. »Wissen Sie, wie alles angefangen hat? Er hat der Freundin seiner Mutter mal den Nacken massiert, einfach, weil sie sagte: ›Ich wünschte, jemand würde mir mal meinen verspannten Nacken massieren.‹ Also hat er das gemacht, da war er zwölf oder dreizehn. Diese Frau war Verwaltungsangestellte in der Gemeinde und kannte eine Menge Leute. Ihre jahrelange Verspannung war wie weggeblasen, und so machte das die Runde. Das alles geschah natürlich nicht über Nacht. Aber irgendwann, als Damjan fünfzehn oder sechzehn war, kamen die Leute und bezahlten sogar dafür, dass er sie massierte. Irgendwann war eine Massage gar nicht mehr nötig, denn die Leute fühlten sich bereits nach wenigen Augenblicken besser, kaum dass er sie berührt hatte. Damjan hat nie über seine Eltern gesprochen, hat nur einmal gesagt, dass sein Vater das ganze Geld versoffen hätte. Ich glaube, der hat regelmäßig seine Frau und seine Kinder verprügelt. Das sickerte so ein bisschen durch. Jedenfalls ist Damjan mit achtzehn ausgezogen, hat geputzt und gekellnert, und seine Patienten kamen in sein kleines Apartement. Dann hat er sich zum Geschäftsmann entwickelt.«

Nachdenklich hob Sandra die Hand zum Kinn. »Und was ist Ihre Meinung darüber, dass sein Bruder in seine Fußstapfen treten will?«

Miki verzog missbilligend den Mund. »Damjan hatte, trotz seiner kleinen Körpergröße, etwas, das Andrija nicht hat. Es nennt sich Charisma. Außerdem kannte Damjan die Menschen, war wissbegierig und tolerant. Andrija ist ein Kreten[10], aber da kann er schließlich nichts dafür.«

»Haben die beiden sich gut verstanden?«

---

10 Trottel/Dummkopf, vom franz. crétin

»Damjan hat sich mit jedem gut verstanden. Gerade das hat ihn ausgemacht. Er hat jeden Menschen so akzeptiert, wie er ist.« Miki seufzte. »Ich werde ihn furchtbar vermissen.«

»Warum hat sich Ihr Chef Damjan genannt?«

»Der Name ist doch schön? Damjan sagte, ein Arzt aus dem 4. Jahrhundert hieß so. Er starb als Märtyrer.« Im nächsten Augenblick besann er sich seiner Worte und fügte hinzu: »Mein Gott, ist das makaber.«

»Was werden Sie jetzt tun, Miki? Vielleicht in einer Arztpraxis arbeiten?«

Miki prustete kurz, aber er wirkte nicht amüsiert. »Als ob ein Arzt mich einstellen würde, nachdem ich bei einem sogenannten Scharlatan gearbeitet habe.« Er zog den rechten Arm aus seiner Hosentasche und winkte ab. »Vielleicht versuche ich, irgendwo als Informatiker unterzukommen. Schließlich habe ich das studiert.«

»Wie alt sind Sie?«

»Fünfundzwanzig.«

»Ich bin sicher, Sie werden bald etwas finden. Aber eine Frage habe ich noch.«

»Ja?«

»Welchen Menschen liebte Damjan am meisten?«

Wider Erwarten war Miki über die Frage nicht überrascht. Sandra war gespannt, ob er seinen eigenen Namen nennen würde. »Oh, er hatte seinen Bruder gern. Mich mochte er auch sehr. Wir beide liebten es, über das Leben zu philosophieren.« Bei dieser Erinnerung huschte ein Ausdruck des Glücks über sein Gesicht. »Und seine Freunde, die im Haus lebten, hatte er auch alle gern. Auch ein paar Patienten, die regelmäßig kamen, hatte er schon ins Herz geschlo …«

»Wen liebte er am meisten?«, unterbrach ihn Sandra.

Nach nur einer Sekunde Bedenkzeit sagte Miki: »Gordan.«

Bemerkenswert, überlegte Sandra. Besonders deshalb, weil laut Gordan niemand wusste, dass er Damjans Sohn war. Wie es aussah, waren sich alle einig darüber, dass Gordan Damjans Liebling gewesen war.

»Für Gordan«, fuhr Miki fort, »hätte er alles getan. Er hätte sich geopfert, wenn es hätte sein müssen. Aber … ich bin mir nicht sicher, ob das wirklich Liebe war. Gordan kann manchmal so kühl und unnahbar sein. Vielleicht hat Gordan ihn an jemanden erinnert, von dem er geliebt werden wollte. Vielleicht an seinen Vater?«

9

»Ich verhungere langsam«, jammerte Milić, als sie auf die Straße traten. »Wollen wir schnell einen Happen essen?«

Unsicher sah er Sandra an. »Oder gehen wir lieber erst ins Präsidium? Wie ist der Plan?«

»Essen müssen wir schließlich auch. Danach gehen wir ins Präsidium.«

Wenige Minuten später saßen sie im *Nostalgija*, einem kleinen Tagesrestaurant, das günstige und deftige Speisen anbot. Fisch gab es hier nicht, dafür aber schmackhafte maneštra[11] oder kobasice[12] mit Sauerkraut. Die Einrichtung war nett, aber nüchtern und schnörkellos.

Sie bestellten alle maneštra, weil das am schnellsten ging. Während sie aßen und dazu Mineralwasser tranken, fragte Sedlar an Sandra gerichtet: »Gibt es bis jetzt jemanden, der … wie soll ich sagen, in Ihren Fokus gerückt ist? Angenommen, es bestätigt sich, dass es Mord war, haben Sie einen …«

»Favoriten?«, kam Zelenika ihm scherzhaft zu Hilfe.

---

11 Gemüseeintopf (meist mit Fleischeinlage)

12 Würste

»Okay, nennen wir es so. Wir sind schließlich unter uns.« Sedlar hielt den Löffel in der Hand und sah Sandra abwartend an.

»Ich ziehe ungern voreilige Schlüsse, aber in diesem Haus in Malnari sind *alle* etwas außergewöhnliche Persönlichkeiten.«

»Das hast du hübsch formuliert«, kommentierte Zelenika.

Sandra berichtete von ihrer Beobachtung, wie Andrija auf dem Balkon die Arme gen Himmel gestreckt und konzentriert Kontakt zu den höheren Mächten aufgenommen hatte – zumindest hatte diese skurrile Szene für Sandra so ausgesehen –, was ihre Kollegen amüsierte. »Tja, und Gordan mit seinem tiefen Geheimnis beschäftigt mich durchaus. Er hat nicht einmal seiner Frau gesagt, dass er Damjans Sohn ist. Warum? Ich kann es Damjan nicht verdenken, dass er aufgebracht war. Schließlich hat ihn Gordan jahrelang getäuscht. Dass Damjan ihn aus dem Testament streichen wollte, macht Gordan zwar verdächtig, andererseits würde er uns das gar nicht erst erzählen, wenn er mit dem Mord etwas zu tun hätte.«

»Aber vielleicht ist genau das seine Taktik?« Sedlar rührte in seinem Teller herum. »Dass wir genau das denken sollen.«

»Möglich ist alles. Seine Frau schien mir von Damjans Tod nicht gerade traumatisiert, hatte es furchtbar eilig abzuhauen. Und der Bruder ist anscheinend nicht ganz richtig im Kopf, aber meistens ist dieser Menschentyp harmlos.«

Milić schüttelte nachdenklich den Kopf. »Ich habe eher Probleme mit Mladen Višković. Der Kerl ist auf dem IQ-Level eines Teenagers, und irgendwie hat er etwas Unheimliches.«

»Etwas Unheimliches?« Zelenika verzog zynisch den Mund. »Der ist doch so was von unscheinbar.«

Sedlar tupfte sich den Mund mit der Serviette ab. »Sind kaltblütige Mörder nicht für gewöhnlich Leute, die als unscheinbar beschrieben werden? Das Klischee vom netten Nachbarn stimmt doch häufig, oder nicht?«

Zelenika kräuselte die Lippen und tat so, als würde er angestrengt nachdenken. »Stimmt oft genug, aber nicht immer«, sagte er schließlich. »Dann träfe das nämlich auch auf Tilda und Benedikta zu. Die beiden sind herzallerliebst. Und was ist erst mit Rafael, diesem Haarnetzträger? Großer Gott, ich weiß nicht, was schlimmer ist – das oder das Make-up von Miki.«

»Er hatte früher Akne, ist noch nicht ganz verschwunden«, kam Sedlar erklärend zu Hilfe. »Das hatte ich früher auch.« Als Zelenika ihn forschend ansah, fügte er schnell hinzu: »Geschminkt habe ich mich natürlich nicht.«

»Na, Gott sei Dank.«

»Er ist nett, dieser Miki.« Milić schenkte sich noch ein Glas Mineralwasser ein. »Aber der Arme ist auch ein bisschen vom Vernunftspfad abgewichen mit seinem Karmagefasel. Erstaunlich, wie es diesem kleinen Damjan gelungen ist, alle Menschen für sich einzunehmen.«

»Nun sei mal nicht so arrogant!« Zelenika kratzte den letzten Rest Eintopf aus dem Teller und ergänzte, kaum dass er hinuntergeschluckt hatte: »Was haben denn Körpergröße oder Haarfarbe mit Ausstrahlung zu tun? Nehmen wir mal uns beide. Ich bin blond, leicht übergewichtig, einsneunzig, und es gibt hübschere Gesichter als das meine.«

»Das stimmt«, gab Milić ihm recht.

»Du hast ein dunkles Lockenköpfchen, eine intellektuelle Brille und bist nur ... einszweiundsiebzig?«

»Vierundsiebzig.«

»Du hast ein hübsches Gesicht ...«.

»Oh, danke.«

»... aber leider fehlt es dir ein bisschen an Autorität. Im Gegensatz zu mir natürlich. Wenn die Leute mit mir reden, bekommen sie Schweißausbrüche. Wenn Sie mit dir reden, würden sie dich am liebsten in den Arm nehmen und drücken.«

Sandra schüttelte den Kopf über Zelenika. Wer ihn nicht kannte, konnte sein Gerede, besonders in Bezug auf Milić, für bare Münze nehmen. Deshalb wandte sie sich an Sedlar mit den Worten: »Zelenika und Milić brauchen das manchmal, weiß auch nicht, warum. Ich habe es aufgegeben, es verstehen zu wollen.«

Sedlar lächelte und blickte von Sandra zu seinen Kollegen.

Milić lehnte sich entspannt zurück, seufzte selig und tätschelte kurz Zelenikas Hand. »Nach dem, was wir heute bei Miki über dich erfahren haben, nehme ich das von dir als Kompliment.«

Darauf lachten sie, auch Zelenika konnte sich ein Grinsen nicht verkneifen. Schließlich sagte er: »Sympathisch ist unser Miki allemal, aber wir dürfen nicht vergessen, dass er ein Haus erbt, mit einem großen Grundstück. Da kann er seinen Untermieterstatus in Bakar noch so schönreden, um davon abzulenken. Wenn ihr meine Meinung hören wollt: Ich kann bis jetzt nur zwei Personen einigermaßen ausschließen, und das sind die Nachbarin und der Pfarrer.«

Der Kellner kam an den Tisch und räumte ab. Sandra verlangte nach der Rechnung. Wenn sie nicht alles täuschte, war sie dran mit Bezahlen. Weil natürlich alles auf eine Rechnung ging, wie hierzulande üblich, kam jeder von ihnen mal dran. Während sie auf die Rechnung warteten, fragte Sandra: »Warum schließt du die Nachbarin und den Pfarrer aus?«

»Das ist eine gute Frage, Horvat. Eine wirklich gute Frage. Leider kann ich sie nicht beantworten. Es ist ein Gefühl.«

»Hmm, ich wäre nicht so voreilig. Zugegeben, die Nachbarin hat, wie es aussieht, kein Motiv. Aber der Pfarrer? Erstens ist für die katholische Kirche alles, was mit Wunderheilung und Ähnlichem zu tun hat, ein rotes Tuch. Zweitens erben unser De Santis und seine Kirche ein Viertel des Vermögens. Bei 1,2 Millionen sind das …«

»Dreihunderttausend«, kam Zelenika ihr zu Hilfe.

»Ich wäre in der nächsten Sekunde selbst darauf gekommen, aber danke.«

»Ja, sicher«, meinte Zelenika. »Er hat ein starkes Motiv. Aber würde ein Geistlicher jemanden wegen Geld töten? Dann würde er alles zunichtemachen, wofür er bisher gelebt hat.«

»Gott, bist du naiv«, bemerkte Milić und schüttelte den Kopf über seinen Kollegen.

»Nein, im Ernst. Menschen töten tagtäglich des Geldes wegen. Aber er könnte sich dadurch vor Gott nicht verantworten, sich nie wieder reinwaschen. Kapiert ihr nicht, was ich meine? Rede ich chinesisch oder was? Menschen tun viel für Geld, aber wenn es ihre bisherige Haltung und ihre Überzeugungen umwirft, dann tun sie es vermutlich nicht.«

»Wenn dem so wäre«, widersprach Sandra, »dann würden einige Pfarrer weltweit nicht Ministranten missbrauchen, nicht mit den rechtskonservativen Politikern sympathisieren und sie würden ihre Finanzen transparenter gestalten.« Würde sie diese Worte jemals vor ihren Eltern aussprechen, dann hätte sie eine stundenlange Debatte am Hals. In regelmäßigen Abständen bekam sie von ihnen zu hören, dass sie kaum in die Kirche ging, nur an Weihnachten und Ostern. »Ich glaube, dass die meisten Pfarrer feine Leute sind, und leider nimmt man in jeder Berufsgruppe eher die unangenehmen Leute wahr, die in Skandale verwickelt sind. Ich will damit nur sagen, dass wir De Santis nicht ausschließen sollten, nur weil er ein netter Kerl zu sein scheint und ein katholischer Pfarrer ist.«

Zelenika hob die Hand, um sie im nächsten Augenblick wieder sinken zu lassen. »Gut. Aber was sollte er denn mit dem Geld anfangen? Wird er nach Las Vegas auswandern? Es für Frauen und Sportwagen verprassen?«

»Er muss weder nach Las Vegas gehen noch müssen

es Frauen und Sportwagen sein. Jeder hat seine Prioritäten und seine Träume. Mit Geld lassen sich viele von ihnen verwirklichen«, führte Sandra den Gedanken zu Ende.

10

Ich warte darauf, dass die Kopfschmerztablette zu wirken anfängt. Wenn ich die Augen schließe, kommen die Bilder. Merkwürdig. Der erste und der letzte Mord vermischen sich zu einem bunten Sammelsurium, wahrscheinlich, weil es die Menschen waren, die mir am nächsten standen. Schließlich kommen ihre Seelen in das Reich der Befreiung, und sie sind dort an einem guten Ort. Nicht umsonst wurde ich dafür ausgewählt, sie zu befreien. Aber ich muss mich in dieser Welt anpassen und mich fügen, denjenigen gefallen, die darüber richten, was gut und was böse ist. Das muss ich mir immer wieder vor Augen führen, wenn der erste meiner Morde mich anfängt zu quälen. Ich war vierzehn und hatte keine Freunde. In der Schule lachten sie über mich, weil ich stotterte. Besonders unerträglich wurde es, als ein Lehrer mich beschimpfte, ich hätte für den Test nicht gelernt. Der Urin kam unkontrolliert aus mir heraus, die Pfütze auf dem Stuhl wurde immer größer und schließlich fielen Tropfen auf den Boden. Die ausgestreckten Finger und das laute Lachen höre und sehe ich heute noch, beinahe jede Nacht, wenn ich aufwache und mir die Ohren zuhalten muss, um das Lachen nicht zu hören. Aber das hilft nichts, denn das

Lachen kommt nicht von außen, sondern ist in meinem Kopf.

Es war ein Samstag, frühmorgens um sieben, als ich mit meinen Eltern an den Strand ging. Wir gingen immer so früh dorthin, weil wir den Strand um diese Zeit für uns hatten. Das frühe Aufstehen war eine Form der Disziplin, Ružas Lebensaufgabe, Disziplin. In Gedanken nannte ich sie nicht Mama, sondern immer nur bei ihrem Vornamen: Ruža[13]*. Genau genommen passte der Name hervorragend zu ihr, dornig und arrogant. Sie weckte mich immer um sechs Uhr, denn auch am Wochenende gab es viel zu tun, im Garten oder im Haus. Sie schlug mich, wenn ich widersprach, schlug mich, wenn ich denselben Fehler zweimal beging, schlug mich einmal sogar, weil ich sie hasserfüllt ansah, wie sie es meinem Vater später immer erklärte. Er war ein Schwächling, dessen größte Angst es war, von ihr verlassen zu werden.*

Wir breiteten die Handtücher aus. Ruža wollte gleich ins Wasser, ich folgte ihr. Mein Vater blieb plötzlich stehen, kaum dass er einen Fuß ins Meer gesetzt hatte. »Habe ich das Auto abgeschlossen?« Das tat er immer, egal wo wir waren. Er ging jedes Mal wieder zurück und sah nach, ob er das Auto abgeschlossen hatte. Als er ging und sein Rücken hinter der Karstwand verschwunden war, war mir klar, dass er so bald nicht zurückkommen würde. Wir waren fünfzehn Minuten vom Auto bis zu diesem Strand gelaufen. Ich saß auf

---

13 Rose

einem kleinen Felsen, der mitten im seichten Wasser stand. Ruža schwamm an mir vorbei, sie war keine gute Schwimmerin, weshalb sie immer nur am Ufer entlang schwamm. Sie war klein und fett. Schwere Knochen und Probleme mit der Schilddrüse, jammerte sie, dabei aß sie doch gar nicht viel. Aber ich wusste es besser und kannte ihre Verstecke, wo sie Süßigkeiten und fette Würste aufbewahrte. Sie wollte von meinem Vater bemitleidet werden – die Arme, sie kann doch nichts dafür, dass sie immer breiter wird.

Plötzlich machte Ruža ein gequältes Gesicht, rief »Aah« und fing an, mit den Armen herumzufuchteln. »Verdammt, ich habe einen Krampf im Bein! Hilf mir mal«, rief sie mir zu und versuchte, in meine Richtung zu paddeln. »Hörst du nicht? Sitz nicht blöd rum und starr mich an. Los, zieh mich raus!«

Langsam kletterte ich vom Felsen herunter, sie war schon ganz nah, konnte aber nicht auftreten. Ich legte meine Hände auf ihre Schultern. Sie schnaufte. »Was machst du denn? Leg deine Arme unter meine, dann zieh mich raus!«

Mein Herz klopfte. Der Augenblick war da, ich musste mich entscheiden. Mein Vater würde so schnell nicht zurückkommen. Niemand war zu sehen. Der Felsen schützte uns vor möglichen Blicken vom Festland aus, und am offenen Meer war kein Boot zu sehen. Jetzt oder nie. Jetzt! Mit all meiner Kraft drückte ich sie nach unten. Sie wedelte mit den Armen und schüttelte heftig den Kopf. Dann versuchte sie, sich zu befreien, drückte mit ihren fetten Fingern an meinen Händen herum. Luftblasen stiegen auf. Es war ein unglaublicher Kraftakt. Ein Anflug von Panik stieg in mir auf. Was, wenn ich es nicht durchhielt und sie überlebte?! Aber ich hielt es durch und drückte, so fest ich konnte, bündelte all meine Wut der letzten Jahre, um das letzte bisschen Leben in ihr auszulöschen, so wie sie es bei mir getan hatte. Es dauerte länger, als ich erwartet hatte. Aber irgendwann gab sie auf und trieb leblos vor mir her.

Als mein Vater zurückkam, zog ich sie gerade aus dem Wasser.

Ein Krampf im Bein, sie hatte mir zugewunken, aber ich kam zu spät … Eine Tragödie. Die Zeit danach war die schönste meines bisherigen Lebens. Die Menschen waren so lieb zu mir. Das arme Kind musste mit ansehen, wie die Mutter starb … Ich bekam Aufmerksamkeit und Geschenke – und endlich Freunde, die nie wieder ein schlechtes Wort zu mir sagten.

11

Mandić stand vor seinem Büro und blickte auf Tamara Ibrahimović, seine Sekretärin, die hinter ihrem Schreibtisch saß. »Diese Journalistin hat wieder angerufen«, teilte Tamara dem Chef gerade mit, als Sandra und ihr Team eintraten.

»Diese verdammte Mirta Car?«, blaffte er Tamara an, als sei das ihre Schuld. »Wenn die in etwas car[14] ist, dann ist das Penetranz.« Mandić wandte den Kopf in Sandras Richtung. »Ah, Horvat. Ich wollte Sie gerade anrufen und nach einem Zwischenbescheid fragen.« Dann wandte er sich wieder Tamara zu. »Wenn sie noch mal anruft, dann sagen Sie, wir haben alle Hände voll zu tun. Sie machen das schon, Ibra-Baby.« In diesem Moment konnte Sandra auf Tamaras Gesicht einen Anflug von Missbilligung erkennen, was Mandić aber zu entgehen schien. Ihr Chef war ein mürrischer, aber gutmütiger Mann. Auch wenn er sich um Respekt und Teamgeist bemühte, übersah er manchmal die kleinen Dinge des Alltags. Mandić machte kein Geheimnis darum, dass seine Frau zu Hause das Sagen hatte und ihn sogar in Ernährungsfragen bevormundete, was ihn

14 Kaiser

aber nicht störte. Das Seltsame an ihm war die Tatsache, dass er sich in die abgebrühtesten Mörder hineinversetzen konnte, aber ein bemerkenswert verkümmertes Empathievermögen für Frauen hatte, auch wenn er sich darum bemühte.

Sie gingen in Mandićs Büro und setzten sich vor den Schreibtisch ihres Chefs. Mandić ließ sich in seinen Sessel fallen und fragte: »Wie wäre es mit einer Tasse Salbeitee?« Seine Teesorten wurden immer schlimmer, überlegte Sandra. »Wofür ist der gut?«, fragte sie.

»Ich trinke ihn gegen Magenbeschwerden. In letzter Zeit habe ich dieses ständige Völlegefühl. Wahrscheinlich kommt das vom vielen Sitzen.«

Es entstand eine unangenehme Stille. Sandra überlegte, was sie darauf sagen sollte. Den anderen erging es vermutlich ähnlich. »Ja, ja, das viele Sitzen«, plapperte Zelenika. »Gestern im Radio haben sie gesagt ...«

»Diese unverschämte Car!«, schnaubte Mandić plötzlich. »Hat schon dreimal angerufen.« Als sei er gerade aus einem Traum erwacht, sah er Zelenika an und fragte: »Oder wollten Sie noch etwas sagen?«

Zelenika hob die Hand. »Oh, nein, nein. Schimpfen Sie nur weiter.«

»Ich hasse Journalisten. Na ja ...« Relativierend neigte er den Kopf zur Seite. »Vielleicht ist das Wort übertrieben, aber manchmal nerven sie mich einfach. Wissen Sie, was ich vor ein paar Tagen im Fernsehen gesehen habe? Da haben sie in Amerika einen Kerl gefasst, der zwölf Frauen vergewaltigt, gefoltert, getötet und danach ihre Leichen zerstückelt hat. Und was sagte der Journalist dazu? Ich zitiere: *Der Angeklagte zeigte vor Gericht keine Reue. Er vergoss nicht eine einzige Träne wegen der Opfer.* Ah ja, dachte ich. Wie es aussieht, gibt es Leute, die allen Ernstes annehmen, so jemand wäre fähig, Reue und Traurigkeit zu empfinden. Bemerkenswert finde ich auch, wenn man hört: *Wie es aussieht, war der Täter psychisch krank.* Darauf wäre auch niemand gekommen, oder? Ist das nicht schräg?«

»Ja, schon«, pflichtete Zelenika ihm bei. »Allerdings ist das Sahnehäubchen, wenn Journalisten sich beschweren, der Täter hätte sich bei den Angehörigen nicht einmal entschuldigt. So, als wäre er nur jemandem auf den Zeh getreten.«

»Ach, diese Car«, kam Mandić wieder auf die hiesige Journalistin zu sprechen, »scheint von Damjan Martinović besessen zu sein. Letztes Jahr hat sie ihn inkognito aufgesucht und dann einen vernichtenden Artikel über ihn geschrieben. Darin hat sie seine Heilungsmethode lächerlich gemacht. Daraufhin hat sie Drohbriefe bekommen, die sie in der Zeitung veröffentlicht hat.«

»Kamen die Drohbriefe von Damjan?«, fragte Sedlar.

»Das hat man nicht herausgefunden. Vielleicht kamen sie auch von einem wütenden Kunden. Oder Patienten … wie heißen die eigentlich? Ist ja auch egal.«

»Und sie will jetzt über seinen Tod berichten?«

Zur Antwort nickte Mandić in Sedlars Richtung. »Nichts gegen Ehrgeiz, aber die Frau verfolgt ihn bis in den Tod. Wahrscheinlich glaubt sie, weil sie über ihn berichtet und diese Briefe bekommen hat, genießt sie ein gewisses Privileg, über den Fall als Erste ausführlich berichten zu dürfen. Sie scheint nicht zu verstehen, dass man nichts erzählen kann, wenn man noch nichts weiß.« Genervt winkte er ab. »Ach ja, Horvat. Sie gehen in vier Tagen in Urlaub?«

»So ist es vorgesehen. Denken Sie, ich sollte das verschieben?«

»Nein, Sie fahren. Oder fliegen, was auch immer. Es ist ja nicht so, dass der Laden hier ohne Sie zusammenbrechen würde.«

»Nein, Chef. Das habe ich auch nicht angenommen.«

»Vielleicht delegiere ich Dragović in Ihr Team, nachdem Sie weg sind. Falls der Fall bis dahin nicht aufgeklärt ist. Mal sehen.« Ausgerechnet Dragović, überlegte Sandra. Dieser Mann war ein ausgezeichneter Beamter, und mit seinen siebenundzwanzig Jahren war er weit gekommen. Angeblich hatte er als Kind mehrere Klassen übersprungen. Sie konnte sich gut vorstellen, dass Karlo Dragović irgendwann den Platz von Vladimir Mandić einnehmen würde, wenn dieser pensioniert wurde. Aber bis dahin war es ein weiter Weg, weil Mandić erst zweiundfünfzig war. Dragović war intelligent und ehrgeizig, aber er »lächelt so selten wie Aaron Hotchner in Criminal Minds«, hatte Sedlar kürzlich gesagt. Sandra kannte die Serie nicht, aber allmählich glaubte sie, dass Sedlar seine Freizeit weniger mit seiner Frau und vielmehr vor dem Fernseher verbrachte.

»Also los, setzen Sie mich in Kenntnis«, sagte Mandić in leichtem Befehlston.

Sandra und ihre Kollegen berichteten ihrem Chef, wie der Tag bisher verlaufen war. Während sie erzählten, blickte Mandić überallhin, nur nicht in ihre Gesichter. Eine seltsame Schrulle von ihm. Man konnte annehmen, er höre überhaupt nicht zu, aber das Gegenteil war der Fall. Mandić merkte sich jedes Wort und registrierte jeden Unterton.

Als sie mit ihrem Bericht fertig waren, sagte er: »Hmm. Interessant, dass so viele Menschen in Herrn Martinovićs Umfeld sich darüber wundern, dass ihn jemand ermordet haben könnte. Es ist doch vielmehr umgekehrt. Jeder von ihnen hätte einen guten Grund gehabt, oder?«

»Im Prinzip schon, aber …« Sandra hielt inne.

»Ja, Horvat?«

»Nehmen wir nur mal die fünf, die sich ein Viertel des Vermögens teilen. Diese fünf Personen, also Rafael, Mladen, Daria, Tilda und Benedikta, erhalten jeweils sechzigtausend Euro. Damjan hat sein Geld nämlich in Euro angelegt. Sicher ist das viel Geld, aber wenn man bedenkt, dass sie Erbschaftssteuer zahlen müssen, ausziehen und dann Miete und Essen selbst bezahlen müssen, wofür sie bisher keinen Cent abdrücken mussten – davon kann man ein paar Jahre gut leben, aber man hat damit nicht ausgesorgt. Das ergibt keinen Sinn, denn eigentlich müssten sie ihn sich warmhalten, solange es geht.«

Mandić verschränkte die Hände unter dem Kinn.

»Vielleicht gab es überhaupt keinen Mord. Vielleicht hat er sich da hinuntergestürzt. Schlechtes Karma, wie dieser Miki sagte.«

»Fangen Sie bitte nicht auch noch an, Chef«, murmelte Zelenika.

»Ein Scherz«, erklärte Mandić knapp.

»Kennen Sie jemanden, der schon mal bei Damjan war?«, wollte Milić wissen.

»Nein. Aber fragen Sie doch mal Ika. Bei der könnte ich mir das vorstellen.« Ika war die Putzfrau im Präsidium. Eine gute Seele, wenn auch jeder ihre Launen fürchtete. Ika und Mandićs Frau hatten auch privat Kontakt, weil Ika eine Art Fachfrau in gesunder Ernährung war, und manchmal brachte sie ihnen etwas aus ihrem Garten mit oder selbst gebackene Dinkelkekse. Dafür revanchierten sie sich mit großzügigen Geburtstagsgeschenken für Ika.

»Jedenfalls ist das eine seltsame Truppe«, kam es unvermittelt von Zelenika. »Diese Leute in Damjans Haus, ein bunt zusammengewürfelter Haufen.«

»Ich glaube«, klinkte Sedlar sich ein, »dass Damjan Angst vor der Einsamkeit hatte. Wenn er nach Hause kam, war immer jemand da und er fühlte sich nie allein.«

Das deckte sich mit dem, was Benedikta Sandra erzählt hatte. Damjans Angst vor der Dunkelheit, die wahrscheinlich auch die Angst vor Einsamkeit mit einschloss. »Ja, Sie haben recht, Sedlar«, ergänzte sie daher. »Die alte Dame, Benedikta Saršon, war früher Damjans Lehrerin. Sie erzählte mir, dass Damjan mit Selbstmord gedroht hat, als sie einmal die Absicht äußerte, mit seinen Eltern zu sprechen. Wahrscheinlich hatte er Panik, ins Heim zu kommen, und Kinder nehmen ihre Eltern sowieso immer in Schutz, selbst wenn sie die schlimmsten Kinderquäler sind. Damjan fühlte sich anscheinend wohl auf dem Anwesen, aber er hatte Angst, so ganz alleine dort zu leben. Ich glaube allerdings nicht, dass die Gruppe willkürlich entstanden ist. Das ist seine Familie.«

»Seine Familie?«, raunte Mandić. »Ach ja?«

»Rafael ist hier die Ausnahme. Der fungiert wahrscheinlich als Haushaltshilfe, eine Perle, die man auch ins Herz schließen kann. Andrija ist faktisch der Bruder, Gordan der Sohn, der skurrilerweise wirklich sein Sohn ist. Ein Gentest wird hier noch Klarheit bringen. Daria ist die Schwiegertochter, Benedikta die Großmutter und Tilda die Tochter, das Nesthäkchen.«

»Aber Mladen passt nicht ins Bild«, warf Zelenika ein.

»Doch, tut er. Mladen ist eben der schwierige Cousin oder Neffe, dem man unter die Arme greifen muss, das schwarze Schaf der Familie. Damjan spielte gerne den Wohltäter, also half er dem Problemfall und war der nette Verwandte.«

Sedlar beugte sich nach vorne, um Sandra anzusehen. »Und die Eltern?«

»Ist das nicht sehr aufschlussreich? Die Eltern gibt es in dieser Fantasiefamilie nicht. Keine Eltern. Ohne Eltern war für Damjan das Leben erst richtig schön.«

Sandras Handy klingelte, und sie zog es aus der Hosentasche. »Perica!«, rief sie zufrieden.

Nachdem sie sich gemeldet hatte, sagte der Gerichtsmediziner: »Ich kann Ihnen schon mal im Groben einen Bericht geben, das Schriftliche folgt.«

»Wir sind gerade in Vladimir Mandićs Büro. Ich stelle Sie auf Lautsprecher.« Sandra legte das Handy auf den Schreibtisch, dann lauschten alle, um zu hören, was Perica zu sagen hatte. Aber es kam nichts. »Perica?«, rief Sandra.

»Sie sind so weit?«, hörte man Pericas Stimme aus dem Handy.

Mandić verdrehte die Augen. »Ja, Perica. Wir hängen an Ihren Lippen.«

»Ich habe bereits eine Rückmeldung von der Kriminaltechnikerin und der Spurensicherung erhalten, sodass ich Ihnen einen guten Überblick geben kann.« Sandra wusste, was er jetzt sagen würde, denn das sagte er immer, mehr oder weniger in verschiedenen Varianten: »Den ausführlichen Bericht erhalten Sie noch. Ich möchte Sie nur jetzt schon in Kenntnis setzen, weil ich weiß, dass Sie auf meinen Anruf warten. Deshalb habe ich heute auch ohne Pause gearbeitet ...«

Mandić stützte seinen Arm auf der Tischplatte ab und verbarg sein Gesicht darin. Er stöhnte leise.

»Zunächst einmal ...«, fuhr Perica fort, »dürfte es Sie interessieren, dass wir Unfall oder Selbstmord für weitestgehend ausgeschlossen halten.«

Sandra wusste, was man jetzt fragen musste: »Warum?« Ohne das Warum würde Perica nicht weitersprechen.

»Nun, sehen Sie, wenn er mit dem Fuß umgeknickt

wäre, oder über etwas gestolpert – wogegen auch der ebene Bodenbelag spricht –, so hätte er versucht, sich an etwas festzuhalten. Wie Sie sicher gesehen haben, verläuft der obere Bereich des Felsens nicht steil, sondern etwas schräg. Wäre der Mann gestolpert, so hätte er versucht, sich an der Felswand oder dem Gestrüpp festzuhalten. An seinen Handflächen ist jedoch nichts zu sehen, was darauf schließen ließe, dass er einen solchen Versuch unternommen hat.«

»Verstehe. Und weshalb schließen Sie Selbstmord aus?«

»Aus mehreren Gründen, Horvat. Zunächst aus dem soeben geschilderten Verlauf der Felswand. Man müsste schon sehr viel Anlauf nehmen und extrem athletisch sein, um die Wölbung am oberen Teil der Felswand zu überspringen. Das Risiko, dort aufzuklatschen und schwerverletzt im Krankenhaus aufzuwachen, ist zu groß. Aber viel aufschlussreicher fand ich andere Dinge.« Pause.

»Welche denn, Perica?«, fragte Mandić nicht ohne einen kleinen Anflug von Gereiztheit.

»Wir fanden einen angebissenen Eiweißriegel.«

Mandić blinzelte irritiert. »Und?«

»Er lag ein paar Meter vom Opfer entfernt. Was jedoch viel wichtiger ist, ist die Tatsache, dass der Tote Teile dieses Eiweißriegels zwischen den Zähnen und im Magen hatte.«

»Er wurde ermordet, während er einen Eiweißriegel gegessen hat?«, kam es von Sandra.

»Ganz recht. Es war ja noch dunkel, und der Mörder

hat wahrscheinlich gar nicht gesehen, dass sein Opfer gerade einen Eiweißriegel isst. Jedenfalls ist es ziemlich unwahrscheinlich, dass jemand einen Eiweißriegel isst und währenddessen beschließt, sich in den Tod zu stürzen.«

»In der Tat«, bemerkte Milić.

»Und da ist noch etwas, das die These des Selbstmordes entschärft.«

»Ja?«, machte Mandić mechanisch.

»Wahrscheinlich hat der Mann frühmorgens geduscht, denn er war großzügig mit Aloe-Vera-Gel eingerieben. Das ist gut für die Feuchtigkeit der Haut. Und er hat sich vermutlich die Zehennägel geschnitten. Ich fand eine kleine Wunde am rechten großen Zeh unter dem Nagelbett, die höchstwahrscheinlich davon herrührte. Nun, wie wir alle wissen, kümmern sich Selbstmörder kurz vor ihrem Tod nicht um ihre Zehennägel oder die Hautfeuchtigkeit. Meine Vermutung ist, dass er hinuntergestoßen wurde, völlig überrascht davon und ohne Möglichkeit, sich an etwas festzuhalten. Ach ja, und das Labor hat mitgeteilt, dass der Vaterschaftstest positiv ist.«

»Danke, Perica«, sagte Sandra. »Sonst noch etwas Erwähnenswertes?«

»Im Moment nicht. Genügt Ihnen das alles nicht?« Dann war ein kurzer, leiser Schnarcher zu hören, was wohl ein Lachen sein sollte.

»Absolut ausreichend«, sagte Sandra und bemühte sich um einen heiteren Ton. Wenn Perica schon mal ein hörbares Lachen wagte, dann musste sie das honorieren. Sandra drückte den roten Knopf auf ihrem Handy und steckte es wieder in die Hosentasche. »Zelenika? Du und Milić überprüft bitte mal diese ganzen Leute in Malnari, außerdem Miki und die Frau, deren Mann gestorben ist. Wie hieß er noch?«

»Domagoj Petrinac.«

»Genau. Und ich werde mit Sedlar einen Termin beim Arzt ausmachen. Sehen Sie mich nicht so an, Chef. Bei Damjans Arzt natürlich. Und dann rufe ich diese Kata Vrdoljak an, die angeblich von Damjan gestalkt wurde. Zelenika, such mir bitte als Erstes ihre Daten raus.« Sie stand auf, und die anderen taten es ihr gleich. »Geht ihr schon mal vor. Ich komme sofort nach.«

Als sie mit Mandić alleine war, stand sie vor seinem Schreibtisch und versuchte, das freundlichste Gesicht zu machen, welches ihr möglich war.

»Gibt es ein Problem?«, fragte ihr Chef mit besorgter Stimme.

»Wenn ich Sie auf etwas aufmerksam mache, versprechen Sie mir, dass Sie nicht beleidigt sind.«

»Horvat! So etwas kann man nicht versprechen. Wenn Sie etwas Gemeines zu mir sagen und mich beleidigen, kann ich doch nicht darüber hinwegsehen, bloß weil ich es versprochen habe.«

»Ach bitte, Chef, Sie wissen ganz genau, dass ich Sie nicht beleidigen werde. Erstens, weil ich Sie mag, und zweitens, weil ich nicht arbeitslos sein möchte.«

Er grinste. »Reden Sie schon. Ich habe nicht den ganzen Tag Zeit.«

»Es ist wegen Tamara.«

Darauf erschrak er so sehr, dass er regelrecht zurückprallte. »Was ist denn mit meiner Tamara?«

Sandra musste lächeln. »Sie nennen Sie Ibra-Baby, manchmal auch Ibrica. Merken Sie denn nicht, dass sie das nicht mag?«

»Was?! Wie kommen Sie denn darauf? Als sie hier angefangen hat, war sie noch ein Mädchen, hieß mit Nachnamen Hadžić und ich hab sie Hadžica genannt, dann hat sie Ismet geheiratet und heißt jetzt eben mit Nachnamen Ibrahimović. Da musste ich eine nette Abkürzung finden.« Tamara kam aus einer muslimischen Familie aus Bosnien-Herzegowina und hatte einen Freund mit denselben Wurzeln gefunden und ihn geheiratet.

»Ich weiß, dass Sie es überhaupt nicht negativ meinen, sogar im Gegenteil. Sie nennen Tamara so, weil sie für Sie fast schon so etwas wie eine Tochter ist. Aber als Tamara damals hier angefangen hat, war sie noch ein Teenager, heute ist sie längst eine verheiratete Frau und Mutter. Möglicherweise stört es sie gar nicht, und ich bilde mir das bloß ein. Vielleicht fragen Sie sie einfach mal, ob sie etwas dagegen hat.«

Mandić machte ein mürrisches Gesicht. »Hmm. Na gut. Ich werde darüber nachdenken. Danke, Horvat.«

»Gern geschehen, Chef. Und glauben Sie mir, ich meine es wirklich nicht …«

»Lassen Sie uns die Geschichte nicht unnötig in die Länge ziehen.« Damit wandte er sich ab und widmete sich seinen Unterlagen.

»Alles klar.« Sandra ging aus der Tür und schloss sie leise hinter sich. Tamara blickte auf. Freundlich nickte Sandra ihr zu und wollte gerade an ihr vorbeigehen, als Tamara sagte: »Danke.«

Sandra blieb stehen. »Sie haben das gehört?«

Gespielt kokett schnalzte Tamara mit der Zunge. »Hey, kann ich etwas dafür, dass die Tür eine neue Dichtung vertragen könnte?«

12

Die Bürotür stand offen. Sedlar saß hinter seinem Schreibtisch, der für unabsehbare Zeit in Sandras Büro stehen würde. Sedlar sollte Sandra eine Weile über die Schulter schauen, und sie musste ihn einarbeiten. Wie es aussah, hatte er sich bereits an den Bericht gemacht. Seine Finger ruhten auf der Tastatur, aber Ika hielt ihn von der Arbeit ab. Seelenruhig saß sie auf Sandras Bürosessel, wie auf einem Thron, und hielt den Stiel des Wischmopps mit der Hand umklammert wie eine Königin ihr Zepter. »Ich dachte, ich ruhe mich mal ein Weilchen aus«, erklärte sie die Situation.

Sandra warf einen Blick auf ihre Armbanduhr. »Es ist halb vier. Du hast in einer halben Stunde Feierabend.«

Missmutig ließ Ika ihren Blick über Sandra streifen. »Ich bin eben fleißig und schon fertig mit der Arbeit. Jetzt warte ich, bis die Zeit rum ist. Müde bin ich aber trotzdem.«

»Das glaube ich.« Nicht ohne Ironie fragte Sandra: »Würde es dir etwas ausmachen, wenn ich mich jetzt auf diesen Stuhl setzen möchte?«

»Meinetwegen.« Die Kulanz in Person. Demonstrativ leidend zog sich Ika an dem Stock des Wischmopps hoch und trat zur Seite. Sandra hörte Sedlar tippen. Als sie einen Blick auf ihn warf, sah sie ein unterdrücktes Grinsen. Ika griff in ihre Kitteltasche und holte ein Cellophantütchen hervor. »Hier, für dich«, sagte sie und warf es vor Sandra auf den Schreibtisch. »Schokoladenplätzchen mit Stevia und Vollkornmehl.«

»Oh, Ika, Herzchen!«, kam es spontan aus Sandra heraus. Sofort bereute sie ihre Forderung nach dem Stuhl. »Danke! Und sei mir nicht böse, dass ich gerade etwas grantig war, aber …«

»Spar dir das, meine Liebe. Wenn ich hier alles persönlich nehmen würde, würdet ihr alle im Dreck ersticken.«

»Oder«, mischte Sedlar sich ein, »das Präsidium würde einfach eine andere Putzfrau einstellen.« Sandra musste zugeben, dass diese spitze Bemerkung nicht schlecht war, aber Sedlar kannte Ika noch nicht so gut. Was ihre Arbeit anging, war mit ihr nicht zu spaßen.

»Wer hat dich denn gefragt?«, zischte Ika in Sedlars Richtung. »Dich und deinen kleinen Schreibtisch packe ich mit einer Hand und sperre euch in die Besenkammer. Würde dich jemand vermissen? Ich glaube nicht!«

Sedlar nickte ergeben und flötete: »Sie haben ja recht, Frau Ika.«

»Und nenn mich nicht ständig Frau Ika.«

»Wie heißen Sie denn mit Nachnamen?«

»Für meine Freunde bin ich Ika.«

»Und für Ihre Feinde?«

Ika grinste. »Du darfst Ika zu mir sagen.«

Sandra setzte einen betont zufriedenen Gesichtsausdruck auf. »Ich bin froh, dass wir das geklärt haben. Aber gerne würde ich dir eine Frage stellen. Es hat mit unserem aktuellen Fall zu tun.«

»Du willst mich«, dabei tippte sich Ika auf die Brust, »zu deinem Fall befragen? Es geht doch um diesen Wunderheiler, oder? Hab ich schon gehört. Aber was kannst du denn von mir wissen wollen?«

»Ja, es geht um den Wunderheiler. Mich würde interessieren, ob du mal bei ihm warst.«

»Wie kommst du denn darauf?« Ika funkelte sie an. »Spinnst du? Glaubst du denn, ich gehe zu so durchgedrehten Leuten?«

»Mir kam der Gedanke, weil du dich doch für gesunde Lebensweise und für alternative Heilmethoden interessierst.«

»Was hat denn das mit Wunderheilung zu tun? Das ist, als ob du einen Dirigenten fragst, ob er auch Schiedsrichter beim Fußball ist.«

»Komischer Vergleich, aber ich weiß, was du meinst.«

»Tss, Wunderheiler«, meinte Ika abfällig. »Klar, kenne ich ein paar Leute, die bei ihm waren, aber das würde mir im Traum nicht einfallen, so jemanden aufzusuchen.«

»Und ging es diesen Leuten danach besser?«, wollte Sandra wissen.

»Aber natüüürlich ging es ihnen besser.« Ikas Stimme klang schrill, als hätte Sandra die blödeste aller Fragen gestellt. »So wie es diesen Leuten in der Medizinstudie besser ging, als man ihnen ein Pfefferminzbonbon gab und ihnen sagte, das sei das neuste Hammermedikament.«

»Okay. Danke.«

Ika sah auf ihre Armbanduhr. »Ich werde mal nachsehen, ob Mandić noch etwas braucht. Vielleicht kann ich ihm einen Tee machen. Dann bekomme ich die Zeit rum.«

»Oh, das ist aber nett von dir, Ika.« Immerhin hätte sie die Zeit auch anders totschlagen können.

»Ich muss mich ein bisschen einschleimen«, erklärte Ika. »Morgen will ich ihn fragen, ob ich im September ein paar Tage frei bekomme.« Sie drehte sich um und ging aus der Tür, während sie den Refrain von *Košulja plava* der Band Novi fosili sang, ein altes Lied aus den Achtzigerjahren.

Sandra öffnete die Tüte und fischte einen Keks heraus. »Möchten Sie probieren, Sedlar?«

»Nein, danke.«

Genüsslich biss sie in den Keks. »Schmeckt aber gut.«

»Glaube ich gern, genießen Sie's.« Es klang ein bisschen so, als ob er ihr davon nichts wegnehmen wollte. Das konnte ihr nur recht sein. »Wie ich sehe, haben Sie sich an den Bericht gemacht. Sehr schön. Sie können das viel besser als ich.«

Ihre Blicke trafen sich, vielleicht hielt es eine Spur zu lange an, deshalb fragte sie: »Was ist?«

»Warum glauben die Leute immer noch, dass dieser Trick funktioniert? Man lobt den anderen, damit man die unliebsame Arbeit nicht selbst machen muss.«

Sandra schob sich den Rest des Kekses in den Mund und griff nach dem Telefonhörer. »Wissen Sie was, Sedlar? Sie können sagen, was Sie wollen, aber es funktioniert und wird immer funktionieren. Und warum? Weil die Menschen nach Lob lechzen. Geben Sie's zu. Es hat gute Gefühle in Ihnen ausgelöst.«

Mehrere Sekunden sah er sie an, öffnete den Mund, um etwas zu sagen, aber dann kam nur ein: »Okay.«

»Suchen Sie mir mal die Telefonnummer dieses Arztes raus. Kristijan Kopljar.«

Sedlar hob überrascht die Augenbrauen. Wahrscheinlich deshalb, weil Sandra ebenfalls einen PC vor sich hatte und per ordinärer Suchmaschine sofort die Nummer finden könnte. Aber er kommentierte es nicht. In Sekundenschnelle hatte er die Nummer und diktierte, während sie die Ziffern ins Telefon eintippte. Nachdem sich Sandra bei der Sprechstundenhilfe vorgestellt hatte, fragte sie, wie lange die Sprechstunde von Dr. Kopljar heute ging.

»Wir sind heute bis neunzehn Uhr hier.«

»Danke. Bitte richten Sie Dr. Kopljar aus, dass wir eine Auskunft brauchen und heute noch vorbeikommen.«

»In Ordnung. Darf ich fragen, worum es geht?« Schnell fügte die Sprechstundenhilfe erklärend hinzu: »Ich denke, er wird es wissen wollen.«

»Es geht um Mord.«

»Oooh.«

»Wir brauchen nur eine Information zu einem seiner Patienten. Er wurde heute Morgen ermordet.«

»Ach, wirklich? Wer denn? Dann könnte ich schon mal die Patientenkarte herauslegen.«

»Damjan Martinović.«

Stille. Nach mehreren Sekunden sagte die Frau erschüttert: »Herr Martinović ist ermordet worden?«

»Ja.«

»Das tut mir leid zu hören. Er war so ein netter Mann. Natürlich ein Quacksalber, aber immer sehr nett. Jedes Mal brachte er mir eine Schachtel Bajadera[15] mit.«

Nachdem Sandra das Gespräch beendet hatte, kam Zelenika und legte ihr ein Blatt Papier auf den Tisch. »Die Daten von Kata Vrdoljak.«

»Danke. Ach, Zelenika? Während einer von euch die Leute abklopft, könnte der andere Miki und die Witwe von Domagoj Petrinac anrufen. Sie sollen heute noch herkommen. Am besten gleich, wenn es irgendwie geht. Sedlar und ich müssen später noch zu Damjans Hausarzt. Wenn die beiden es also nicht gleich schaffen herzukommen, dann müssen sie etwas Wartezeit mitbringen.«

»Wird erledigt«, sagte Zelenika, drehte sich um und machte sich an die Arbeit.

Sandra wählte die Mobilnummer von Kata Vrdoljak. Sie meldete sich leise nach dem vierten Klingeln.

»Kata Vrdoljak?«

»Ja?«

»Hier Sandra Horvat, Kriminalpolizei Rijeka. Ich er-

---

15 Nougatpralinen des Unternehmens »Kraš«

mittle in einem Mordfall und müsste Ihnen ein paar Fragen stellen. Erschrecken Sie bitte nicht.«

»Ich soll nicht erschrecken? Was wollen Sie denn von mir?«

»Es geht um Damjan Martinović. Er ist heute Morgen ermordet worden.«

»Ach, wirklich? Das ist ja schrecklich. Na ja, er war ein Idiot, aber dass ihn jemand ermordet hat …«

»Warum flüstern Sie?«

»Ich bin bei der Arbeit, in einer Parfümerie. Das Büro meiner Chefin ist nicht allzu weit weg.«

»Verstehe. Dann will ich Sie gar nicht lange aufhalten. Wann könnten Sie bei uns im Revier sein?«

»Ich habe heute die Frühschicht und in einer Stunde Dienstschluss.«

»Wo arbeiten Sie?«

»In Podmurvice. Mit dem Auto sind es zehn Minuten zu Ihnen. Soll ich direkt nach Dienstschluss kommen? Ich würde das gerne hinter mich bringen.«

»Das wäre großartig. Danke.«

Als Nächstes rief Sandra in Malnari an. Wie nicht anders zu erwarten, meldete sich Rafael. »Sandra Horvat hier, ich habe noch eine Frage. Können Sie mir sagen, ob der Pfarrer wusste, dass er ein Viertel des Vermögens erbt, besser gesagt, seine Kirchengemeinde?«

»Das weiß ich nicht. Aber ich kann mal die anderen fragen. Zumindest diejenigen, die zu Hause sind. Tilda ist schon mal auf Jobsuche gegangen und klappert gerade Klamottenläden und Cafés ab. Daria ist in der Arbeit.«

»Gut, fragen Sie bitte. Rufen Sie mich so bald wie möglich zurück.«

»Selbstverständlich«, hörte sie Rafael sagen, bevor er auflegte. Es hatte sich weniger freundlich als vielmehr leicht erbost angehört. So, als unterstellte Sandra ihm Schludrigkeit.

Während sie auf den Rückruf wartete, ging sie zum Kaffeeautomaten. »Möchten Sie auch einen Kaffee, Sedlar?«

Leicht verstört und aus seiner Konzentration gerissen wandte er den Kopf. »Was? Ach so. Äh, nein. Wissen Sie, was mir gerade eingefallen ist, während ich das hier schreibe?«

Sie stellte eine Tasse auf das Gitter des Kaffeeautomaten und drückte den Knopf für einen doppelten Espresso. Ohne ihren Kollegen anzusehen, fragte sie: »Was denn?«

»Ich habe doch gesagt, dass meine Zeit mit den Leuten im Wohnzimmer nichts ergeben hat. Aber da war doch etwas, das ich komisch fand.«

Sie fuhr herum. »Nämlich?«

»Als Sie gerade Gordan verhörten, fragte ich die anderen, ob denn niemand außerhalb dieses Hauses, ausgenommen Gordan und Daria, eine Liebesbeziehung hätte. Sie schüttelten alle den Kopf. Dann fragte ich, ob es im Haus eine Verbindung gebe, die erotischer Natur ist.«

»Genau so haben Sie es gesagt? Erotischer Natur? Wow! Shakespeare wäre stolz auf Sie.«

Sedlar hob die Handflächen nach oben und reagierte

spontan: »Wie hätte ich denn fragen sollen? Steigt jemand mit dem anderen ins Bett?«

»Sie haben recht.« Sandra hob das Kinn, um ihn zum Weitersprechen aufzufordern. »Und? Wie sieht es dort aus, in Sachen erotischer Natur?«

»Rafael wurde ein bisschen rot im Gesicht und wandte den Blick ab. ›Nein, nein, natürlich nicht‹, bekräftigte er. Dann fing er einen Blick auf, und ich folgte der Quelle. In diesem Moment habe ich gesehen, dass Benedikta ihren Zeigefinger an den Lippen hatte. Als ich sie ansah, tat sie so, als würde sie sich über die Nasenspitze streichen. Ich bin mir ganz sicher: Sie hat ihm ein Zeichen gegeben, er solle den Mund halten.«

Abwesend nahm Sandra die Kaffeetasse und ging damit zum Schreibtisch. »Und das fällt Ihnen erst jetzt ein?«

»Tut mir leid. Ehrlich gesagt, registriere ich erst jetzt richtig, dass es ein Zeichen zum Schweigen war.«

»Schon gut, Sedlar. Manchmal muss man erst reflektieren, bevor man es richtig interpretiert.«

»Das muss nichts bedeuten, oder?«

Sandra nahm einen großen Schluck Kaffee, bevor sie antwortete. »Es hat definitiv etwas zu bedeuten. Ob das Techtelmechtel sich in der Vergangenheit abspielte oder in der Gegenwart stattfindet, das ist die große Frage.«

»Aber wer könnte das sein? Die passen doch alle gar nicht zusammen. Die Alte fällt ja schon mal weg, mit ihren zweiundachtzig Jahren. Andrija? Ich glaube nicht, dass er für eine Frau attraktiv sein könnte. Und

Mladen, dieser ungepflegte Holzkopf, schon mal gar nicht. Tilda ist noch ein halbes Kind, Rafael zu weibisch. Bleiben Gordan und Daria, aber die sind ja schon verheiratet.«

»So radikal, wie Sie aussortieren, haben fünfundneunzig Prozent der Leute kein Liebesleben. Ich fasse zusammen: Nur Leute zwischen zwanzig und vierzig, attraktiv, intelligent, gebildet und interessant, haben eine Chance. Ach, was sage ich, fünfundneunzig Prozent kommen nicht infrage? Neunundneunzig!«

Er grinste und nickte ergeben.

»Stellen Sie nicht Ihr eigenes Weltbild über die anderen, Sedlar. Schon gar nicht in einem Mordfall.«

»Vielleicht habe ich übertrieben. Aber Sie werden mir recht geben, dass Mladen und Benedikta wegfallen?«

»Na gut, man kann sie in die Kategorie ›unwahrscheinlich‹ abtun.«

»Was hat Benedikta davon, ein Techtelmechtel unter den Teppich zu kehren?«

»Sie gehört zu einer anderen Generation. Vielleicht möchte sie Tratsch verhindern, weil sie nicht in einem unmoralischen Umfeld leben will. Vielleicht will sie jemanden schützen.«

Das Telefon klingelte.

Rafael berichtete, dass niemand sagen konnte, ob der Pfarrer etwas von seinem Glück wusste.

»Glück?«, hakte Sandra nach.

»Für uns ist es ein Drama, aber der Pfarrer hatte doch keinerlei Verbindung zu Damjan. Der wird sich freuen, so viel Geld zu bekommen.« Die Worte kamen gepresst aus ihm heraus.

»Wie dem auch sei. Ich danke Ihnen für den Rückruf.«

»Kein Problem.«

»Ach, da wäre noch etwas. Wahrscheinlich werden wir heute Abend noch zu Ihnen kommen. Es sind noch ein paar Fragen offen.«

»Ja, sicher«, hörte sie Rafael seufzend sagen.

»Falls wir bis neun nicht da sind, dann kommen wir morgen früh. In jedem Fall muss ich Sie bitten, den anderen auszurichten, dass alle zu Hause sein sollten, ohne Ausnahme.«

»Oh? Nun gut, ich werde es ausrichten. Da wird sich Daria aber freuen.«

»Darauf können wir leider keine Rücksicht nehmen.«

»Ich richte es aus.«

»Danke, bis später. Oder morgen Vormittag.« Sandra brach die Verbindung ab und stand auf. »Kommen Sie, Sedlar. Wir gehen zum Arzt.«

Kristijan Kopljar saß hinter seinem Glastisch, dessen Chrombeine einiges stemmen mussten. Auf der dicken Glasplatte standen ein hochmoderner PC, eine fünfstöckige Ablage, ein Mini-Skelett aus Plastik, das Telefon und ein paar medizinische Wälzer.

Der Arzt wirkte sympathisch. Mit seinem Bartansatz, dem dichten brünetten Haar und den hellbraunen Augen wirkte er nicht nur attraktiv, sondern strahlte auch eine Jugendlichkeit aus, die er vermutlich nicht mehr besaß. Auf den ersten Blick wirkte er wie Mitte dreißig, bei genauerer Betrachtung konnte man jedoch Fältchen um die Augen und graue Stellen in seinem Bart erkennen. Auf dem Kopf fand sich kein einziges graues Haar, was die Vermutung nahelegte, dass er sich die Haare färbte. Ein bisschen Eitelkeit bei Männern fand Sandra sogar ganz charmant.

»Meine Sprechstundenhilfe sagte, dass Herr Martinović ermordet wurde.«

»Ja, heute Morgen«, antwortete Sandra. »Wie lange war er denn schon Patient bei Ihnen?«

»Ich habe vorhin noch mal in die Unterlagen gesehen. Seit über neun Jahren kam Herr Martinović zu mir.«

»Siezten Sie sich?«

Der Arzt sah sie erstaunt an, dann lächelte er. »Ich duze keinen meiner Patienten.«

»Natürlich nicht. Eigentlich wollte ich mit der Frage nur in Erfahrung bringen, ob Sie eine freundschaftliche Verbindung pflegten.«

Ein Auflachen, dann wurde der Arzt wieder ernst. »Sicher nicht.« Er stützte sich auf der Glasplatte seines Schreibtisches auf. »Ich will ganz offen sein. Menschlich gesehen mochte ich ihn. Er war sympathisch und hatte eine einnehmende Art. Nun ja, so lässt sich wahrscheinlich auch erklären, weshalb seine … Praxis« – das Wort sprach er mit Ekel aus – »so gut lief. Seine zierliche Statur nahm man gar nicht mehr wahr, wenn er sprach. Seine Stimme hatte etwas Beruhigendes,

Herzliches. Ich kann mir gut vorstellen, dass er viele Menschen damit einlullen konnte. Sein Sinn für Humor und seine Gelassenheit fielen mir als Erstes auf, das weiß ich noch. Außerdem war er ein guter Rhetoriker, belesen und scharfsinnig. In einem Gespräch erwähnte ich etwas über Infektionen und … ich weiß nicht mehr, wie wir darauf kamen, aber er fragte mich: ›Wissen Sie, dass Antonio Grossich, der damals Chefchirurg hier in Rijeka war, 1908 als Erster darauf kam, den zu behandelnden Bereich auf der Haut vor dem Eingriff mit einer Jodtinktur zu bepinseln?‹ Ich musste verneinen. Er erzählte, dass es in Rijeka schon im 15. Jahrhundert ein Krankenhaus und eine Drogerie gab. Alles, was irgendwie mit Medizin zu tun hatte, interessierte ihn. Es gab mehrere solcher Situationen, an die ich mich nicht mehr im Einzelnen erinnern kann. Er wusste auch viel über Chinesische Medizin und Ayurveda. Das fand ich nicht uninteressant. Bemerkenswert fand ich auch die Tatsache, dass er dabei in keiner Weise überheblich wirkte, vielmehr … begeistert.«

»Hat er sich mal über jemanden aus seinem privaten oder beruflichen Umfeld geäußert?«

Kopljar schüttelte den Kopf. »Nein, nie. Bei unseren Gesprächen redeten wir kein einziges Mal über eine dritte Person.« Sein Blick wanderte zu Sedlar. »Sie sind ziemlich jung für einen Kriminalbeamten.«

Höflich bedankte sich Sedlar. »Aber ich bin einunddreißig und stehe bei der Kriminalpolizei noch ziemlich weit unten.«

Kopljar winkte ab, als wolle er sagen: *Das kenne ich*

nur allzu gut. »Das ist keine angenehme Zeit. In unserer Branche ist es nicht anders. Als Arzt in der Ausbildung fragte ich mich damals manchmal: Habe ich ein Schild umhängen, auf dem *Prügelknabe* steht?«

Sie lachten kurz darüber.

Kopljar blickte wieder zu Sedlar und zeigte dabei mit der Hand auf Sandra. »Aber Ihre Chefin hier macht mir doch einen recht menschlichen Eindruck.« Dann beugte er sich nach vorne und sagte zu Sandra: »Und Sie sehen natürlich ebenfalls noch viel zu jung aus, um Inspektor zu sein.«

Sandra lächelte und sagte: »Wenn ich mal zum Arzt muss, dann werde ich zu Ihnen kommen. Ihre positive Art gefällt mir.«

Kopljar lächelte zurück und zeigte seine perfekten Zähne. Wer wohl sein Zahnarzt war? Aber deshalb war sie nicht hier. »Herr Kopljar, warum kam Damjan Martinović zu Ihnen?«

»Ach, mehr oder weniger das Übliche. Hier und da mal eine Erkältung oder Grippe, Verspannung, Rückenschmerzen …«

»Sonst nichts?«

Kristijan Kopljar wurde ernst. »Wissen Sie, ich nehme es mit der ärztlichen Schweigepflicht sehr genau. Mir ist aber auch klar, dass Sie dabei sind, seinen Mörder zu suchen, deshalb erzähle ich es Ihnen.«

»Ja, bitte tun Sie das, Doktor«, sagte Sandra.

Es hatte den Anschein, als müsse er sich seine Worte zurechtlegen. »Vor drei Monaten …«, fing er zaghaft an, »… da suchte er mich auf und sagte, er würde schon seit vielen Jahren leiden, aber nun sei es besonders schlimm geworden. Übrigens, genau so drückte er sich aus: Er würde seit vielen Jahren leiden.«

»Was war das für ein Leiden?«

»Er hatte Phasen, in denen sein ganzer Körper juckte, vom Scheitel bis zur Sohle. Die Dermatologin habe nichts feststellen können, aber ihm eine juckreizlindernde Salbe verschrieben. Die Salbe habe die Beschwerden gelindert, aber nicht verschwinden lassen. Ob ich ihm vielleicht helfen könne, fragte er. Ich erklärte, dass die Dermatologie sicher bessere Dienste leisten könne – und wenn die Dermatologin nichts feststellen konnte ...« Kopljar zuckte die Schultern. »Herr Martinović begann davon zu lamentieren, dass seine Beschwerden psychosomatisch wären.« Kopljar hob die Hände und ließ sie gleich wieder auf den Tisch sinken. »Verstehen Sie mich nicht falsch. Ich negiere keinesfalls die Psychosomatik. Aber wenn ich höre oder lese, dass jemand schlechte Zähne habe, weil es ihm an Biss fehle, oder dass man Krebs bekommt, weil man sich nicht geliebt fühlt, dann bekomme ich das Kotzen.« Im nächsten Augenblick sah er von einem zum anderen und erklärte: »Entschuldigen Sie, aber für mich als Schulmediziner stehen Genetik und Lebensumstände im Vordergrund.«

»Sie müssen sich nicht entschuldigen«, sagte Sandra. »Sie konnten ihm also nicht helfen?«

»Ich habe ihn gründlich untersucht, um bestimmte Krankheiten auszuschließen. Herr Martinović war körperlich vollkommen gesund. Ich wollte wissen, ob er unter Stress steht. Aber er verneinte und sagte, er liebe seine Arbeit und er habe keinen Stress dabei. Dann starrte Herr Martinović nachdenklich vor sich hin und sagte: ›Es sind die Schuldgefühle.‹ Ich empfahl ihm, zu einem Psychologen zu gehen.« Kopljar sah Sandra direkt an, als forsche er nach etwas in ihrem Gesicht.

»Wissen Sie, ob er das tat?«

»Als er das nächste Mal kam, habe ich ihn danach gefragt. Er sagte, er werde zu keinem Psychologen gehen, weil er nicht die Absicht habe, seine Vergangenheit aufzurollen. Das sei es ihm nicht wert. Dann wollte er nicht mehr darüber sprechen.«

»Erwähnte er, wie er auf Schuldgefühle kam?«, fragte Sedlar. »Weswegen fühlte er sich schuldig?«

Kopljar schüttelte leicht den Kopf. »Als ich nachfragte, blockte er ab, aber meine Vermutung ist … na ja, er hatte seine Fans, aber auch viele Menschen, die ihn für einen unmoralischen Kurpfuscher hielten. Das hat ihm wahrscheinlich Kopfzerbrechen bereitet. Außerdem hatte er das typische Alter für die Midlife-Crisis. Sie wissen schon, versäumte Chancen und unbereinigte Angelegenheiten. Vielleicht wollte er auch noch eine Partnerin. Das war das Einzige, das ich über sein Privatleben wusste: dass er keine Freundin hatte. Tja, und die Zeit lief ihm davon. Möglicherweise war genau das der Auslöser.«

Sedlar dachte über die Worte des Arztes nach. »Vielleicht hatte er eine ganz bestimmte Frau im Visier – und das war der Auslöser.«

»Möglich«, meinte der Arzt. »Frauen können so einiges bewirken.« Dann sah er Sandra an und lächelte.

Kam es ihr nur so vor, oder sah er sie länger an als nötig? Da war dieser Anflug von Flirtglitzern in seinen Augen, was sie sich nicht einbildete. Sie konzentrierte sich wieder auf den Fall.

»Eine Frage brennt mir unter den Nägeln.« Lächelnd, ohne etwas zu sagen, betrachtete Kopljar weiter ihr Gesicht. »Was meinen Sie?«, fuhr sie fort. »War er überzeugt von seiner Gabe?«

»Auf der Verstandesebene, absolut!«, kam es spontan, dann stützte sich der Arzt seitlich an seinem Drehstuhl ab und erklärte: »Aber es gibt etwas, das nennt sich Unterbewusstsein. Ich bin kein Psychologe, aber ein paar Dinge weiß ich doch, zumal ich immerhin drei Semester durchgehalten habe, bevor ich mich dann für die Medizin entschied. Sehen Sie, diese Menschen glauben aus zwei Gründen an ihre Fähigkeit – oder wollen es glauben. Zunächst einmal wird ihnen ständig bestätigt, dass sie heilen können, durch direkten Kontakt, durch Anrufe und Briefe, die voller Lobeshymnen und Dankbarkeit stecken. Irgendwann können sie gar nicht anders, als es selbst zu glauben. Hinzu kommt, dass diese Heiler es mit sich selbst gar nicht vereinbaren könnten, jahrelang bewusst zu täuschen, sich als Betrüger zu fühlen. Das könnte kein Mensch aushalten, und das Resultat wären Depressionen, Reue und Schuldgefühle.«

»Schuldgefühle?«, fragte Sandra.

Der Arzt sah ihr in die Augen und nickte wissend, als wolle er sagen: Das ist die Pointe.

»Also zweifelte er vielleicht?«

»Zumindest unterbewusst.«

»Haben Sie sich jemals abfällig ihm gegenüber über seine Tätigkeit als Heiler geäußert?«

»Nein.«

»Sie sagten, Sie haben ihn gemocht?«

Kopljar hatte einen amüsierten Zug um den Mund. »Ja. Er hatte etwas, wie soll ich sagen… Man hätte sich stundenlang mit ihm unterhalten können.« Dann wandte er den Blick ab. »Das klingt wahrscheinlich komisch, aber ich werde ihn ein bisschen vermissen.«

»Es klingt nicht komisch«, bemerkte Sedlar. »Sie sind nicht der Erste, der das sagt.«

13

Als Sandra und Sedlar in den Flur der Kriminalabteilung traten, kamen sie an Tamara vorbei. Ihre Blicke trafen sich, dann sagte Tamara: »Nennt mich jetzt Frau Ibrahimović.«

»Ach?«, lachte Sandra kurz auf.

»Hab gesagt, Vorname ist okay.«

»Gut.«

»Eine Frau Vrdoljak wartet auf Sie. Im Vernehmungsraum.«

Sedlar blickte zu Tamara hinunter, die gerade mit ihren pinkfarbenen Krallen nach dem Kaffeebecher griff. »Warum haben Sie sich diesen Telegrammstil angewöhnt?«, fragte er interessiert.

»Ist zeitsparender.«

»Sprechen Sie zu Hause auch so?«

»Natürlich nicht«, meinte sie, als sei das die absurdeste Frage, die sie je gehört hatte. »Mein Mann nennt mich Radio Tamara, so viel rede ich zu Hause.«

Gespielt anerkennend verzog Sedlar den Mund. »Ich finde es immer wieder interessant, die verschiedenen Seiten eines Menschen kennenzulernen.«

»Wirklich?«, fragte Tamara. »Ich nicht. Mich erschreckt es, wenn ich plötzlich eine andere Seite von jemandem kennenlerne. Bin Gewohnheitstier. Mag keine Veränderungen.«

Sandra setzte sich in Bewegung und rief über die Schulter: »Ajde, ajde, Sedlar! Ich hole mir nur schnell einen Kaffee, dann können wir zu Kata Vrdoljak.«

»Von dem vielen Koffein bekommen Sie irgendwann einen Herzstillstand. Nulllinie, während Sie unter der Dusche stehen.«

Ruckartig wandte sie den Kopf in seine Richtung.

Verlegen warf er hinterher: »Oder Sie Ihren Kaffeevorrat gerade auf das Fließband des Supermarktes legen.«

Kaum hatten Sandra und Sedlar ihr Büro betreten, kam Milić herein. »Wie war Ihr Arztbesuch, Inspektor Horvat?«

Sandra drückte gerade auf den Knopf des Kaffeeautomaten. »Damjan hatte große Schuldgefühle«, kam sie gleich zur Sache.

»Oh«, machte Milić und steckte die Hände in die Hosentaschen. »Wie ärgerlich für ihn. Noch weitere schockierende Nachrichten?«

»Nein, eigentlich nicht.«

»Kata Vrdoljak ist hier und wartet im Vernehmungsraum. Miki war schon zu Hause und sagte, er fahre gleich los, müsste aber bald hier sein. Danica Petrinac kann nicht kommen, weil sie sich letzte Woche das Bein gebrochen hat. Sie liegt zu Hause und sagt, wir können jederzeit vorbeikommen.«

»Das können wir uns erst mal sparen. Wenn sie sich letzte Woche das Bein gebrochen hat, dann wird sie sich nicht auf Krücken nach Malnari aufgemacht haben, um Damjan zu ermorden. Trotzdem würde ich gerne mit ihr sprechen, wegen dieser Geschichte mit ihrem Mann und Damjan. Aber es hat erst mal nicht Priorität.«

»Genau. Mit ihr zu sprechen, kann sicher nicht schaden, oder?« Sedlar sah von Sandra zu Milić. »Sie könnte schließlich auch jemanden angeheuert haben.«

Als sei Sedlar gar nicht anwesend, sagte Milić zu Sandra: »Er sieht eindeutig zu viel CSI.«

Sedlar ließ sich nicht beirren. »Warum? Das kommt doch vor?«

»Ja, klar«, tat Milić einsichtig. »Die Friseurin hat einen Profikiller angeheuert. Wahrscheinlich hat sie ihn von ihrem Trinkgeld bezahlt.«

Sandra setzte sich an die Kante ihres Schreibtisches und nippte an ihrem doppelten Espresso. »Und was haben eure Recherchen ergeben?«

»Mladen Višković ... na ja, der war als Teenager schon kriminell, aber bis auf den bewaffneten Raubüberfall, bei dem er den Hausbewohner in die Schulter geschossen hat, handelte es sich um Diebstahl und Raub. Vermutlich hatte er auch mit Drogen zu tun, aber registriert ist er nicht. Über Tilda gibt es nichts. Strebsames junges Ding, etliche Praktika seit der Mittelschule in Krankenhäusern und Tierarztpraxen. Gordan saß vor sechs Jahren betrunken am Steuer und hat einen alten Mann angefahren, der aber nicht schwer verletzt wurde. Daria war vorher schon mal verheiratet, mit einem zunächst reichen Unternehmer, der aber bankrottging. Kurz darauf hat sie ihn verlassen. Ihr Vater war übrigens Metzger, der sich in seiner Metzgerei eine Kugel in den Kopf gejagt hat. Sie hat ihn gefunden.«

»Wie alt war sie, als das passierte?«, fragte Sandra.

»Vierzehn.«

»Schlimm«, warf Sedlar ein. »Muss ein schweres Trauma bei ihr ausgelöst haben.«

»Ja, sicher.« Milić zuckte die Schultern, als wolle er sagen, so sei manchmal das Leben, was solle man machen.

»Und was ist mit den anderen?«, fragte Sandra.

»Über den Bruder haben wir nichts Erwähnenswertes erfahren. Das Gleiche gilt für Benedikta. Rafael war bei einem Immobilienmakler beschäftigt, der nicht ganz astrein gearbeitet hat. Er hat seine Bücher frisiert und hat zwei Jahre auf Bewährung bekommen. Als das aufflog, hat Rafael gekündigt. Schwer zu sagen, ob aus Empörung oder aus Angst, mit hineingezogen zu werden. Als er vorgeladen wurde, behauptete er, keine Ahnung von den Methoden seines Chefs gehabt zu haben. Kurzum: Man weiß nicht, ob auch er ein Stück vom Kuchen in diesen Machenschaften hatte.«

»Gut«, sagte Sandra knapp, stellte die Kaffeetasse neben sich auf den Tisch und stand auf. »Kommen Sie, Sedlar. Frau Vrdoljak wartet schon lange genug auf uns.«

Als Sandra und Sedlar in den Vernehmungsraum traten, saß Kata entspannt auf dem Stuhl und wippte mit dem Bein. Für Sandra sah es mehr nach Langeweile als nach Nervosität aus. Kata hatte langes dunkelblondes Haar und große blaue Augen. Ihre Haut war zum Niederknien. Vielleicht lag es daran, dass sie in einer Parfümerie arbeitete und Bescheid wusste, wie man so etwas hinbekam? Sie trug ein weißes T-Shirt und kleine Creolen aus Silber oder Weißgold.

»Puh«, machte Kata und verzog leicht den Mund. »Das hat ja ’ne Weile gedauert.«

»Ja, leider ging es nicht früher. Tut mir leid«, sagte Sandra mechanisch.

»Schon gut.« Es hörte sich nach einer halbherzigen Höflichkeitsfloskel an, bei der Inhalt und Tonlage nicht harmonierten.

Sandra und Sedlar zogen sich jeder einen Stuhl heran. »Wahrscheinlich wird es nicht lange dauern«, meinte Sandra.

Kopfschüttelnd sagte Kata: »Mir ist sowieso nicht klar, was Sie von mir wollen. Geht es darum, dass er mich gestalkt hat? Entschuldigung, aber er ist doch jetzt tot. Was soll da noch sein?«

»Frau Vrdoljak, wir müssen eben allem nachgehen. Der kleinsten Kleinigkeit. Lassen Sie uns über ein paar Dinge klar werden, dann dürfen Sie auch schon nach Hause gehen.«

»Ja, meinetwegen.« Kata nahm eine Strähne und wickelte sie sich um den Finger. »Was wollen Sie wissen?«

»Erzählen Sie uns einfach mal von Ihrer ersten bis zur letzten Begegnung mit Damjan.«

»Es gab ja nur die erste und die letzte Begegnung, also zwei insgesamt. Kann ich hier rauchen?«

»Leider nein.«

»Diese Welt wird immer spießiger«, murmelte Vrdoljak, die sicher nicht älter als dreißig war. »Ich bin zu ihm gegangen, weil eine Freundin ihn mir empfohlen hatte. Ihre Migräne war durch die Behandlungen verpufft, wie sie sagte. Ich leide schon seit einem halben Jahr an Reflux, das ist eine extreme Form von Sodbrennen. Das schmerzt im Brustbereich wie Messerstiche, Sie können sich gar nicht vorstellen, wie schmerzhaft das ist. Zuerst dachte ich, dass ich Lungenkrebs oder so was habe, aber mein Hausarzt diagnostizierte Reflux. Er meinte, das sei wahrscheinlich auch stressbedingt und gab mir Medikamente. Ich wollte aber nicht ständig Tabletten und dieses eklige Gel schlucken, also dachte ich, schaden kann es nicht, zu einem Heiler zu gehen. Dreihundertfünfzig Kuna für eine halbe Stunde Handauflegen finde ich heute absurd, aber zu diesem Zeitpunkt kam mir das gar nicht viel vor, wenn er mich davon heilen konnte. Ich setzte mich also auf den Stuhl, und er legte seine Hände auf meine Schultern. Das war's. Als er sich mir gegenübersetzte, fragte er, wie ich mich fühle. Ich sagte, wie immer. Er lächelte und meinte, die Wirkung seiner Heilung würde sich bald einstellen. Wirklich geglaubt habe ich es nicht, aber gehofft habe ich es natürlich schon.« Sie machte eine Grimasse, als sei ihr dieses Geständnis unangenehm.

»Verständlich«, äußerte Sandra, um ihr nicht das Gefühl zu geben, wie töricht sie doch sei.

»Er fragte, ob ich einen Freund oder Mann habe. Zuerst dachte ich, er würde sich auf meine Krankheit beziehen. Und dann … ich weiß gar nicht mehr, wie er damit anfing, meinte er, ob ich mir vorstellen könnte, mit ihm zusammen zu sein. Vor Entsetzen brachte ich nur ein ›Hä?!‹ heraus. Normalerweise wäre mir das peinlich, aber nicht in diesem Fall. Na ja, er redete davon, dass er mir viel Geld bezahlen würde und es mir an nichts fehlen würde. Er muss wohl mein entsetztes Gesicht gesehen haben, weil er beschwichtigend die Hände hob und dann sagte: ›Sie brauchen keine Angst zu haben. Ich werde Sie nie anrühren. Es hat überhaupt nichts mit Sex zu tun.‹ Das habe ich ihm natürlich nicht abgekauft. Mit was soll es denn sonst zu tun haben?« Fragend blickte sie in die beiden Gesichter vor sich.

»Vielleicht mit Prestige?«, schlug Sedlar vor.

Kata ließ sich das kurz durch den Kopf gehen, bevor sie antwortete: »Mit Prestige? Kann ich mir nicht vorstellen. Er hatte doch alles, was er sich wünschte.«

Sandra nickte bestätigend. »Aber keine Partnerin. Er dachte, mit einer gut aussehenden Frau wie Ihnen würde er noch mehr Anerkennung bekommen. Wie ging es dann weiter?«

»Ich stand auf und sagte, dass ich ihn wegen sexueller Belästigung anzeigen werde. Ich konnte sehen, dass das Panik in ihm auslöste. Dann entschuldigte er sich und sagte, das Ganze sei ein Missverständnis.«

»Und dann sind Sie weggegangen?«

»Richtig. Ich war empört und musste da einfach raus.«

»Sie sagten, dass Sie ihn wegen sexueller Belästigung anzeigen würden.« Sedlar machte eine ausladende

Handbewegung. »Gab es denn Anzeichen für etwas in der Richtung? Als er seine Hände auf Ihre Schulter legte …«

»Nein, nein«, winkte sie ab. »Das habe ich spontan so ausgespuckt, weil ich wütend war, dass er eine vertrauliche Situation in etwas Anzügliches verwandelte. Ich wäre nicht zur Polizei gegangen. Wahrscheinlich hätte ich nur alle, die ich kenne, vor ihm gewarnt.«

Sandra dachte laut nach und murmelte: »Davor hatte er wahrscheinlich nicht weniger Angst.«

»Ja, und dann … klingelte er bei mir an der Haustür. Meine Adresse hatte ich in seiner Praxis nicht angegeben, nur meine Telefonnummer, aber meine Festnetznummer samt Adresse kann man im Internet finden. Kann man das eigentlich ändern?«

»Ja«, antwortete Sandra knapp.

»Okay. Ich mache also die Tür auf, da steht er mit einem Blumenstrauß und sagt, ich solle bitte entschuldigen und ob wir die unglückliche Begegnung nicht vergessen könnten. Irgendwie bekam ich Angst vor dem Kerl, dass er mich bis nach Hause verfolgt. Also schlug ich ihm die Tür vor der Nase zu. Ich hab dann am nächsten Tag in seiner Praxis angerufen und seinem Mitarbeiter gesagt, sein Chef solle aufhören mich zu stalken, sonst würde ich zur Polizei gehen.«

»Danke, Frau Vrdoljak.«

In Gedanken versunken stand diese auf und nahm ihre Handtasche von der Stuhllehne. »Es tut mir schon leid, dass er getötet wurde. Angeblich hat er ja vielen Menschen geholfen.«

Nachdem Kata Vrdoljak aus der Tür getreten war, fragte Sedlar: »Was halten Sie von ihr?« Er saß auf dem Stuhl neben Sandra und betrachtete sie.

»Ich weiß sie nicht einzuordnen. Sie wirkt authentisch und relativ entspannt, aber Sie werden schon noch merken, wie gut die Menschen sich verstellen können.«

»Oh, das weiß ich schon jetzt.« Er lachte kurz und leise auf. Seltsam, dachte Sandra, warum war es gerade das Lachen eines Mannes, das am stärksten bei einer Frau wirken konnte? Und Sedlar hatte tatsächlich ein schönes Lachen. Ob es andersherum genauso war? Zelenika hatte mal gesagt, es gebe nichts, was er bei einer Frau schrecklicher fand als ein dümmliches Gekicher oder ein lautes, vulgäres Lachen. Aber Zelenika fand auch große Handtaschen und Kurzhaarschnitte schrecklich. Der Mann war keine zuverlässige Quelle in dieser Hinsicht.

Milić und Miki betraten den Raum. »Hey«, grüßte Miki und hob den Arm zum Gruß, als hätten sie sich hier verabredet, um einen Rapsong aufzunehmen.

»Guten Tag!«, erwiderte Sandra.

»So, bin mit den Recherchen fertig.« Zelenika kam polternd herein, schubste Milić ein bisschen zur Seite und stellte sich neben ihn.

»Nehmen Sie doch bitte Platz«, forderte Sandra den jungen Mann auf.

Widerwillig ließ Miki sich auf dem Stuhl nieder, als befürchtete er, sich zu verbrennen.

»Irgendetwas Neues?«, wollte Sandra von Zelenika wissen. Falls dem so wäre, würde Zelenika nur nicken und nicht im Beisein von Miki darauf eingehen. Aber sie kannten sich schon so gut, um das nicht erwähnen zu müssen.

»Nein«, antwortete Zelenika knapp.

»Willst du dich auf meinen Platz setzen?«, bot Sedlar Zelenika an. Dieser hob nur flüchtig die Hand und winkte ab.

»Leider mussten wir Sie kurzfristig herbemühen«, wandte Sandra sich nun an ihr Gegenüber.

Miki versuchte ein Lächeln. »Ist ja nicht so schlimm. Haben Sie vergessen, etwas zu fragen?«

»Vergessen? Nein. In der Zwischenzeit haben wir erfahren, dass die Journalistin Mirta Car Drohbriefe erhalten hat, nachdem sie über Damjan berichtet hatte.« Sandra war nicht entgangen, dass Miki beim Wort ›Drohbriefe‹ leicht zusammengezuckt war und sein Gesicht seitdem wie erstarrt wirkte. »Wissen Sie etwas darüber, Miki?«

»Über die Drohbriefe?« Seine Stimme schien plötzlich seltsam schrill. »Keine Ahnung. Welche Drohbriefe denn? Drohbriefe?! Nein. Wirklich. Darüber weiß ich gar nichts.«

»Mann!«, entfuhr es Zelenika. »Das war ja leichter als gedacht.«

»Wie bitte?« Mikis Blicke wirkten gehetzt, während er die Beamten abwechselnd ansah.

Zelenika schüttelte den Kopf, als habe er Mitleid mit ihm, weil er sich gerade um Kopf und Kragen geredet hatte. »Ich gebe Ihnen einen gut gemeinten Rat, Miki. Sie sollten niemals Poker spielen.«

»Sehen Sie mich an«, forderte Sandra den jungen Mann auf. »Was wissen Sie über die Briefe?«

Schweigen.

»Hat Damjan sie geschrieben?«

»Nein!«

»Haben Sie diese Briefe geschrieben?«

Heftiges Kopfschütteln.

»Ich schlage vor«, raunte Zelenika, »wir fahren jetzt in Damjans Praxis und beschlagnahmen den Computer. Danach fahren wir in Ihr hübsches Zuhause in Bakar, denn dort besitzen Sie vermutlich auch einen PC oder Laptop.«

Miki ließ den Kopf sinken und atmete hörbar aus. »Also gut. Ich habe diese Briefe geschrieben. Ich... habe mir Handschuhe gekauft, damit keine Fingerabdrücke bleiben.« Dann versuchte er sich zusammenzunehmen, hob den Kopf und sah Sandra an. »Ich weiß ja, dass das blöd war. Ehrlich gesagt, hätte ich auch nicht damit gerechnet, dass das Ganze so weite Kreise zieht. Plötzlich waren diese Briefe in den Zeitungen!« Für einen Moment schloss er die Augen. »Ich habe das aus Wut getan, weil sie Damjan in ihrem Artikel so lächerlich gemacht hatte. Außerdem bekam ich es mit der Angst, dass wir vielleicht Patienten verlieren würden und ich dann keine Arbeit mehr hätte und dann Damjan wütend auf mich werden und ich ihn nicht mehr jeden Tag sehen würde. Glauben Sie mir, ich wollte mich nur ein bisschen rächen und verhindern, dass sie wieder etwas über ihn schreiben würde. Aber als sie dann auch noch dieses Interview mit der Petrinac führte, nachdem deren Mann gestorben war, da war ich schon drauf und dran, noch mal einzugreifen. Ich habe Damjan gesagt, dass ich die Journalistin aufsuchen und ihr gründlich den Kopf waschen werde. Natürlich hätte ich sie nicht verprügelt, sondern sie nur zur Rede gestellt. Damjan verbot es mir. Er sagte, ich solle mich in das schlechte Karma dieser Frau nicht hineinziehen lassen.«

Zelenika schüttelte tadelnd den Kopf über den jungen Mann. »Miki, Miki, Miki …«

»Tut mir leid wegen dieser dummen Briefe. Wirklich.«

»Das wird Konsequenzen haben.«

Erschrocken fragte Miki: »Ich komme doch deswegen nicht ins Gefängnis?«

Zelenika hob erheitert die Augenbrauen. »Die Staatsanwaltschaft, so wie ich die kenne, wird vier Mal lebenslänglich fordern. Hätten wir die Todesstrafe, würden Sie auf dem elektrischen Stuhl landen.«

Miki stieß einen erleichterten Seufzer über Zelenikas Ironie aus, dann lächelte er.

»Natürlich wird das strafrechtlich verfolgt!« Zelenika war laut geworden. »Was glauben Sie denn? Die Morddrohung darin war der Kardinalsfehler, mein Lieber. Vielleicht kommen Sie mit Bewährung oder einer Geldstrafe davon. Aber an Ihrer Stelle würde ich mich auf ein paar Wochen Knast einstellen.«

Miki saß mit offenem Mund da, dann stützte er sich mit den Armen auf der Tischplatte ab und vergrub das Gesicht in den Händen. Er fing an zu weinen.

Bitterböse sah Milić seinen Kollegen an. »Komm schon. Geh hin und sag was Nettes zu ihm.«

Am Ende dieser Szenerie strich Zelenika Miki über den Rücken und klopfte ihm unbeholfen auf die Schulter. »Jeder macht mal was Idiotisches. Ist doch kein Weltuntergang. Wahrscheinlich kommst du mit einer Geldstrafe davon. Krieg dich wieder ein, Kleiner.«

Miki hob den Kopf und wischte sich die Tränen aus seinem Gesicht.

»Großer Gott«, murmelte Zelenika und holte ein Papiertaschentuch aus seiner Hosentasche. »Wisch dir mal dein verrotztes Gesicht ab.«

Nachdem Miki dem Befehl gefolgt war, fragte Sandra: »Haben Sie es wirklich nur deshalb getan, Miki? Als Racheakt und aus Angst, Ihre Arbeit zu verlieren?«

»Was?«

»Oder waren Sie auch ein bisschen verliebt in Damjan?«

Mehrere Sekunden verstrichen, dann antwortete Miki: »Nein, das war ich nicht. Ich habe eine gute Beziehung mit Miro. Aber Damjan war mein Seelenverwandter, das spürten wir beide. Bestimmt hat er bei der Sitzung nicht nur Gordan, sondern auch mich gesehen. Aber er wollte es mir nicht erzählen. Meine Vermutung ist, dass ich ihm mal das Leben gerettet habe oder so etwas, aber er wollte mir nicht ewig dankbar sein.«

Zelenika nickte. »Das wird's sein. Es gibt eben für alles eine logische Erklärung.«

»Ich weiß, dass Sie das für Unsinn halten. Aber es ist mir egal.«

Zelenika stemmte die Hände in die Hüften. »Miki, Sie sind doch gescheit. Warum steigern Sie sich in eine Traumwelt hinein? Wäre es nicht besser, sich auf das Hier und Jetzt zu konzentrieren?«

Mikis Gesichtsausdruck verriet, dass er bei Zelenika keine Hoffnung sah. »Sie kapieren überhaupt nichts. Bei allem Respekt, aber Sie gehören eben auch nur zu den Menschen, die null Ahnung haben, sich nicht fünf Minuten damit beschäftigt, geschweige denn ein Buch darüber gelesen haben. Diese Bücher haben übrigens nicht irgendwelche Vollidioten auf dem Drogentrip geschrieben, sondern teilweise Ärzte und Universitätsprofessoren. Es gibt Beweise dafür, dass Menschen alte Orte oder Dinge beschreiben, deren Existenz bestätigt wurde. Aber die Wissenschaft hat eben kein Interesse daran. Stattdessen werden lieber Krankheiten erfunden oder aufgebauscht, weil jeder daran kräftig mitverdient. Schüchternheit bekämpft die Welt jetzt mit Pillen, lebhafte Kinder werden pauschal mit Ritalin ruhiggestellt. Frauen mit Osteoporose und Männer mit Prostatabeschwerden sind keine Randerscheinungen mehr, nein, ALLE leiden wir unter irgendetwas. Aber, hey Leute, das ist normal für euch. Nach Damjans Behandlung ging es den Leuten besser, egal, was der Grund dafür war. Und das geschah ganz ohne Chemie! Wer heilt, hat recht.«

»Ja, wer *heilt*, hat recht«, sagte Zelenika, »und nicht, wer seine Hände auf jemandes Schultern legt.«

Miki hatte sich in Rage geredet. »Und ihr zieht Inkarnation und Karma ins Lächerliche, weil es natürlich viel cooler und sexyer ist, dagegen zu sein. Man will doch schließlich ein vernünftiger Mensch sein, oder? Richtige Männer und Frauen, die erwachsen sind, aber gleichzeitig kichernd wie auf dem Schulhof mit dem Finger auf Querdenker zeigen. Hoho … Karma, was für ein Scheiß …« Seine Stimme hatte einen höhnischen Ton angenommen.

Im Raum entstand eine merkwürdige Spannung.

»Hören Sie, Miki«, begann Sandra mit ruhiger Stimme. »Jedem Menschen steht es frei, seine eigene Haltung und Meinung über die Dinge zu haben. Wir sind hier, um einen Mordfall zu lösen. Sie dürfen Ihre Meinung zum Thema Karma und Inkarnation haben, wie immer Sie möchten.« Sie nickte ihm lächelnd zu und legte die Hände auf die Tischplatte, um aufzustehen.

»Warten Sie!«, rief Miki plötzlich. Dann fragte er: »Haben Sie noch zwei Minuten Zeit?«

»Zwei Minuten.«

»Wie stehen Sie dazu? Sie sind die Einzige hier im Raum, deren Meinung mich interessiert.«

Alle Blicke waren auf Sandra gerichtet. Sollte sie sich geschmeichelt fühlen? »Warum?«, fragte sie.

»Ich weiß nicht. Es ist eben so.«

Sandra legte sich die Worte zurecht. Sie wollte ihn nicht verletzen, aber wenn er sie schon danach fragte, wollte sie sich nicht davor drücken. »Vielleicht stimmt es, was Sie über die Medizin gesagt haben, aber Tatsache ist eben auch, dass wir ohne die Ärzte und die Pharmaindustrie aufgeschmissen wären. Sie haben recht, Miki. Ich habe nie ein Buch darüber gelesen, deshalb bin ich auch nicht kompetent, darüber zu urteilen. Aber ich gebe zu, dass ich mir das eine oder andere Mal die Frage gestellt habe, was nach dem Tod passiert. Jede Religion hat darüber ihre Theorie, aber keine Beweise. Karma? Möglich. Aber so viel ich weiß, muss man, laut den Buddhisten, für die Fehler, die man begangen hat, in diesem Leben büßen.«

»Nein, nicht büßen. Es hat nichts mit Strafe zu tun. Wer einen anderen gefoltert hat, muss diese Qualen selbst erleben, um zu erfahren, was er einem anderen angetan hat.«

Sandra nickte verständnisvoll. »Ob man es nun Strafe oder Gerechtigkeit nennt, bleibt sich gleich, Miki. Sehen Sie, damit habe ich ein Problem. Das würde nämlich bedeuten, dass all die Qualen, Vergewaltigungen, Morde und Kriege gerechtfertigt sind. Sie dürfen es anders sehen, aber für mich gibt es dafür keine Rechtfertigung.«

Miki schloss für einen Moment erschöpft die Augen, dann sagte er leise: »Im Buddhismus heißt es: Leben heißt leiden.«

»Na, das weiß ich auch ohne Buddhismus«, murmelte Sedlar vor sich hin.

14

Sie fuhren in einem Dienstwagen gemeinsam nach Malnari. Mittlerweile war es früher Abend, und die Hitze lag zwar noch in der Luft, verflüchtigte sich aber allmählich. Zelenika saß hinter dem Steuer, Sandra auf dem Beifahrersitz. Sie hatte gerade keine Lust zu fahren. »Sedlar und ich gehen zu dieser Nachbarin. Wie heißt sie noch mal?«

Milić, der hinter Sandra saß, antwortete: »Nada Kinkela.«

»Ja, richtig. Danach gehen wir beide zum Pfarrer.« Sandra drehte sich nach Sedlar um, der daraufhin nickte.

»De Santis«, kam Milić ihr zu Hilfe.

»Danke, aber das wusste ich. Sie und Zelenika gehen von Haus zu Haus und befragen die Nachbarn. Vielleicht haben sie etwas gesehen. Ein unbekanntes Auto, das irgendwo parkte, oder jemand, der dort herumspaziert ist. Wie viele Häuser sind das überhaupt dort? Acht, neun?«

Zelenika blickte kurz in ihre Richtung. »Außer Damjans Haus, denen seiner Nachbarin Kinkela und der Pfarrgemeinde sind es neun Häuser.«

»Und so ein kleines Dorf hat eine eigene Kirche? Wie kann das sein?«

»Ja, genau, Horvat«, antwortete Zelenika, nicht ohne ironischen Unterton. »Da fragst du jetzt genau den Richtigen. Ich bin geradezu Experte, was die katholische Kirche betrifft.«

Sedlar beugte sich etwas nach vorne und sagte: »Wenn mehrere kleine Dörfer nebeneinanderliegen, dann hat nicht jedes Dorf seine eigene Kirche, sondern eben eine für mehrere Dörfer. Es gibt noch zwei Dörfer in der Nähe, die etwas größer sind als Malnari. Sie fallen beide unter diese Kirchengemeinde.«

Erstaunt drehte Sandra den Kopf in seine Richtung. »Woher wissen Sie das? Sie sind doch erst ein paar Wochen aus Pula weg.«

Sedlar grinste. »Es ist doch dasselbe Land.«

»Ja, sicher. Aber woher wissen Sie das mit den zwei Nachbardörfern?«

»Ich habe das herausgefunden, während ich an dem Bericht geschrieben habe und Sie bei Kopljar angerufen haben. Was soll ich sagen? Ich bin ein Streber.«

Sandra nickte. »Gut. Nach der Befragung treffen wir uns dann alle in Damjans Haus.«

Nada Kinkela öffnete die Tür im Bademantel.

»Dürfen wir Sie kurz stören?«, fragte Sandra.

»Kommen Sie rein. Ich wollte mir gerade meine Lieblingsserie ansehen und dann schlafen gehen. Ich gehe nämlich mit den Hühnern ins Bett. Das ist Gewohnheit. Im Sommer ist es draußen noch hell, wenn ich schlafen gehe.«

»Wir werden Sie nicht lange aufhalten«, sagte Sandra, während sie Richtung Wohnzimmer gingen. Als sie eintraten, sagte Nada: »Setzen Sie sich doch. Möchten Sie etwas trinken?«

»Nein, vielen Dank.« Sandra und Sedlar setzten sich auf das karierte Cordsofa, das seine besten Jahre bereits hinter sich hatte. Das Mobiliar war alt, aber sauber und gepflegt. Überall waren Spitzendeckchen in allen möglichen Formen, Farben und Größen. »Haben Sie die alle selbst gehäkelt?«

Schwerfällig ließ Nada sich in den Sessel sinken und zupfte an ihrem türkisfarbenen Bademantel herum. »Ja.« Sie lachte und streckte die Beine aus. Ihre Füße steckten in rosa Pantoffeln, die vorne weiße Bommel hatten. »Aber nicht innerhalb eines Jahres, sondern über viele, viele Jahre. Handarbeit ist mein Hobby.« Etwas verschämt sah sie zu Sandra. »Ich weiß, dass das heute als sehr altbacken gilt. Aber das ist mir egal.«

Sandra sah sie offen an. »Ich finde das süß, wirklich. Vielleicht würde ich nicht zu viele davon in meine Wohnung legen, aber ein paar davon haben etwas Niedliches und Freundliches.«

»Ja, nicht wahr? Welche gefallen Ihnen am besten?«

»Schwer zu sagen. Vielleicht die runden mit dem bestickten Rand?«

»Ja, die mag ich auch. Am besten gefallen sie mir in Azurblau und Dunkelgrün.«

»Meine Lieblingsfarbe ist Weinrot.«

»Oh ja, eine sehr edle Farbe.«

Sedlar räusperte sich, ob zufällig oder nicht, konnte Sandra nicht einschätzen.

»Ich bessere damit ein bisschen meine Rente auf«, fuhr Nada fort. »Ein großes biznis[16] ist es zwar nicht, aber es macht mir Freude.«

Anerkennend nickte Sandra ihr zu. »Etwas beschäftigt mich, Frau Kinkela.«

»So? Was beschäftigt Sie denn?« Verwundert fügte sie noch hinzu: »Aber was mich noch mehr interessiert, ist, wie ich Ihnen dabei helfen kann.«

»Sie sagten, dass Sie gleich das Schlimmste angenommen, eine Art Vorahnung gehabt hätten.«

»Ja, das stimmt.«

»Können Sie sich das erklären?«

Nada schüttelte den Kopf. »Nein, eigentlich nicht. Vielleicht hätte ich das nicht erwähnen sollen. Es klingt nach der Spinnerei einer alten Frau.«

»Aber nein. Manchmal sind auch unterschwellige Gefühle bedeutsam. Vielleicht haben Sie in letzter Zeit etwas Ungewöhnliches auf dem Nachbargrundstück beobachtet?«

Nada schürzte die Lippen und machte »Hmm«, bevor sie sich im Raum umsah, als würde sie diesen zum ersten Mal sehen.

»Frau Kinkela?«

»Es kommt darauf an, was Sie als ungewöhnlich betrachten.«

»Sagen Sie mir, was *Sie* als ungewöhnlich betrachten.«

»Das hat aber nichts mit dem Mord zu tun, und ich will niemandem Scherereien machen.«

16 Business

»Keine Sorge. Erzählen Sie es uns einfach.«

Nachdem die alte Frau einen tiefen Atemzug genommen hatte, erzählte sie: »Vor ein paar Wochen habe ich frühmorgens ein Auto an der Straße parken sehen. Darin saß eine Frau, so Mitte bis Ende fünfzig. Als Damjan zur Arbeit wollte und mit dem Auto zur Straße fuhr, stieg sie aus und wedelte mit den Armen. Damjan hielt an, stieg ebenfalls aus und sie sprachen miteinander. Dann drehte er sich abrupt um, stieg wütend in sein Auto und fuhr weg. Die Frau wirkte genauso wütend, knallte die Autotür zu und brauste davon. Nach zwei Tagen habe ich dann in der Zeitung das Interview mit der Frau gelesen, deren Mann bei Damjan in Behandlung war und gestorben ist. Ich hab die Frau sofort wiedererkannt, trotz der Entfernung, wegen ihrer Haare. Sie hat ganz dichtes mahagonifarbenes Haar.«

»Aha.«

»Sie hat ihn wahrscheinlich nicht ermordet, aber gestritten haben sie auf jeden Fall. Na ja, man weiß ja gar nicht, ob es Mord war.«

»Doch. Mittlerweile gehen wir stark von Mord aus.«

»Ach, wirklich? Vielleicht hätte ich dann besser meinen Mund gehalten. Sie sagen nicht, dass Sie's von mir haben?«

»Nein, ganz sicher nicht.«

»Na ja. Notfalls habe ich eine Pistole im Haus. Die hat mein verstorbener Mann vor vielen Jahren irgendwo beschafft.« Zerknirscht wanderte ihr Blick von Sandra zu Sedlar, ohne dass sie den Kopf bewegte. »Das hätte ich wohl auch besser für mich behalten.

Mein Gott, was ist das nur heute mit mir? Da plappere ich und plappere ich.«

»Was ist das für eine Pistole?«, fragte Sandra.

»Welche Pistole? Ich hab doch nur Spaß gemacht.«

»Frau Kinkela, bitte.«

»Eine Walther PPK.«

»Das war früher eine deutsche Polizeiwaffe«, bemerkte Sandra erstaunt.

»Das hat mein Mann auch gesagt.«

Sedlar nickte. »Mit dieser Waffe hat Hitler sich erschossen.«

»*Adolf* Hitler?«, fragte Nada.

Sedlar legte die Stirn in Falten. »Gibt es noch einen anderen Hitler, von dem ich nichts weiß?«

»Frau Kinkela«, klinkte sich Sandra mit ruhiger Stimme ein, »ich finde es gar nicht gut, dass Sie diese Waffe im Haus haben. Ist sie denn überhaupt registriert?«

»Ja, sicher! Das hat mein Mann alles sauber abgewickelt. Einmal war sogar die Polizei hier und hat kontrolliert, ob die Waffe eingeschlossen ist. Stellen Sie sich vor.«

»Ja, ich weiß. Das ist so üblich.«

»Na, sehen Sie?«

»Trotzdem. Sie könnten wegen einer Harmlosigkeit in Panik geraten und damit sich selbst oder jemand anderen verletzen. Oder noch schlimmer.«

Nada kniff trotzig die Lippen zusammen. »Ich behalte die Pistole! Hier läuft ein Verrückter herum. Oder sagten Sie nicht gerade, dass es Mord war?«

»Frau Kinkela, weiß jemand von der Waffe? Ihre Nachbarn zum Beispiel?«

»Alle wissen es. Sollen sie nur wissen, dass sie sich mit mir nicht anzulegen brauchen. Wenn jemand mich im Visier hat, ist er an der falschen Adresse.«

Zehn Minuten später saßen Sandra und Sedlar in der gemütlichen Wohnstube des Pfarrers, umgeben von mehreren Kruzifixen und einem eingerahmten Porträtfoto des amtierenden Papstes auf dem Schreibtisch. An der darüberliegenden Wand hing ein Foto in Postergröße von Johannes Paul II. »Hegen Sie eine besondere Sympathie für diesen Papst?«, fragte Sandra und machte eine Kopfbewegung in Richtung des Porträts.

Der Pfarrer saß in seinem riesigen Polstersessel und wirkte darin etwas verloren. Er trug eine schwarze Stoffhose und ein schwarzes Hemd, an dem der oberste Knopf geöffnet war. Seine Beine waren ausgestreckt, und er machte einen müden Eindruck. »Ja, das tue ich. Nicht nur, weil er mehrmals Kroatien besucht hat und 2003 hier in Trsat[17] war. Obwohl ich nahe an ihn herankommen konnte, hatte ich leider nicht die Gelegenheit, mit ihm zu sprechen. Ein ganz besonderer Mensch war das.«

»Ja«, pflichtete Sandra ihm bei. »Als er starb, habe ich geweint.« Sedlar wandte ruckartig den Kopf und starrte sie an. Sofort bedauerte sie diesen Satz, obwohl es stimmte. Sie konnte es sich weder damals noch heute

17 Marienwallfahrtsort in Rijeka, ältester Kroatiens

wirklich erklären, denn Religion war eines der Themen, bei denen sie mit ihrer Mutter regelmäßig aneinandergeriet.

»Sie sind gläubig?«, fragte der Pfarrer prompt.

»Gläubig?«, wiederholte Sandra irritiert. »So mittelgläubig.«

»Oh.« Es klang eher bedauernd als erschrocken. »Atheistin.«

»Nein, das würde ich auch nicht sagen.«

»Sondern?«

»Eigentlich weiß ich das selbst nicht so genau«, antwortete Sandra wahrheitsgemäß. »Ich bin irgendwie eine ewig Suchende.«

De Santis nickte und wirkte beinahe mitfühlend. »Diese Menschen haben es, meiner Erfahrung nach, am schwersten.«

»Ja, vermutlich.«

»Aber warum haben Sie dann geweint, als der liebe Johannes Paul II. starb?«

Sandra zuckte die Schultern. »Er war glaubwürdig. Was er tat, das tat er aus reiner Menschenliebe. Ich glaube nicht, dass es viele Leute gibt, die wahrhaftig Menschenliebe empfinden. Er hat andere Religionen respektiert und sogar seinem Attentäter verziehen. Wer würde so etwas schon tun? Ich jedenfalls nicht. Einmal sah ich einen Bericht im Fernsehen, in dem eine ältere Frau über ihre Begegnung mit ihm erzählte. Sie war ein junges Mädchen, halb verhungert und ohne eine Münze in der Tasche, weshalb sie sich keine Fahrkarte kaufen konnte, um zu ihren Verwandten zu fahren. Dieser junge Theologiestudent hat sie gesehen, ihr etwas zu essen gebracht, eine Fahrkarte gekauft und sie zum Zug getragen, weil sie zu geschwächt war zum Laufen. Als er später Papst wurde, hat sie ihn wiedererkannt und ist nach Rom gereist, um ihn zu fragen, ob er sich an ihre Begegnung erinnerte. Das tat er. Als er starb, musste ich genau an diese Geschichte denken. Komisch, nicht wahr? Dass uns Einzelschicksale mehr berühren, als Zahlen von mehreren Millionen?«

De Santis seufzte. »Genau das ist es, weshalb wir den Glauben an die Menschheit nicht verlieren dürfen, weil wir empathisch sind.« Dann faltete er die Hände und legte sie in den Schoß. »Ich habe ebenfalls mal einen interessanten Bericht im Fernsehen gesehen, über eine Ermittlerin, wie Sie eine sind. Sie war mir sehr sympathisch, als sie so über ihre Arbeit erzählte. Als man sie fragte, ob sie Mitleid mit den Opfern habe, antwortete sie: ›Nein. Sonst könnte ich meinen Beruf nicht mehr ausüben.‹ Auch wenn ich sie verstehen konnte, spürte ich, wie sie mir von einer Sekunde auf die andere unsympathisch wurde. Sie hatte kein Mitleid mit Kindern und jungen Menschen, Greisen und unschuldigen Opfern? Denken Sie genauso?«

»Nein, das tue ich nicht«, antwortete Sandra aus Überzeugung. Genau zu diesem Thema hatte sie vor Kurzem eine Diskussion mit Sedlar gehabt. Allerdings ging es darin um Mitleid gegenüber Tätern, die aus kaputten Familien kamen und nie eine wirkliche Chance hatten.

»Velečasni, ich könnte mich stundenlang mit Ihnen

unterhalten, aber wir müssen jetzt zum Wesentlichen springen.«

»Aber natürlich. Was möchten Sie mich fragen?«

»Wissen Sie etwas über Damjans Testament?«

»Sein Testament? Warum? Sollte ich etwas darüber wissen?«

»Wir haben heute eine Kopie dieses Testaments gesehen. Er hat fünfundzwanzig Prozent seines Vermögens Ihrer Kirche vermacht.«

De Santis erstarrte. Eine ganze Weile brachte er kein Wort heraus, dann stammelte er: »Was? Wirklich? Aber warum ... Ich meine ... Sind Sie sicher?«

»Ganz sicher.«

Der Pfarrer wusste gar nicht, wie ihm geschah. »Wie viel ist es denn, wenn ich fragen darf?«

»Sein Vermögen beläuft sich auf eins Komma zwei Millionen. An Ihre Kirche fallen dreihunderttausend.«

»Dreihunderttausend Kuna? Das ist ja unglaublich. Damit können wir endlich das Dach erneuern.«

»Locker. Es sind nämlich dreihunderttausend Euro, nicht Kuna.«

De Santis war unfähig zu sprechen. Er starrte sie nur an.

»Sie wussten demnach nichts davon?«, fragte Sandra.

»Nein! Sie sehen doch, wie schockiert ich bin.« Trotzdem konnte er sich ein klitzekleines Lächeln nicht verkneifen. »Sein Tod hat mich erschüttert, aber das Geld wird meiner Gemeinde sehr zugute kommen.«

»Nun, was sagt man in so einem Augenblick? Herzlichen Glückwunsch?«

Der Pfarrer machte ein trauriges Gesicht. »Vergessen wir nicht, wir haben ein wertvolles Menschenleben zu beklagen. Trotzdem war seine Entscheidung sehr vernünftig, finde ich.«

Es hätte Sandra auch gewundert, wenn er diese Entscheidung für unvernünftig gehalten hätte. »Gerne würde ich noch ein paar offene Fragen klären.«

»Aber selbstverständlich«, meinte De Santis wohlgesonnen. »Oh, entschuldigen Sie, ich habe Ihnen gar nichts angeboten. Möchten Sie ein Glas Wein? Oder eine Limonade?«

»Nein, vielen Dank. Was mich interessieren würde, rein persönlich und aus Neugier, was halten Sie von Leuten, die katholisch sind und in die Kirche gehen, aber gleichzeitig auch zum Wunderheiler?«

»Sie möchten meine ehrliche Meinung hören? Es gab seit Menschengedenken nur einen Wunderheiler, und das war Jesus Christus, Gottes Sohn. Ich sagte Ihnen heute Morgen schon, dass ich Herrn Martinović sympathisch fand, aber an seine so genannten Wunderkräfte glaubte ich selbstverständlich nicht. Genauso wenig wie ich an Wahrsager mit Kristallkugel glaube. Mit dem katholischen Glauben ist das überhaupt nicht vereinbar.«

»Danke für Ihre ehrliche Antwort.«

De Santis nickte lächelnd.

»Welche Meinung haben die Dorfbewohner über Damjan Martinović? Das haben Sie doch bestimmt mitbekommen.«

»Zuerst hat es uns allen überhaupt nicht gefallen,

dass er sich hier eingenis … äh, er hierhergezogen ist. Aber mit der Zeit hat sich niemand mehr daran gestört. Ich würde sagen, dass es den Leuten egal war.«

»War in letzter Zeit etwas anders als sonst? Haben Sie sich über etwas gewundert, oder fiel Ihnen etwas auf?«

»Nein, gar nichts. Alles war wie immer.«

Sandra und Sedlar traten nach draußen. Es war noch heller Tag, aber angenehm warm. Sie überquerten die schmale Straße, auf dem Weg zu Damjans Anwesen. Sandra erblickte ein parkendes Auto. Darin saß eine Frau mit blondem Kurzhaarschnitt und beobachtete durch ein Fernglas Damjans Haus. Sandra ging mit großen Schritten auf das Auto zu. Sie klopfte kräftig an die Fensterscheibe. Vor Schreck fiel der Frau das Fernglas aus den Händen. Als sie Sandra erblickte, ließ sie die Fensterscheibe herunterfahren.

»Mirta Car! Was machen Sie hier?!«

»Sandra Horvat! Ich sitze in meinem Auto.«

»Was soll das?«

»Wenn die Polizei den ganzen Tag nicht zu sprechen ist, dann … Ich war zufällig in der Gegend.«

»Blödsinn!«, stieß Sandra aus.

»Wie geht es Ihnen?« Mirta Car lächelte sie freundlich an. Sandra konnte nicht behaupten, dass sie direkt etwas gegen diese Frau hatte. Letztes Jahr hatten sie auf einem Event sogar zusammen angestoßen und sich angeregt unterhalten. Aber was sie hier abzog, war einfach ungeheuerlich.

»Mir geht es hervorragend. Ich zweifle jedoch ernsthaft daran, dass es Ihnen gut geht.«

Mirta ignorierte Sandras Worte einfach. Ihr Blick fiel auf Danijel Sedlar, der in einiger Entfernung stand. »Ist das Ihr neuer Kollege?«

»Ja.«

»Den kenne ich noch gar nicht.« Mirta nickte anerkennend. »Ich frage mich, warum manche Berufsgruppen auffallend viele gut aussehende Männer vorweisen können.«

»Wie bitte?«

»Polizisten, Feuerwehrmänner und Piloten.«

»Oh, Sie haben eine Schwäche für Uniformen.«

»Quatsch. Achten Sie mal darauf, stimmt wirklich. Wenn Ihr Dragović im Präsidium seine Lippen nicht mit Sekundenkleber vor einem Lächeln schützen würde … also, der könnte in Mailand auf dem Laufsteg laufen.«

»Die Models auf dem Laufsteg lächeln grundsätzlich nicht. Dafür sind sie zu cool.«

»Also cool ist er, Ihr Dragović, und der hier ist auch nicht gerade zum Wegschauen.«

»Mirta? Worüber reden wir hier?«

»Ach ja, wir sind vom Thema abgekommen. Wenn Sie wüssten, Sandra, was ich heute vor den Radar bekommen habe …«

»Sie meinen, vors Fernglas.«

»Genau.«

»Gerade eben?«

»Ja. Ich bin erst seit zehn Minuten hier. Wer weiß,

was ich sehen würde, wenn ich die ganze Nacht hier sitzen würde.«

»Wahrscheinlich nichts. Normalerweise schlafen die Menschen nachts. Und jetzt werden Sie auch nichts sehen, weil *wir* hier sind. Es wird in dieser Zeit niemand ums Haus spazieren.«

Enttäuscht gab sich die Journalistin geschlagen. »Ja, wäre wohl Zeitverschwendung hierzubleiben.«

»Also? Was haben Sie gesehen?«

»Wann bekomme ich meine Presseerklärung?«

»Morgen früh. Mandić hat vorhin Jakov Milić angerufen.«

»Milić wird das Interview geben? Nicht Dragović? Oder Ihr Kollege hier?«

»Er ist verheiratet.«

Mirta stellte sich dumm. »Paragraph zweihundertfünfzig a, nur unverheiratete Kollegen geben Presseerklärungen ab?«

»Was haben Sie gegen Milić? Er ist der netteste Mensch, den man sich vorstellen kann.«

»Ja, das stimmt. Ich mag nette Männer. Leider interessieren sich immer nur die netten, aber hässlichen Männer für mich. Meine biologische Uhr läuft. Ich bin jetzt achtunddreißig, wissen Sie.«

»Tut mir leid. Soll ich ein Date zwischen Ihnen und Milić arrangieren?«, fragte Sandra und konnte sich ein Grinsen nicht verkneifen. Die Vorstellung, die kokette und dominante Mirta und der zarte und freundliche Milić …«

»Warum nicht.«

»Was?!«

»Ich brauche doch Sie nicht dafür! Als könnte ich ihn nicht selbst fragen.«

Sandra rieb sich die Augenlider. Angeblich fanden es Männer nicht gut, wenn Frauen die Initiative ergriffen, aber was Mirta machte, war ihr egal. Wie sie Milić kannte, würde er sich mächtig darüber freuen. »Was haben Sie gesehen, Mirta?«

»Dieser Gordan Dedić ist der einzige unter den Bewohnern, den ich kenne. Ich war ja beim Wunderheiler« – an dieser Stelle machte sie mit zwei Fingern ein Zeichen in die Luft – »in der Praxis, da habe ich ein Foto von ihm auf Damjans Schreibtisch gesehen. Damjan hat erzählt, dass Gordan früher bei ihm gearbeitet hat, mit seiner Frau in seinem Haus lebt und wie ein Sohn für ihn ist. Jedenfalls habe ich gerade gesehen, wie er nachdenklich im Dachgeschoss steht, sich umsieht und ein paar Dinge in die Hand nimmt. Hat der Wunderheiler im Dachgeschoss gewohnt?«

»In der Mansarde, ja.«

»Also, seine Frau kommt rein, schlingt die Arme um ihn, redet auf ihn ein, aber er stößt sie weg. Dann packt er sie an den Armen, schüttelt sie und sie streiten. Schließlich läuft sie aus dem Zimmer.«

»Gut zu wissen. Danke, Mirta. Sonst noch etwas?«

»Nein. Rufen Sie mich an, wenn Sie etwas Interessantes erfahren, das Sie an die Presse weitergeben dürfen?« Den letzten Teil des Satzes hatte sie aufgesetzt verständnisvoll herausgepresst.

»Ja.«

»Können Sie gut lügen. Alle Achtung.«

Sandra hatte sich schon entfernt, da blieb sie noch einmal stehen und wandte den Kopf. »Warum haben Sie eigentlich so ein großes Interesse an Damjan?«

Mirta drehte den Zündschlüssel. Plötzlich war ihr Gesicht nicht mehr heiter, sondern tiefernst. »Weil ich etwas gegen Betrüger habe. Sie nicht?« Ohne eine Antwort abzuwarten, legte sie den Rückwärtsgang ein und fuhr davon.

Sandra schüttelte den Kopf. »Diese Frau ist unglaublich«, sagte sie, als sie Sedlar erreicht hatte und die beiden wieder Richtung Haus liefen. »Geht absolut in ihrer Karriere auf. Aber ich habe gerade erfahren, dass sie eine Familie gründen will. So direkt hat sie es nicht gesagt, aber angedeutet.«

Sedlar sah sie von der Seite an. »Na ja, kann man verstehen.« Zu Anfang seiner Einarbeitung hatte Sedlar ihr anvertraut, dass er und seine Frau keine Kinder bekommen konnten. Zelenika, der in Pula mit ihm zusammengearbeitet hatte, sagte ihr, dass er aus einer gewissen Dankbarkeit noch mit seiner Frau zusammen war. Durch einen schweren Bootsunfall hatte Sedlar manchmal starke Migräneattacken, und seine Frau war von Anfang an solidarisch an seiner Seite gewesen. Anfangs hatte er mit Sandra geflirtet, und er hatte auch wirklich Herzklopfen bei ihr ausgelöst. Aber sie ging auf Distanz. Wie gut oder schlecht seine Ehe war, ging sie nichts an. Verheiratet *und* Kollege war die schlechteste Kombination, die sie sich vorstellen konnte.

»Ja, natürlich ist das zu verstehen.« In einer schwachen Minute hatte auch sie sich ihm anvertraut, ihm von Marin und seinem Tod erzählt – und dass sie gerne wieder einen Freund oder Mann hätte, und auch ein Kind. Für ihre Eltern waren sie und Nataša eine herbe Enttäuschung, nicht als Menschen, aber in Sachen Partnerschaft hatten die beiden Töchter in ihren Augen auf ganzer Ebene versagt. »Es gibt eben Berufe, die nur schwer mit einem Privatleben vereinbar sind. Journalisten müssen ja auch immer zur Stelle sein und sind abends oder am Wochenende unterwegs. Ob bei denen die Scheidungsrate auch so hoch ist wie bei uns?«

Sedlar warf ihr einen kurzen Seitenblick zu, dann sagte er, wie beiläufig: »Ja. Bald werde ich ebenfalls in dieser Statistik auftauchen. Meine Frau ist vor ein paar Tagen wieder zurück nach Pula, zu ihren Eltern.«

Sandra war sich nicht sicher, ob sie das hören wollte. Was sollte sie dazu sagen? »Und jetzt sind Sie in dieser riesigen Vierzimmerwohnung ganz alleine?« Sedlar hatte ihnen erzählt, dass Verwandte, die nach Dubrovnik gezogen waren, ihm und seiner Frau ihre Wohnung überlassen hatten.

Sedlar blieb stehen. »Das fällt Ihnen als Erstes dazu ein?«

»Ehrlich gesagt, ja. Warum? Haben Sie etwas Bestimmtes erwartet? Vielleicht ist es überhaupt besser, wenn Sie mir solche Dinge nicht erzählen, Sedlar.«

In seinem Blick fanden sich gleichzeitig Verwunderung und Enttäuschung. Umso besser, dass sie auf Distanz blieb, dachte sie. Das Eis konnte schnell dünn werden, wenn sie Mitgefühl zeigte. Sandra setzte sich wieder in Bewegung, und Sedlar folgte ihr. Es war offensichtlich, dass er eine bestimmte Reaktion erwartet hatte. In diesem Moment fasste sie einen Entschluss: Sie durfte nie wieder mit ihm über private Dinge sprechen!

15

Das Wohnzimmerfenster von Damjans Haus gab den Blick auf einen riesengroßen Bildschirm frei. »Der war heute Morgen aber noch nicht da«, stellte Sedlar fest.

Als sie um die Ecke bogen, entdeckten sie Tilda, die auf der nostalgischen weißen Holzbank neben der Haustür saß. Ihr Kopf war gesenkt, die Hände hatte sie im Schoß verschränkt.

»Tilda?«, rief Sandra leise.

Die junge Frau hob den Kopf und sah von Sandra zu Sedlar. »Oh. Guten Abend.«

»Haben Sie geweint?«

»Ein bisschen«, antwortete Tilda, dann zwang sie sich zu einem Lächeln.

»Fehlt Ihnen Damjan?«

Sie nickte schniefend. »Alles ist anders ohne ihn, schon jetzt.« Daraufhin machte sie eine Kopfbewegung Richtung Haustür. »Sie haben zusammengelegt, dann ist Rafael losgegangen und hat einen Fernseher gekauft. Damjan ist noch nicht einmal unter der Erde. Sie haben nichts kapiert von dem, was Damjan ihnen vermittelt hat. Außer Diki und Gordan, die sind anders.«

»Es tut mir wirklich sehr leid für Sie, Tilda. Ich kann mir vorstellen, dass er für Sie so etwas wie ein Vater war, zumal Sie keinen Kontakt zu Ihrer Familie haben.« Dass in Tildas Vorwürfen gegenüber den anderen eine gewisse Doppelmoral lag, überging sie in diesem Augenblick lieber. Ihre Rocksongs hatte Tilda heimlich per Kopfhörer gehört, und auch wenn Sandra es als reichlich verfrüht empfand, konnte sie die Anschaffung des Fernsehers sogar nachvollziehen. Es musste sich belastend anfühlen, wenn man als Erwachsener einem Fernseh-, Computer- und Handy-Verbot unterzogen wurde.

Tilda nickte und lächelte verkniffen. »Danke, Sie sind nett.«

»Ich will mich nicht in Ihre Privatangelegenheiten mischen, aber besteht denn keine Möglichkeit, dass Sie sich mit Ihrer Familie aussöhnen?«

Tilda sah sie bekümmert an. »Nein. Mein Vater ist … schlimm.«

Sandra setzte sich neben sie. »Was ist mit Ihrer Mutter?«

»Sie ist gestorben, als ich klein war. Ich kann mich kaum an sie erinnern.«

»Haben Sie Freunde, die für Sie da sind? Eine beste Freundin, der Sie Ihr Herz ausschütten können?«

»Diki und Gordan sind meine Freunde.«

»Ja, ich habe schon gehört, dass Sie drei sich gut verstehen. Übrigens, war Ihre Jobsuche erfolgreich?«

Sie schüttelte den Kopf. »Alle vergeben nur Vollzeitstellen, aber als Studentin kann ich nicht in Vollzeit arbeiten.«

In diesem Moment kamen Benedikta und Gordan

heraus. Sie grüßten die Beamten, dann sagte die alte Frau: »Ich kann das Freudentänzchen nicht mehr mit ansehen.« Dann besann sie sich ihrer spitzfindigen Bemerkung und fügte hinzu: »Bitte verzeihen Sie.«

»Schon gut. Können wir bitte gemeinsam hineingehen?«

Kurz darauf standen Sandra und Sedlar im Wohnzimmer und beobachteten Rafael dabei, wie er die Fernbedienung ausprobierte. Neben der Couch lag ein großer eingerissener Karton. Die Gesichter der übrigen Bewohner verrieten Vorfreude und, als sie Sandra und Sedlar erblickten, auch ein wenig Schuldbewusstsein. Rafael schaltete den Fernseher aus und kam sofort zur Sache: »Uns ist natürlich klar, wie das auf Sie wirken muss.«

»Sie verstoßen gegen kein Gesetz«, bemerkte Sedlar. »Es ist Ihr gutes Recht, sich einen Fernseher zu kaufen.«

»Das sehe ich auch so«, sagte Sandra. »Obwohl ich mich ein bisschen darüber wundere.«

»Wieso?«, fragte Mladen.

»Ich dachte, Sie hätten nach Damjans Regeln gelebt? Fanden Sie nicht alles großartig, was er … gepredigt hat? Dürfen wir uns setzen?«

»Ja, natürlich.« Rafael schob ihnen zuvorkommend die Hocker hin, auf denen sie bereits am Morgen gesessen hatten.

»Wo sind denn die beiden anderen Polizisten?«, fragte Benedikta, die am selben Platz saß wie heute Morgen. Überhaupt saß jeder wieder dort, wo Sandra sie vom ersten Treffen in Erinnerung hatte. Offensichtlich brauchte jeder Mensch seine Rituale und Gewohnheiten, überlegte sie, sei es auch in einem unkonventionellen Haushalt.

»Meine beiden Kollegen befragen die Dorfbewohner und kommen bald nach«, erklärte Sandra.

»Ach, übrigens.« Daria warf ihr langes Haar nach hinten und sah Sandra mit emotionslosem Gesicht an. »Danke, dass ich heute Morgen gehen durfte.«

»Gut. Jetzt sind Sie ja hier.«

»Ähm ...« Rafael druckste herum und rutschte auf der Couch ein wenig nach vorne. »Ich würde gerne auf Ihre Bemerkung von vorhin zurückkommen, wenn es Ihnen recht ist.«

»Bitte«, forderte Sandra ihn auf.

»Wir haben nämlich sehr gerne nach Damjans Regeln gelebt und waren von seiner Haltung und seinen Ansichten absolut überzeugt.« Rafael blickte in die Runde und wartete auf Zustimmung, die auch unmittelbar erfolgte.

»In Ordnung«, äußerte Sandra, wobei sie es absichtlich mehr nach einer Frage klingen ließ. »In diesem Zusammenhang gibt es etwas, das mir nicht ganz klar ist. Damjan hat angeblich die Menschen so akzeptiert, wie sie sind, richtig?«

Auch darin waren sich alle einig.

»Und trotzdem hat er Sie bevormundet, und Sie ließen das zu?«

»Ich verstehe nicht, was Sie meinen, meine Liebe.« Benediktas Blick drückte pures Unverständnis aus.

»Kein Fernseher, keine Computer …«

»Oh, das verstehen Sie ganz falsch, Inspektor Horvat«, winkte sie lachend ab, als sei Sandra ein typischer Laienfehler unterlaufen. »Wenn Eltern ihren Kindern etwas verbieten, dann tun sie es immer mit den besten Absichten. Und so war es mit Damjan und uns. Er wollte es nicht, weil er es gut mit uns meinte.«

»Aber«, meldete Sedlar sich zu Wort, »Sie scheinen trotzdem anderer Ansicht gewesen zu sein.« Ohne weitere Worte zeigte er mit ausgestrecktem Arm auf das neue Fernsehgerät.

»Nun, wir … sind … waren nicht anderer Ansicht, aber … Damjan ist jetzt nicht mehr unter uns, und … wir müssen unseren Schock irgendwie verarbeiten. Der Fernseher verschafft uns Ablenkung.«

»Verständlich«, meinte Sandra halbherzig.

In diesem Augenblick betraten Zelenika und Milić das Wohnzimmer, nachdem sie kurz an der offen stehenden Haustür geklopft hatten. Sandra stand auf und sagte zu Zelenika: »Gehen wir kurz nach draußen.«

Als sie sich ein paar Schritte vom Haus entfernt hatten, fragte Sandra nach dem Resultat der Befragung.

»Von den neun Häusern sind zwei leer, weil die Bewohner seit mehreren Tagen verreist sind. In einem Haus lebt ein altes Ehepaar, das gar nicht richtig kapiert hat, was wir überhaupt von ihnen wollen. Beim Wort Kriminalpolizei hat der Greis beinahe einen Herzinfarkt bekommen. In einem anderen Haus lebt eine Alte, ganz alleine mit ihrem Gehstock. In dem großen grünen Haus lebt eine Familie, da sind alle kerngesund

und wohlhabend, was also kaum Rückschlüsse auf die Tat zulässt. In den restlichen Häusern sind ebenfalls Familien, normal und unauffällig. Jedenfalls ist uns nichts aufgefallen, was uns hätte aufhorchen lassen.«

»Ich muss mir die Leute also nicht näher ansehen?«

»Ich würde sagen, nein. Außerdem sind die vier restlichen Häuser zu weit weg, als dass sich jemand auf den Weg hätte machen können, um Damjan schnell und unauffällig zu ermorden. Der Mörder hätte die Straße überqueren müssen und wäre im Licht der Straßenbeleuchtung zu erkennen gewesen. Auch wenn sich der Mörder in aller Herrgottsfrühe aufgemacht hätte, jemanden zu ermorden, das Risiko wäre doch zu groß gewesen, gesehen zu werden. Es ist doch immer irgendjemand früh auf den Beinen oder kann nicht schlafen, hört ein Geräusch und sieht zum Fenster hinaus. Die Wahrscheinlichkeit ist gering, dass wir dort tiefer in die Ermittlungen eintauchen müssen.«

Als sie wieder im Wohnzimmer waren, sagte Sandra: »Ach, was ich Sie alle noch fragen wollte: »Woran genau ist Luka Frlan eigentlich gestorben?«

»Herzinfarkt«, antwortete Gordan prompt.

»Wann war das?«

»Vor drei Monaten«, sagte er verhalten.

»Wer hat ihn gefunden?«

»Wir alle gemeinsam.«

»Alle gemeinsam?«

»Nun, sehen Sie«, ergriff Benedikta das Wort. »Wir alle machten einen Ausflug an diesem Tag. Alle außer Luka. Wissen Sie, er hatte diese depressiven Phasen, mal war es besser, mal war es schlimmer. Luka wollte an diesem Tag nicht mitgehen.«

»Wohin ging der Ausflug?«

»In den Nationalpark Risnjak. Damjan liebte die Natur. Es war ein Sonntag. Wir brachen gegen sieben Uhr auf, nachdem Damjan meditiert und wir alle gefrühstückt hatten. Für Luka ließen wir das Frühstück abgedeckt auf dem Küchentisch. Wir kamen um acht Uhr abends nach Hause. Er lag im Bad. Es war schrecklich.«

»Was genau meinen Sie mit schrecklich?«

Die übrigen Hausbewohner saßen stocksteif da und starrten auf den Boden.

Benedikta presste die Lippen aufeinander, dann erzählte sie: »Er hatte diese schrecklich starre Haltung und ein schmerzverzerrtes Gesicht. Er hatte ... nun ja ... in seinen Pyjama gemacht. Wahrscheinlich hatte die Angst vor dem Tod ihn im Griff, bevor er starb.«

»Wie alt war Herr Frlan?«

»Er hatte gerade seinen vierzigsten Geburtstag gehabt, wenige Tage zuvor.«

Sandra ließ ihren Blick über die Bewohner schweifen, als sie fragte: »Hatte er etwas von dem Frühstück gegessen?«

Niemand reagierte, außer Rafael. »Wie meinen Sie das? Wie Sie wissen, bin ich für das Essen hier zuständig.«

Sandra überging seine Befindlichkeiten, denn darauf konnte sie jetzt keine Rücksicht nehmen. »Hat er davon gegessen?«, wiederholte sie ihre Frage.

»Ja«, antwortete Rafael, eine Spur zu laut.

»Was gab es denn für ihn zum Frühstück?«

Rafael, offenbar verärgert darüber, dass ihr seine Gefühle egal waren, stieß hervor: »Fritule[18] und Milchreis mit Früchten. Das mochte er besonders gerne, mit ganz viel Obst, Mandeln und Honig.«

»Wissen Sie, ob seine Leiche obduziert wurde?«

»Obduziiiiiert? Was?!«

Der Rest der Bewohner war über dieses Wort nicht weniger erschüttert. Ein lebhaftes Gemurmel setzte ein.

Schließlich fragte Andrija: »Warum sollte denn eine Obduktion nötig sein? Er hatte einen HERZINFARKT! Das hat der Arzt festgestellt.«

»Gut. Beruhigen Sie sich jetzt bitte alle wieder. Ich möchte Ihnen eine Frage stellen, und zwar jedem von Ihnen einzeln. Herr und Frau Dedić, hätten Sie etwas dagegen, wenn ich die Befragung in Ihrem Zimmer durchführe? Damjans Zimmer würde sich natürlich am ehesten anbieten, aber dann müsste einer nach dem anderen zwei Stockwerke nach oben laufen, und das wäre ein ziemlicher Zeitaufwand.«

Daria schien sich nach ihrem Mann zu richten. Sie sah Gordan abwartend an, der es nicht für nötig befand, in irgendeiner Form zu reagieren.

Sandra beschloss daraufhin, eine andere Möglichkeit anzubieten: »Das ist gar kein Problem. Vielleicht ist es am besten, wenn Sie alle morgen früh ins Präsidium kommen …«

---

18 Frittierte Teigbällchen, ähnl. wie Krapfen

Alle Blicke richteten sich aufgeschreckt und bohrend auf Gordan.

»Nein, nein. Schon gut. Natürlich habe ich nichts dagegen«, gab dieser klein bei.

»Gut, kommen Sie, Sedlar«, forderte Sandra ihren Kollegen auf. »Herr Martinović? Sie als Erster, bitte.«

Kurz darauf saßen sie im Zimmer der Dedićs.

Andrija zu fragen: »Hat Damjan, Ihrer Meinung nach, selbst an seine Wunderheilung geglaubt?«, war zwar reine Zeitverschwendung, aber sie wollte den Bruder nicht auslassen.

»Selbstverständlich! Ich habe doch erwähnt, dass ich die Gabe ebenfalls habe …«

Rafaels Antwort war gespickt mit Empörung: »Er war ganz und gar überzeugt. Und das zu Recht. Jeder, der etwas anderes behauptet, ist ein Idiot.«

»Heute Morgen, als mein Kollege Sedlar mit Ihnen gesprochen hat, wollte er wissen, ob es hier auch Verbindungen … äh … erotischer Art gibt. Mein Kollege hat gesehen, dass Frau Saršon Ihnen ein Zeichen gab, still zu sein. Was glauben Sie, Herr Mohorović, warum hat sie das getan? Was steckt dahinter?«

»Waaas? Zeichen? Das ist ein Missverständnis.«

»Nein, ist es nicht«, beharrte Sedlar.

»Also, dann haben Sie mehr gesehen als ich. Ein Zeichen? Was denn für ein Zeichen? Nein, nein. Ich habe nichts gesehen.«

Tilda hatte Tränen in den Augen, als sie auf Sandras Frage antwortete: »Damjan war zu bescheiden, als dass er mit seinen Kräften geprahlt hätte. Andere Menschen an seiner Stelle hätten sich gottgleich gefühlt. Damjan war es beinahe peinlich, dass er so viel Großes leisten konnte.«

Als Tilda hinausgegangen war und Mladen sich setzte, fragte er als Erstes: »Hat Miki schon was gesagt, ob wir hier bald rausmüssen?«

Sandra erklärte ihm, dass die Formalien einige Zeit in Anspruch nehmen würden und Miki sie nicht einfach von heute auf morgen auf die Straße setzen könne. »Außerdem scheint er es damit ohnehin nicht eilig zu haben. Zumindest war das mein Eindruck. Nun, Herr Višković? Glauben Sie, dass Damjan davon überzeugt war, heilen zu können?«

Mladen zuckte die Schultern. »Ach, wissen Sie, mir ist das echt immer scheißegal gewesen. Das war so ein netter Kerl, der Damjan. Einen Besseren gibt's nicht. Aber ob das mit der Heilung stimmt oder nicht … keine Ahnung. Hat mich nicht interessiert.«

Und Daria wiederholte den Satz, den sie am Morgen schon gesagt hatte: »Ich bin hier, weil Gordan hier ist.« Auf die Frage, was sie selbst von Damjan gehalten hatte, antwortete sie: »Ich mochte die Art, wie er das Leben betrachtete. Das hatte schon was. Ich hörte ihm gerne zu. Über seine Heilungskräfte habe ich mir nie ernsthaft Gedanken gemacht und es nie angesprochen. Das hat ihn aber nicht gestört. Ich habe heute zu meinem Mann gesagt, dass wir von hier fortgehen sollten. Ohne Damjan ist das Leben in diesem Haus eine Farce.«

»Und was hat Ihr Mann gesagt? Ist er einverstanden?«

»Er hält es für eine gute Idee.«

Wenige Minuten später saß Gordan Sandra gegenüber. Er war natürlich felsenfest von Damjans Heilungskraft überzeugt. »Die meisten Menschen kommen mit der Wissenschaft daher. Ist wissenschaftlich nicht bewiesen, wenn ich das schon höre. Wahrsagen wird doch genauso höhnisch niedergemacht und verunglimpft. Da frage ich mich aber schon, warum dann auch die Polizei mit Wahrsagern zusammenarbeitet.« Als er Sandras skeptischen Blick bemerkte, ergänzte er: »Vielleicht Sie persönlich nicht und vielleicht nicht hier in Kroatien. Aber ich habe schon von Fällen in Großbritannien und den USA gehört.«

»Haben Sie es Ihrer Frau schon gesagt?«

»Dass Damjan mein Vater war? Ja, vor ein, zwei Stunden etwa.«

»Und, wie hat sie reagiert?« Sandra fragte sich, ob das wohl der Augenblick gewesen war, als Mirta Car durch ihr Fernglas geschaut hatte.

»Wir haben ein bisschen gestritten. Sie nimmt es mir übel, dass ich das so lange vor ihr verheimlicht habe. Natürlich kann ich sie verstehen, aber sie muss akzeptieren, dass ich so persönliche Angelegenheiten lieber mit mir selbst ausmache. Sie will, dass wir von hier fortgehen. Ich glaube auch, dass es so am besten wäre. Hier sind zu viele Erinnerungen an Damjan.«

Als Letzte war Benedikta dran. »Er hat nicht nur daran geglaubt, er hat dafür gelebt. Am liebsten hätte er jedem geholfen, aber die Menschen haben lieber ihre Beschwerden und Krankheiten ertragen, als Damjan aufzusuchen. Er hat jeden geliebt, sogar seine Gegner, die ihn verspottet haben. Über niemanden hat er je ein schlechtes Wort gesagt.«

Sandra fragte auch sie nach dem Zeichen, das sie Rafael, laut Sedlar, gegeben hatte. Aber Benedikta schüttelte lächelnd den Kopf. »Oh, da müssen Sie etwas durcheinandergebracht haben, Herr Sedlar. Ich habe mich wahrscheinlich an der Nasenspitze gekratzt. Das ist eine Marotte von mir. Sie sind ja noch ganz neu, nicht wahr? Das wird schon noch. Ein bisschen Nervosität zu Anfang ist doch ganz normal, da kann man schon mal was durcheinanderbringen.«

Sedlar schloss schweigend die Augen. Sandra konnte nur vermuten, was ihm jetzt durch den Kopf ging, nämlich dass Benedikta eine alte Frau war und er sich deshalb mit groben Zurechtweisungen zurückhalten sollte.

»Liebe Frau Saršon«, begann Sandra und sah diese ernst an. »Ich war zwar nicht dabei, bin mir aber sicher, dass mein Kollege ein Kratzen an der Nasenspitze und das Zeichen, still zu sein, unterscheiden kann.«

»Ich kann mich nicht erinnern. Wahrscheinlich wollte ich ihm nur zu verstehen geben, er solle leiser sein. Gott, Rafael hat manchmal so ein lautes Organ. Das ist eine schreckliche Angewohnheit.«

16

Bevor Sandra in ihre Wohnung ging, klopfte sie zaghaft an Jelenas Tür. Ihre Freundin und Nachbarin arbeitete als Kellnerin in der Abendschicht, weshalb sie meistens spät zu Bett ging und spät aufstand. Jelena hatte seit heute Urlaub, und es war nichts Ungewöhnliches, dass sie einander noch spätabends einen kurzen Besuch abstatteten.

Jelena öffnete die Tür und lächelte mitfühlend. Das war eines der Dinge, die Sandra so an ihrer Freundin liebte, ihre mütterliche Art. Jelenas blonde Strähnen waren mittlerweile etwas herausgewachsen, und sie hatte heute kein Make-up aufgelegt, was sie ein wenig älter aussehen ließ. Jelena war dreiundvierzig, sah aber normalerweise jünger aus. Heute allerdings nicht.

Sie neigte den Kopf. »Du armes Ding, kommst jetzt erst nach Hause?«

»Ja.« Sandra hob die Hand, um auf ihre Armbanduhr zu sehen. »Wie spät ist es überhaupt? Halb zehn? Oh Gott, ich bin seit fünfzehn Stunden auf den Beinen.«

»Jetzt komm schon rein«, forderte Jelena sie auf und öffnete die Tür etwas weiter. Während sie Richtung Wohnküche gingen, platzte Jelena heraus: »Im Radio habe ich gehört, dass dieser Wunderheiler wahrscheinlich ermordet wurde. Sag bloß, du bist dafür zuständig?«

Sie setzten sich auf die Stühle am Küchentisch, und Jelena sah ihre Freundin abwartend an. »Mittlerweile ist es nicht mehr wahrscheinlich, sondern sicher, dass er ermordet wurde. Ja, ich führe die Ermittlungen«, antwortete Sandra.

»Oje«, rief Jelena resigniert und ließ den Kopf nach vorne fallen.

»Nein, nein.« Tröstend tätschelte Sandra die Hand ihrer Freundin. »Mandić hat gesagt, dass mein Urlaub nicht gefährdet ist. Notfalls zieht er Dragović hinzu, sagt er. Obwohl Zelenika mich bestens vertreten kann, aber nach mir die Sintflut.«

»Tu doch nicht so. Wenn du den Fall nicht vor deinem Urlaub zu Ende bringst, dann wird dir das ständig im Kopf herumspuken.«

»Ja, ich weiß.«

»Willst du etwas trinken?«

»Nein, danke. Was ich will, ist eine Stunde Couch und sieben Stunden Bett.«

Jelena sah sie besorgt an. »Hast du etwas zu essen zu Hause?«, fragte sie, als sei Sandra ein Junkie, der im Chaos lebte.

»Mach dir mal keine Gedanken, sunce[19]. Ich habe ein paar Gerichte in Tupperware. Du weißt doch, dass meine Mutter mich immer damit eindeckt wie einen Soldaten jenseits der Zivilisation.«

---

19 Sonne

Jelena grinste. »Ja, du tust mir wirklich leid. Besonders, weil sie jede Woche zum Putzen kommt, während du nicht da bist, dir die Wäsche macht und bügelt.«

Sandra rollte mit den Augen. »Was soll ich machen, sie hat einen Schlüssel, und ich kann ihr kaum sagen, dass sie das bitte lassen soll. Ist das in Deutschland eigentlich auch so, dass die Eltern ihre erwachsenen Kinder noch verhätscheln?«

»In Deutschland werden die Kinder auch verwöhnt, aber dass man bei den erwachsenen Kindern putzt und sie mit fertig gekochtem Essen versorgt, ist selten. Die Kinder nabeln sich früher ab, und die Eltern haben auch noch andere Hobbys.«

»Recht haben sie«, bemerkte Sandra lachend, obwohl sie es, wenn sie Kinder hätte, wahrscheinlich genauso machen würde wie die meisten Eltern in Kroatien. Das Umfeld prägte einen eben stärker, als man glaubte.

Jelena war in München aufgewachsen, hatte aber regelmäßig ihre Urlaube in Kroatien, ihrer ursprünglichen Heimat, verbracht und hatte hier einen Mann kennengelernt, für den sie hergezogen war. Mit ihm war längst Schluss, aber die Jahre waren vergangen und mittlerweile hatte Jelena sich in Rijeka eingelebt. In München hatte sie eine Ausbildung zur Visagistin gemacht, konnte hier aber in ihrem Beruf keine Arbeit finden. Als Kellnerin hatte sie nur eine Zeit lang jobben wollen, aber nun war das seit Langem ihr Beruf. Sandra wusste, dass sie manchmal Sehnsucht nach München hatte, aber wenn sie in München war, hatte sie Sehnsucht nach Rijeka, sagte sie. Wieder nach München zu gehen und dort noch mal von vorne anzufangen, dafür habe sie keine Kraft. Jelena stand aber noch mit ein paar Leuten in Kontakt, besonders mit ihrer Kindheitsfreundin Manuela. Sandra hatte Manuela kennengelernt, weil sie schon ein paarmal aus München hier zu Besuch gewesen war. Mit ihrer beider Schulenglisch konnten sie sich unterhalten, aber kaum tiefer in eine Unterhaltung eintauchen. Wenn sie einander nicht verstanden und die andere ihre Erzählung mit einem Nicken untermauerte, gingen viele »Yes, yes« hin und her.

»Habt ihr schon jemanden festgenommen?«, riss Jelena sie aus ihren Gedanken.

»Nein.«

»Und ...« In vertraulicher Pose beugte sich ihre Freundin über den Tisch. »Hast du schon jemanden in Verdacht?«

»Du weißt doch, dass ich nicht ...«

»Ein Verwandter?«

»Könnte sein. Aber in diesem Haus – also in Damjan Martinovićs Haus – leben sieben Leute, und diese Leute sind alle auf ihre Art ein bisschen ... außergewöhnlich. Na ja, dann gibt es noch ein paar andere außergewöhnliche Leute, die nicht dort wohnen, aber mit dem Mann zu tun hatten. Warst du mal bei ihm?«

»Nein, so was ist nicht meine Welt. Aber ich habe mal in der Zeitung gelesen, dass die Leute von überall herkamen, aus ganz Europa und sogar von anderen Kontinenten.«

»Ja. Bemerkenswert.«

»Was denn?«

»Dass manche Ärzte ums Überleben kämpfen, aber jemand, der seine Hände auf die Schultern eines anderen legt, damit reich wird.«

Jelena verzog resignierend den Mund. »Es ist immer dasselbe. Ob in der Medizin, in der Politik oder sonst wo. Die Erfolgreichsten sind die Blender, einfach deshalb, weil sie den Menschen einfache Lösungen anbieten und ihnen das Gefühl der Wichtigkeit geben. Die Klugen mit langwierigen und unbequemen Lösungen sind eben nicht beliebt, weil man nicht hören will, dass Zeit und Arbeit nötig sind. Dann gehen sie lieber zu jemandem wie diesem Damjan. Statt die Scheiße auszuheben, packt man noch mehr Scheiße drauf und pflanzt Blumen auf dem Scheißeberg.«

»Hmm. Ich bin mir nicht sicher, ob es so einfach ist. Was ist mit alternativen Heilmethoden, mit der Medizin aus dem alten China, Indien und dem Wissen der Indianer und Schamanen? Ich habe mich nie damit befasst, aber waren all das zu ihrer Zeit nicht angeblich weise Menschen? Und arbeitet die Pharmaindustrie nicht auch mit Mineralien und Pflanzen?«

Jelena zuckte die Schultern. »Keine Ahnung. Wenn ich Kopfschmerzen habe, schlucke ich eine Tablette. Ich will gar nicht wissen, was drin ist.«

»Ach so.« Sandra lachte kurz darüber.

Dann wechselte Jelena das Thema. »Möchtest du nicht doch etwas trinken? Wie wäre es mit einem Glas Dingač[20]?«

---

20 Ein kroatischer Rotwein

»Lieber nicht. Ich brauche für morgen einen klaren Kopf.«

Als Sandra am nächsten Morgen ihr Büro betrat, sah sie Sedlar am Schreibtisch vor seinem Computer – und Ika, die seinen Kopf massierte. »Guten Morgen«, grüßte Sandra und warf ihre Handtasche auf einen Stuhl. »Haben Sie wieder einen Migräneanfall, Sedlar?«

Er blickte zu ihr hoch, ohne den Kopf zu heben. »Seltsamerweise nein.«

»Wie bitte? Ika, warum massierst du ihn dann?«

»Ich massiere einfach gerne.« Konzentriert auf Sedlars Kopf grub sie ihre Finger in sein Haar und beachtete Sandra nicht mehr.

»Massiere *mich* doch mal«, forderte Sandra sie auf.

»Keine Zeit. Glaubst du, ich werde fürs Massieren bezahlt?«

Sandra schüttelte genervt den Kopf. Manchmal hatte sie wirklich den Eindruck, dass Ika nicht alle Sinne beieinanderhatte.

»So. Das war reine Vorbeugung, Danijel«, erklärte diese ihre Einsatzbereitschaft. »Wenn wir das zweimal pro Woche machen, hast du nie wieder Migräne.«

Sedlar blickte zu ihr hoch und lächelte. »Danke, Ika. Ich weiß Ihre Mühe zu schätzen.«

Sie schraubte das Fläschchen mit dem Jojobaöl zu. »Na, das will ich hoffen. Wenn mein Mann tot umfällt, legst du ein gutes Wort für mich ein. Oder wir beide machen gemeinsame Sache, lassen es wie einen Unfall aussehen und brennen zusammen durch.« Ika warf das

Ölfläschchen in ihre Kulturtasche und zog den Reißverschluss zu. »Sieh mich nicht so ängstlich an. Ich liebe meinen Mann. Gott weiß, warum. Er wird immer fauler, und seit Neuestem wachsen ihm Haare aus der Nase.«

Sandra musste lachen. »Du bist verrückt, Ika.«

»Ach, nicht verrückter als ihr anderen, würde ich sagen. Wünsche noch einen schönen Tag. Wir sehen uns.« Dann drehte sie sich um und ging aus der Tür.

»Sie kann einem Angst machen«, sagte Sedlar.

»Tja, wäre sie nicht verheiratet und wäre sie ein bisschen jünger, könnten Sie sich Ika nicht vom Leib halten, vermute ich.«

Sedlar und sie sahen sich an, dann wandte sie den Blick ab und ging zur Kaffeemaschine. »Möchten Sie auch einen Kaffee?«

»Nein, danke. Ich mache mir ernsthaft Sorgen um Ihren Kaffeekonsum, Inspektor Horvat. Das kann nicht gesund sein.«

Während ihre Tasse sich füllte, meinte sie leichthin: »Das habe ich im Griff.«

»Das sagen alle Süchtigen«, kommentierte Sedlar, während er wieder zu tippen begann.

Sandra nahm die Kaffeetasse, ging zu ihrem Schreibtisch und setzte sich auf die Tischkante. »Seit wann sind Sie hier?«

»Seit einer Stunde«, antwortete er, ohne den Blick vom Monitor zu wenden.

»Ihre Berichte sind perfekt. Das sagt auch Mandić. Aber vielleicht übertreiben Sie es ein wenig? Sie gehen zu sehr ins Detail, was nicht nötig ist.«

»Moment«, sagte Sedlar und schrieb noch eine halbe Minute, bevor er erleichtert sagte: »Fertig.« Dann lehnte er sich zurück, sah sie an und erklärte: »Ich bringe eben alles gerne zu einem guten Abschluss.« War das zweideutig? Sandra konnte nur hoffen, dass er damit nicht seine Ehe meinte. Das ging sie einfach nichts an. Gar nichts. Es interessierte sie nicht. Überhaupt nicht.

Sie nickte und meinte: »Ah ja, ah ja. Sind Zelenika und Milić schon da?«

»Zelenika noch nicht. Milić gibt Mirta Car gerade ein Interview.«

»Ach, stimmt.« Dann ging sie um ihren Schreibtisch herum, setzte sich und wählte Pericas Nummer. Er ging nach dem zweiten Klingeln ran, was bedeutete, dass er gerade nicht eingespannt war. »Guten Morgen, Perica.«

»Inspektor Horvat? Was kann ich für Sie tun?«

»Haben Sie schon mal etwas von einem Baum namens Cerbera odollam gehört?«

Schweigen.

»Selbstmordbaum?«

»Sollte ich?«

»In Malnari ist ein Hausbewohner vor drei Monaten zu Tode gekommen. Sein Name war Luka Frlan. Es soll ein Herzinfarkt gewesen sein. Frlan hat ein vorbereitetes Frühstück gegessen und war den ganzen Tag alleine zu Hause. Als die anderen von einem Ausflug kamen, lag er tot im Badezimmer. Der Arzt hat angeblich als Todesursache Herzinfarkt angegeben. Eine Obduktion soll nicht durchgeführt worden sein. Könnten Sie mal in Ihre Unterlagen sehen und den Pathologen fragen? Ich brauche jede Information darüber.«

»Das wird heute noch erledigt.«

»Ich danke Ihnen.«

»Dieser sogenannte Selbstmordbaum … Ist das der große Baum, der seitlich vom Haus steht? Vor den Feigenbäumen?«, erkundigte sich Perica.

»Ja.«

»Ich dachte, das wären Mangos.«

»Das dachte ich auch. Können Sie sich mit diesem forensischen Botaniker in Zagreb in Verbindung setzen? Wie heißt er noch?«

Die letzte Frage ignorierend, antwortete Perica: »Ich werde ihn heute noch anrufen und ihn fragen, was er darüber weiß, ob eine Vergiftung möglich ist und wie sich diese äußert. Cerbera odollam, sagten Sie?«

»Ja.«

»Alles notiert. Sie hören von mir.«

Gerade als Sandra einen Gruß aussprechen wollte, hörte sie, wie Perica die Verbindung unterbrach. Kaum hatte sie den Hörer aufgelegt, kamen Zelenika und Milić herein. Sandras Telefon klingelte.

»Horvat.«

»Hallo, Inspektor Horvat. Hier ist Kristijan Kopljar.«

»Oh, Dr. Kopljar. Ist Ihnen noch etwas eingefallen?«

»Nein, das nicht gerade.« Seiner Stimme hörte sie an, dass er lächelte.

Sandra zog fragend die Augenbrauen zusammen. »Sondern?«

»Ich wollte Sie fragen, ob wir mal zusammen essen gehen.«

Mit offenem Mund saß sie da und wusste im ersten Moment nicht, wie sie reagieren sollte. Dann antwortete sie: »Solange ich an diesem Fall arbeite, geht das nicht.«

Aus den Augenwinkeln sah sie, wie ihre drei Kollegen die Situation aufmerksam verfolgten. Ein Klischee besagte, dass *Frauen* neugierig seien. Aber sicher doch.

»Der Fall wird doch irgendwann zu Ende gebracht«, beharrte Kopljar.

»Das hoffe ich doch sehr. Außerdem fliege ich in drei Tagen in den Urlaub.«

»Das haben Sie sich bestimmt verdient. Wohin fliegen Sie?«

»Nach Sardinien.«

»Sardinien, hm, warum nicht.«

Sandra drehte sich auf dem Stuhl von den Kollegen weg und sprach jetzt leiser. »Woher wollen Sie wissen, dass ich nicht verheiratet bin?«

»Sie tragen keinen Ring.«

»Oder einen Freund?«

»Was soll ich sagen? Ich hab's einfach drauf ankommen lassen.«

»Wie dem auch sei. Ich bin jetzt erst einmal in Urlaub, und bis dahin …«

»Ich werde es nicht vergessen. Das muss ich mir nicht im Kalender rot anstreichen oder so etwas. Wann sind Sie denn wieder da?«

»Am zwölften September, aber dann wartet jede Menge Arbeit auf mich, und …«

»Ich rufe Sie Mitte oder Ende September an. Schönen Urlaub!«

»Äh ... okay. Bis dann.« Sie legte auf.

Milić blätterte demonstrativ sein Notizbuch durch und tat so, als habe er überhaupt nichts mitbekommen. Sedlar sah Sandra abwartend an. Sein Gesichtsausdruck war betont gleichgültig. Zelenika betrachtete Sandra amüsiert. »Da habt ihr ja gestern einen bleibenden Eindruck bei dem Arzt hinterlassen.«

»Warum sagst du *ihr*?« Milić verspürte offenbar den Wunsch, Klarheit zu schaffen. Er zeigte mit ausgestrecktem Arm auf Sedlar. »Mit Sedlar wollte er keine Verabredung.«

»Ich denke«, unterbrach Sandra mit entschlossener Stimme ihre beiden Mitarbeiter, »wir sollten uns nun wichtigeren Themen widmen.«

»Natürlich, Inspektor.« Milić setzte ein versöhnliches Lächeln auf.

»Wie lief Ihre Presseerklärung?«

Milićs Gesicht hellte sich auf. »Sehr gut. Sie hat gesagt, um zehn Uhr heute Abend ist Redaktionsschluss, dann geht das Interview in Druck. Falls ich vergessen habe, noch etwas zu äußern oder etwas Wesentliches hinzukommt, soll ich sie bitte im Boa aufsuchen, zwischen achtzehn und zwanzig Uhr.«

»Ach, wirklich?«, meinte Zelenika misstrauisch. »Das habe ich noch nie gehört. Vielleicht eine neue Methode.«

Auf Milićs Gesicht machte sich plötzlich ein breites Lächeln breit. »Ehrlich gesagt, hat sie ein bisschen mit mir geflirtet.«

Zelenika schien von der gegenwärtigen Situation nicht viel zu halten. »Ist heute Vollmond, oder was ist da los? Der Hausarzt unseres Mordopfers ruft Horvat an und will essen gehen. Die Journalistin wartet abends im Boa auf dich …«

»Vielleicht geht es ihr überhaupt nicht um das Interview.« Bei dem Gedanken hellte sich Milićs Gesicht auf.

»Ich bewundere deinen Scharfsinn«, sagte Zelenika.

Milićs Handy klingelte. Als er aufs Display blickte, sah er verschämt zu den Kollegen und entfernte sich ein paar Schritte. »Ja? Du sollst mich doch nicht während der Arbeitszeit anrufen. Ja, wirklich? Ich glaube auch, dass es gut gelaufen ist. Übrigens, ich komme heute wahrscheinlich spät nach Hause. Ja, viel Arbeit. Wer weiß, wie lange das dauert. Hab einen schönen Tag.« Als er sein Handy wieder in der Hosentasche verstaute, erklärte er: »Na ja, meine Mutter hat mich im Fernsehen gesehen.«

Es war wohl am besten, das nicht zu kommentieren, beschloss Sandra. Sie zog die Mappe heran, die Milić zusammengestellt hatte. »Ich sehe mir mal die Akte näher an, vielleicht fällt mir noch etwas auf. Ruft bitte Miki an und sagt ihm, dass ihr beide jetzt zu ihm kommt. Er soll zu Hause sein. Und sein Freund und dessen Eltern nach Möglichkeit auch. Seht euch mal dort um, auch sein Postfach im Computer, und sprecht mit den Eltern von seinem Freund.«

»Warum?«, fragte Milić.

»Ich wüsste gerne, ob es dort wirklich so harmonisch zugeht, oder ob Miki lügt und gerne so bald wie möglich in das Haus in Malnari ziehen würde.«

Zelenika nickte. »Verstehe.«

»Sedlar und ich gehen zu der Witwe. Ruft mich an, wenn ihr fertig seid. Wir sollten heute noch mal in Damjans Büro, Miki kann mit euch fahren. Ich will mir das Terminbuch noch einmal durchsehen.«

»Gut, bis später«, sagte Zelenika und ging hinaus, Milić hinterher.

»Und was kann *ich* tun?«, fragte Sedlar hinter seinem Monitor.

»Sie sind einfach nur da.«

»Ach, echt?« Im nächsten Moment kniff er den Mund zu einem gezwungenen Lächeln zusammen. »Das nenne ich Herausforderung.«

Sandra öffnete die Mappe und warf ihm einen Blick zu. »Nein, so war es nicht gemeint. Sie haben manchmal eine interessante Art, die Dinge zu sehen. Deshalb würde ich gerne mit Ihnen brainstormen, wie Zelenika das seit Neuestem nennt. Gott, der Mann hat plötzlich ein Faible für alles Englische entwickelt. Es ist noch nicht lange her, dass er sich über Anglizismen lustig machte.«

»Vielleicht war er im früheren Leben ein Engländer.«

Als Sandra plötzlich auflachte, musste auch Sedlar lachen. »Ja, richtig. Möglicherweise war er ein Lord.«

»Niemals, wohl eher ein mürrischer Butler.«

Sandra vertiefte sich eine ganze Weile in die Akte, während Sedlar nach Informationen über Damjan im Internet suchte. »Wer weiß, worauf man stoßen kann«, sagte er.

Sandra sah sich zunächst Benedikta, Tilda und Mladen an. Sie blieb an nichts hängen, was sie nicht schon wusste. »Andrija wurde in dem Restaurant in Lovran entlassen, weil Geld aus der Schublade des Geschäftsführers verschwunden war. Das gesamte Personal wurde entlassen, weil sich der Schuldige nicht finden ließ.«

Sedlar fuhr sich mit der Hand durch die Haare. »Die haben aber hart durchgegriffen. Aber es war bestimmt keine horrende Summe, oder? Wahrscheinlich der Tagesumsatz.«

»Ja. Wahrscheinlich hat Milić vergessen, es zu erwähnen, auch weil Andrija nur einer von vielen Verdächtigen war.«

»Wissen Sie, dass dieser Johnny Depp mir am meisten suspekt ist?«

»Wer? Meinen Sie Gordan?«

Sedlar nickte. »Beide. Gordan und Daria.«

Sandra las die Daten über Daria und Gordan, dann sah sie Sedlar an. »Daria war ja schon mal verheiratet. Ihr Mann betrieb eine Agentur zur Dienstleistungsvermittlung. Reinigungskräfte, Nannys, Altenpflege und Hundesitter. Er ging bankrott. Wahrscheinlich lag es daran, dass immer mehr Leute das Internet nutzen und direkt Kontakt aufnehmen.«

»Ja, aber auch an der Tatsache, dass Nannys und Altenpfleger lieber ins Ausland gehen, weil sie da mehr Geld verdienen. Das sind generell mies bezahlte Jobs, aber im Ausland bekommt man ein paar Euro mehr pro Stunde. Doch warum erwähnen Sie das?«

»Daria scheint recht abgeklärt zu sein. Nachdem ihr

Mann pleitegeht, verlässt sie ihn. Aber dann trifft sie auf Gordan. Ist das nicht merkwürdig? Er konnte ihr doch gar nichts bieten.«

»Aber jetzt kann er es, nachdem Damjan tot ist.«

»Entweder muss man nur eins und eins zusammenzählen und es ist ganz einfach – Damjan musste deshalb sterben. Oder der Schlüssel liegt viel tiefer vergraben. Was meinen Sie, Danijel?« Als sie seinen Vornamen aussprach, leuchtete für eine Sekunde etwas in seinen Augen auf. Es war Sandra nicht entgangen, auch wenn er nicht mit der Wimper zuckte. Sie sprach einfach weiter: »Warum haben die beiden sich gefunden, obwohl sie überhaupt nicht zusammenpassen? Und warum kam sie mir gestern Morgen dominant und kühl vor, und gestern Abend blickt sie ihren Mann fragend an, ob wir das Zimmer der beiden zur Befragung nutzen können? Sie hat sich praktisch im Laufe des Tages gewandelt.«

Sedlar bückte sich, hob eine Wasserflasche hoch, schraubte den Deckel auf und nahm sich Zeit zum Trinken. Als er die Flasche wieder abstellte, sagte er: »Woher wissen Sie denn, dass die beiden nicht zusammenpassen? In manchen Beziehungen gibt es den Überlegenen und den Unterlegenen. Der Überlegene sucht sich bewusst jemanden, der ihn bewundert, der in einem bestimmten Bereich unter ihm steht. Fatalerweise kämpft der Unterlegene um die Liebe des Überlegenen, aber dadurch stößt er den Überlegenen noch mehr von sich. Je mehr der Unterlegene sich bemüht, desto mehr distanziert sich der Überlegene.«

Nachdenklich sah Sandra ihn an. »Und Daria ist die Überlegene?«

»Daria? Nein, Gordan.«

»Glauben Sie wirklich?«

»Gordan hat studiert und sie nicht, er arbeitete bei einem berühmten Mann, hat etwas Verwegenes und Unnahbares. Der denkende Dichter, der einsame Wolf.« Sedlar zuckte die Schultern. »Angeblich finden Frauen das interessant.«

»Na ja.« Sandra schloss die Akte und schob sie zur Seite. »Ich kann nicht für alle Frauen sprechen, sondern nur für mich, aber mich würde der einsame Wolf eher nerven und langweilen.«

»Sie bevorzugen Männer, die Sie zum Lachen bringen?«

»Muss es denn überhaupt irgendeine Schublade geben?« Dann besann sie sich, dass sie mit Sedlar keine private Richtung einschlagen wollte. »Aber hat Daria nicht am Morgen irgendwie kühl ihrem Mann gegenüber gewirkt?«

»Wahrscheinlich steht er drauf und sie weiß das.«

»Dann spielt sie doch nur ein Spiel und ist überhaupt nicht sie selbst?«

Gelassen hob Sedlar die Hände. »So was soll es geben.«

»Okay.« Sandra konzentrierte sich, Daria und die Szene wieder ins Gedächtnis zu rufen. »Und warum ist sie am Abend handzahm? Weil er über Nacht viel Geld geerbt hat. Sie schlägt vor, dass sie beide ausziehen, was er eine gute Idee findet. Er lässt sie sich ein bisschen gut fühlen und gibt ihr das Gefühl, etwas zu sagen zu haben. Dabei muss er das alles doch gar nicht mehr. Er erbt doch viel Geld.«

Sedlar stützte sich mit den Armen am Tisch ab. »Aber er kann nicht alleine sein.«

»Vielleicht weiß sie das.«

»Tja, bei einem Ehepaar ist es ja nicht so, dass nur einer etwas von dem Geld hat. Sie hätte ein verdammt gutes Mordmotiv. Mit dreihunderttausend Euro Schrägstrich zwei Komma zwei Millionen Kuna kann man neu anfangen.«

»Er oder sie Schrägstrich beide könnten es getan haben.«

Sedlar lächelte. Über ihre Tische hinweg sahen sie sich an, dann wandte Sandra den Blick ab. »Den Bruder würde ich allerdings ebenfalls im Auge behalten. Er erbt den gleichen Betrag.«

»Darf ich offen sein? Ich glaube, der ist einfach nur ein armer Knallkopf.«

Mit einem Seufzer lehnte sie sich nach hinten. »Besser kann man es wohl nicht ausdrücken. Aber … Mladen ist das ebenfalls. Auch Knallköpfe begehen Morde.«

»Na ja, und für die achtzehnjährige Tilda ist ein Betrag von sechzigtausend Euro verdammt viel Geld.«

»Und für die Rentnerin Benedikta auch.«

»Wir drehen uns im Kreis.«

Sandra stand auf. »Gut. Wir gehen jetzt mal zu dieser Danica Petrinac.«

17

»In der größten Mittagshitze müssen wir im Auto sitzen«, sagte Sandra leicht nörglerisch hinter dem Steuer. »Angeblich soll es in den nächsten Tagen noch mal einen gewaltigen Hitzeschub geben.«

Sedlar hatte sich das dunkelblaue Hemd hochgekrempelt und saß entspannt neben ihr. »Ja, ich finde, wir sollten die Arbeitszeiten nach der Außentemperatur richten. Im Sommer könnte es ab sechzehn Uhr losgehen.«

In gespielter Begeisterung nickte sie. »Aber Mandić ist völlig beratungsresistent.« Sie fuhr am Hotel Continental vorbei, bog rechts ab und fuhr unter der Eisenbahnbrücke hindurch. Ab hier ging es bergauf. Nach ein paar Minuten sagte Sandra: »Links liegt die alte Papierfabrik. Sie wurde 1821 erbaut und war über hundertachtzig Jahre lang in Betrieb. Gegründet wurde sie von Andrija Ljudevit Adamić, der aus einer wohlhabenden jüdischen Familie stammte. Ein paar Jahre später hat er sie einem Engländer namens Smith verkauft. In dieser Fabrik gab es die erste Dampfmaschine Südosteuropas, und das Papier wurde weltweit exportiert.« Etwas melancholisch fügte Sandra hinzu: »Na ja, jetzt finden hier manchmal Veranstaltungen statt.«

»Und warum ist sie in Konkurs gegangen?«

Sandra zuckte die Schultern, als wollte sie damit zum Ausdruck bringen, er wüsste ja wie das sei. »Aus ganz unterschiedlichen Gründen. Warum hat die Zuckerfabrik dichtgemacht, warum sind wir im Schiffsbau nicht mehr unter den Ersten? Und warum gibt es unzählige andere kleine und große Fabriken nicht mehr? Entweder weil die Welt sich verändert hat oder weil die Konkurrenz zu groß wird.«

»Und das eine oder andere ist vielleicht auch wegen Misswirtschaft oder Korruption den Bach runtergegangen.«

»Das hätte ich beinahe vergessen.«

Links von ihnen tat sich eine tiefe Schlucht auf, mit karstig-grünen Bergen, und inmitten dieser wilden Natur lag die Brücke Rječina, benannt nach dem Fluss. Dieser verzweigte sich in Rijeka, und ein Teil floss bis zur Stadtmitte in den *mrtvi kanal*[21], ehemals ein natürlicher Hafen und heute ein Flussbett, auf dem kleine Boote lagen.

Kurz darauf kamen sie in Orehovica an und fuhren in die kleine Siedlung. Das Haus von Danica Petrinac lag auf einer Anhöhe. Sie stiegen aus und klingelten. Geduldig warteten sie vor dem Eisentor. »Wahrscheinlich ist sie alleine«, sagte Sedlar. »Sonst würde es nicht so lange dauern.«

Im nächsten Moment ging oben die Tür auf, und eine stämmige Frau blickte nach unten. Das dichte rote

21 Toter Graben

Haar verriet Sandra, dass es sich um Danica Petrinac handeln musste, wie Nada sie beschrieben hatte. Die Krücken taten ein Übriges, um sicher zu sein, trotzdem fragte Sandra: »Frau Petrinac?«

»Ja?«

»Kriminalpolizei Rijeka. Wir möchten mit Ihnen sprechen.«

»Ach so, ja. Gestern hat ja schon jemand von Ihnen angerufen, aber ich hätte nicht gedacht, dass Sie heute schon kommen.« Sie wandte sich ab, dann ging der Summer und Sandra drückte das Eisentor. Sie stiegen die Treppe nach oben, und bevor sie die letzten Stufen erreicht hatten, stellte Sandra sich und Sedlar vor. Dann sagte sie: »Schön haben Sie es hier.« Vom Haus aus hatte man einen fantastischen Ausblick auf die Schlucht und die Stadt, die merkwürdig weit weg schien.

Danica lächelte. »Ja, man lebt hier ein bisschen ländlich, hat es aber nah zur Stadt, was auch wieder praktisch ist. Außerdem ist es nur ein paar Minuten von Trsat entfernt. Ich liebe die Atmosphäre und gehe regelmäßig dorthin zur Messe. Aber kommen Sie doch bitte rein.«

Es dauerte eine ganze Weile, bis sie im Wohnzimmer angekommen waren. Sandra schätzte Danica auf Ende fünfzig. Sie war etwas dicklich, und an ihren schlaffen Oberarmen sah man, dass sie auch nicht besonders fit war. Das ärmellose Sommerkleid, das über den Knien aufhörte, entsprach nicht unbedingt ihrer Figur, aber die Frau konnte schließlich tragen, was sie wollte, erst recht in ihrem Haus. Um den Hals trug sie eine goldene

Halskette mit einem Morčić[22]-Anhänger. »Nehmen Sie bitte Platz.« Sandra und Sedlar setzten sich auf die schwarze Ledergarnitur. Vom Stil her war diese schon etwas in die Jahre gekommen, war aber sauber und gut gepflegt. Bevor sich Danica setzte, fragte sie: »Möchten Sie etwas trinken? Ist ja heute eine furchtbare Hitze.«

»Nein, bitte machen Sie sich keine Umstände.«

»Ach, Unsinn. Sonst verdursten Sie mir hier. Seien Sie doch bitte so nett und holen Sie den Krug aus dem Kühlschrank. Zitronenlimonade. Ich hole derweil Gläser aus der Vitrine.«

Nun, es gab für alles ein erstes Mal, überlegte Sandra und stand auf, um in die Küche zu gehen. Das war Premiere, dass sie bei einer Befragung die Gastgeberin und den Kollegen bewirtete. Aber die Frau ging auf Krücken, was sollte sie machen. Sie konnte schlecht sagen: »Lassen Sie mich mit Ihrer blöden Limonade in Ruhe.« Außerdem hatte sie Durst. Die Küche war nicht die modernste, aber auf den weißen Schränken war kein Fleckchen zu sehen. Alles stand an seinem Platz. In einem rechteckigen Kristallschälchen waren ein paar Medikamente sortiert. Sandra bemerkte, dass die Medikamentennamen alphabetisch geordnet waren. In derselben Kristallschale, neben den Päckchen, waren zwei Handcremes, eine mit dem Verschluss nach oben und die andere umgekehrt. Ob Frau Petrinac unter die-

22 Eine Verniedlichungsform für »Mohr«; die Figur eines Schwarzen mit Turban ist in Rijeka und Umgebung häufig als Schmuckstück zu finden.

sem Zwang litt? Oder verschaffte ihr die besondere Ordnung Befriedigung? Vielleicht war es beides gleichzeitig.

»Haben Sie mich angerufen?«, hörte sie Danica im Wohnzimmer fragen.

»Nein, das war unser Kollege Jakov Milić«, erklärte Sedlar.

Sandra öffnete die Kühlschranktür. Auch hier hatte jedes Lebensmittel und jedes Getränk einen festen Platz – in seltsam gleichmäßigem Abstand zueinander. Sie entdeckte den Krug. Ein paar Zitronenscheiben und Minzeblätter schwammen an der Oberfläche. Plötzlich wurde ihr Durstgefühl unbändig.

Ein paar Minuten später hatten sie jeder ein Glas Limonade in der Hand, die bereits halb ausgetrunken war. Mein Gott, schmeckte die gut. Dieses Getränk war so banal, dass es schon peinlich war, weshalb sie nie auf solche Ideen kam. Sie trank zu Hause Leitungswasser, wenn sie Durst hatte.

»Frau Petrinac«, fing Sandra an, »Ihr Mann ist kürzlich verstorben, unser herzliches Beileid.«

»Danke.« Danicas Gesichtsausdruck verriet, dass sie darauf wartete, was Sandra noch sagen würde, denn es war natürlich kaum vorstellbar, dass sie hier waren, um Danica ihr Beileid auszusprechen.

»Wir untersuchen den Mord an Damjan Martinović.«

»Damjan«, stieß Danica verächtlich aus und beugte sich nach vorne, um das Glas auf dem Tisch abzustellen. »Er hieß gar nicht so, sondern Stjepan. Wichtigtuer. Eine Freundin hat mich vorhin angerufen und mir gesagt, dass Mirta Car einen kurzen Artikel geschrieben hat, in dem das erwähnt wird.«

»Ach wirklich?« Da musste Mirta sich gestern Abend mit dem Schreiben aber mächtig beeilt haben, nachdem Sandra sie aus Malnari fortgejagt hatte. Vielleicht hatte sie den Artikel aber auch schon vorher aufgesetzt. »Ihr Mann ist gestorben, weil er sich nur noch auf Damjans Methoden verlassen hat?«

»Ja«, presste sie hervor. »Wir haben alle auf ihn eingeredet, aber er hat gesagt, nach jedem Arztbesuch und den Therapien fühle er sich schlecht, aber jedes Mal, wenn er bei Damjan war, fühle er sich besser.«

»Gut, aber hat Damjan ihn nicht gewarnt und ihm von so einem Verhalten abgeraten?«

»Doch, aber das macht es nicht besser. Da sieht man, was er angerichtet hat.« In der nächsten Sekunde zuckte sie leicht zusammen, dann schob sie ihren Kopf nach hinten. »Sie glauben doch wohl nicht, dass ich etwas mit seinem Tod zu tun hab?«

»Wir gehen jeder Spur nach, Frau Petrinac. Ich kann verstehen, dass Sie das persönlich kränkt, aber es lässt sich nicht vermeiden.«

»Aber ich konnte ihn gar nicht ermorden! Mein Bein ist seit einer Woche in Gips.« Damit die Beamten das auch wirklich begriffen, zeigte sie auf ihr Gipsbein. »Da, sehen Sie?«

»Ja, Frau Petrinac.«

Sie wurde vor Aufregung rot im Gesicht. »Und glauben Sie, ich habe Connections zum organisierten Verbrechen, die mir aus Gefälligkeit jemanden aus dem

Weg räumen? Von dessen Tod ich, mal nebenbei bemerkt, überhaupt nichts hätte.«

»Na ja, Frau Petrinac, es wird nicht nur wegen Geldes gemordet. Rache ist ein durchaus starkes Motiv. Aber ich möchte Sie bitten, sich nicht aufzuregen. Sie stehen nicht unter dringendem Tatverdacht.«

Wie ein bockiges Kind kniff Danica die Lippen zusammen und blickte zur Seite.

»Trotzdem muss ich noch etwas mit Ihnen klären.«

Ruckartig wandte sie den Kopf und sah Sandra an. »Was denn?«

»Sie wurden beobachtet, als sie morgens auf Damjan gewartet haben. In Malnari. Kurz vor dem Interview, das Sie Mirta Car gegeben haben.«

»Ach das«, winkte sie ab und tat so, als würde es sich nur um eine kleine Ungeschicklichkeit handeln.

»Möchten Sie es erklären?«, beharrte Sandra.

Sie wackelte mit dem Kopf. »Ach Gott, ja, ich hab ihn erpresst, ums in Ihrer Sprache zu sagen.«

»Sie wollten, dass er Ihnen Geld gibt, damit Sie das Interview *nicht* geben?«

Danica nickte. »Er hatte doch genug davon, und ich hatte meinen Mann verloren. Aber er ist wütend geworden und hat gesagt, er lässt sich nicht erpressen.«

»Und dann haben Sie das Interview gegeben?«

»Ja. Geschah ihm ganz recht.« Danica strich sich eine Strähne aus dem Gesicht. »Ich meine, das mit dem Interview in der Zeitung. Ich hab nicht den Mord gemeint.«

Sandra ließ den Motor an und schaltete die Klimaanlage ein.

»Die Frau ist kalt wie Eis«, bemerkte Sedlar.

»Sie übertreiben. Die Frau ist wütend und verletzt. Das rechtfertigt zwar keine Erpressung, aber ihre Gefühle sind trotzdem nachvollziehbar.«

»Was ich Sie mal fragen wollte: Was hat es eigentlich mit diesem Schmuck auf sich, den hier viele Frauen als Kette oder Ohrringe tragen?«

»Der Morčić? Die Figur, die auch Danica Petrinac um den Hals trägt?«

»Ja, der Schwarze mit dem Turban.«

»Es ist ein Maskottchen der Stadt Rijeka und des Kvarner. Die meisten Frauen besitzen einen Morčić. Ich habe eine Anstecknadel und einen Anhänger. Es gibt zwei Versionen und zwei Mythen dazu. Die erste lautet, dass die Türken hier in der Nähe, auf Grobnik, vorgerückt sind und Rijeka angreifen wollten. Die Menschen beteten, es möge Geröll vom Himmel regnen und die Türken zuschütten. Und so geschah es. Bei ihrer Flucht blieben nur ihre Turbane zurück.«

»Und die zweite Legende?«

»Eine Adlige soll ein dunkelhäutiges Dienstmädchen beschäftigt haben, das sie sehr ins Herz geschlossen hatte. Aus Zuneigung schenkte sie ihm die Freiheit und ließ ein Schmuckstück mit ihrem Gesicht anfertigen.«

»Vielleicht haben beide Ereignisse stattgefunden.« An seinem Gesichtsausdruck merkte Sandra, dass er es nicht ernst meinte.

»Wer kann das schon wissen, Sedlar.«

»Sie sagen es.« Sandras Handy klingelte. Sie zog es aus der Hosentasche und meldete sich. »Ja, Zelenika?«

»Wir sind hier fertig.«

»Irgendetwas Besonderes?«

»Nichts, was das Sondereinsatzkommando erfordert. Alles Weitere später.«

»Gut. Ich schlage vor, wir parken vorm MUP. Zu Damjans Büro können wir auch zu Fuß...«

»Das sind mindestens zwanzig Minuten!«

»Und wir treffen uns auf einen Kaffee im Filodrammatica, das liegt auf halber Strecke. Dann ist es nicht ganz so schlimm für dich.«

»Zurück müssen wir den ganzen Weg laufen.«

»Bis dann.« Sandra beendete das Gespräch und fuhr los.

»Können wir Danica Petrinac ausschließen?«, fragte Sedlar.

»Ich schließe ungern jemanden gänzlich aus, aber ich schiebe sie erst mal zur Seite.«

»Werden Sie sich mit dem Arzt treffen?«

Die Frage kam so unerwartet, dass Sandra beinahe die rote Ampel übersah. »Was? Wie kommen Sie denn jetzt plötzlich darauf?«

Sedlar tat unschuldig. »Keine Ahnung, ist mir eben eingefallen, und ich bin neugierig.«

Mit der größten Neutralität sagte Sandra: »Neugier ist in unserem Beruf sehr wichtig. Aber was unser Privatleben betrifft, sollten wir uns mit unserer Neugier lieber zurückhalten.«

»Schade. Ich würde so gerne viel über Sie wissen.«

Die Ampel wurde grün, und Sandra fuhr los. Kurz darauf lenkte sie den Wagen von der Straße und parkte vor einer ehemaligen Kneipe, deren Fenster mit Brettern zugenagelt waren. Sie hielt an, zog die Handbremse und drehte sich zu ihrem Kollegen. »Vielleicht sollten wir ein klärendes Gespräch führen, Sedlar.«

Er sah eine Spur verwirrt aus, als er fragte: »Sollten wir?«

»Ja. Sie haben am Anfang offen mit mir geflirtet – und bestreiten Sie das jetzt nicht! Dass es Probleme in Ihrer Ehe gibt, tut mir leid für Sie. Aber es geht mich nichts an. Und ob ich Kristijan Kopljar treffen werde oder nicht, geht Sie auch nichts an. Ich mag Sie, finde Sie sehr sympathisch und angenehm. Aber ich möchte mit Ihnen keine privaten Dinge mehr besprechen, Sedlar. Natürlich kann man private Dinge besprechen, das tue ich mit Zelenika und Milić auch, aber Sie wissen ganz genau, was ich jetzt damit meine. Keine Flirtereien mehr! Stellen Sie sich vor, wohin das führen könnte. Und dann müssten wir tagtäglich zusammenarbeiten, oder einer von uns würde um Versetzung bitten. Eines weiß ich mit Sicherheit: Ich liebe meinen Beruf, und ich liebe meine Stadt. Muss ich es wirklich noch näher erklären?«

Sedlar starrte sie an. »Ich weiß jetzt nicht so genau, was ich sagen soll. Ich finde einfach, Sie sind eine tolle Inspektorin und eine tolle Frau. Ich wollte uns nicht in eine unangenehme Lage bringen.«

»Dafür ist es eindeutig zu spät.«

»Tut mir leid. Ich würde Ihnen wirklich nicht zu nahe kommen. Sie brauchen keine Angst zu haben.«

»Angst?«, rief sie krächzend. »Ha! Ich will ja nicht angeben, aber ich bin schon mit ganz anderen Kalibern fertiggeworden.«

Er grinste. »Erzählen Sie mir davon.« Als sie keine Miene verzog, sagte er: »Nein, im Ernst. Ich respektiere natürlich, was Sie gesagt haben.«

»Gut.« Sie löste die Handbremse wieder, und bevor sie losfuhr, warfen sie sich einen kurzen Blick zu.

Sedlar lächelte versöhnlich. »Stellen Sie sich jetzt vor, ich wäre eine Frau. Ich bin nicht Danijel, sondern Danijela.«

»Was soll das werden?«

»Nur für einen kurzen Moment, ja?«

»Meinetwegen. Und jetzt?«

»Sag mal, Schwester, wirst du dich mit diesem Arzt treffen?«

Es kostete sie Mühe, ernst zu bleiben, aber dann musste sie doch lachen. »Ich habe Ihren Standpunkt verstanden, Sedlar. Den hätten Sie mir auch erläutern können. Sie müssen deshalb nicht satirisch werden. Auch wenn Sie eine Frau wären, würden Sie mich bestimmt kein zweites Mal Schwester nennen.«

»Ja, das sehe ich ein.« Er machte es sich im Beifahrersitz bequem, als würden sie zu einem Ausflug aufbrechen. »Also, ich würde mich mit Kopljar treffen.«

»Dann rufen Sie ihn doch an.«

Er lachte, spontan und herzlich. Sandra sah ihn kurz an, sagte aber nichts mehr dazu.

Nachdem sie den Wagen vor dem MUP abgestellt hatten, gingen sie die Straße hinunter und bogen rechts ab, vorbei zwischen Tiefgarage und *Medico*, einem Ärztehaus, das seine Leistungen privat abrechnete. Viele Bewohner wussten diese Betreuung zu schätzen und nahmen sie auch in Anspruch, trotz der Kosten, die für junge Familien oder Rentner hoch waren. Alles ging hier schneller, war moderner und individueller als beim Kassenarzt. Die Ärzte waren nicht selten durch den Zustrom überfordert, da viele ihrer Kollegen aus Kroatien auswanderten und die zurückgebliebenen Mediziner zu viele Patienten betreuten, als dass sie ausreichend auf sie eingehen konnten.

Sandra und Sedlar gingen durch eine Gasse und kamen dann auf die Straße Pavao Ritter Vitezović, die etwas über hundert Meter lang war, aber trotzdem voller Läden – und nicht zuletzt mit mehreren caffe bars aufwarten konnte. Eines würde man in diesem Land gewiss nie: verdursten. An gefühlt jeder Ecke war ein Café. Sie gelangten auf die Straße Ante Starčević, benannt nach dem »Heimatvater«. Sandras Mutter und die älteren Leute nannten die Straße immer noch Garibaldi, weil sie hier ihre Jugend verbracht hatten, sich »pod urun«[23] getroffen hatten und dann in das Kino Garibaldi gegangen waren, wo heute eine Filiale des dm zu finden war. Daneben das Boa, wo Milić und Mirta sich heute treffen würden. Das war ein stylischer und cooler Laden, abends eigentlich für junge Leute mit Musik, aber vielleicht fühlte sich Mirta als richtige

23 »Unter der Uhr« im Küstendialekt

Zielgruppe. Hier hatte Sandras Vater ihrer Mutter den Heiratsantrag gemacht, als es noch ein »feines« Café war und Dva lava[24] hieß. Über dem Eingang sah man heute noch zwei Steinlöwen, die der Zeit trotzten.

Sandra kaufte eine Zeitung an dem Kiosk, der wie viele andere nicht nur Zeitungen, sondern auch Zigaretten, Getränke, Süßigkeiten und alle möglichen Hygiene- oder Alltagsgegenstände wie Nagelknipser und Pflaster verkaufte. Gemeinsam mit Sedlar suchte sie in der Zeitung nach dem Artikel von Mirta Car. »Mein Gott«, stöhnte Sandra, als sie neben dem Kiosk standen und in die aufgeklappte Zeitung sahen. »Das hätte sie sich sparen können. Nur ein paar nichtssagende Sätze.«

»Na ja, sie macht es ganz clever, bringt es so rüber, als würde sie sowieso als einzige Journalistin mehr über ihn wissen. Also darf man gespannt sein, was noch folgen wird.«

Sandra faltete die Zeitung zusammen und steckte sie in ihre Handtasche. »Ich bringe sie heute Abend meinen Eltern mit. Auch wenn sie behaupten, das Blättchen sei ihnen zu niveaulos, nehmen sie es gerne an, wenn meine Tante Darinka es ihnen gibt.«

»Vielleicht wickeln sie nur den Fisch damit ein.«

»Genau. Hören Sie, Sedlar. Zelenika und Milić werden noch eine Weile brauchen. Ich mache in der Zwischenzeit einige Erledigungen.«

»Was denn für Erledigungen?«, fragte er verblüfft.

---

24 Zwei Löwen

»Das ist privat, Schwester«, antwortete sie grinsend.

»Ach, verstehe.«

Nun interessierte sie aber doch, was er da zu verstehen glaubte. »Was verstehen Sie?«

»Äh … weibliche Hygieneartikel?«

»Was?! Das mache ich doch nicht während meiner Arbeitszeit. Sie haben vielleicht Ideen.« Sandra schüttelte irritiert den Kopf. »Ich besorge schnell ein paar Dinge für meine Mutter heute Abend. Sie gibt sich immer so viel Mühe mit dem Kochen, und ich habe sie schon ein paarmal versetzt.«

»Ach, und das machen Sie aber schon während der Arbeitszeit?«

»Hopp hopp, vorlauter Neuling. Gehen Sie, und bestellen Sie mir schon mal einen zehnfachen Kaffee.«

Während er wegging, rief er lächelnd über die Schulter: »Ich schwöre, das mache ich, und wehe, Sie trinken ihn nicht bis zum letzten Tropfen.«

Sandra lief zur placa, wie die tržnica[25] hier genannt wurde. Sie stand im Milman, einem Kaffeeladen, dessen viele Sorten und Möglichkeiten Sandra vor ein Problem stellten. Welche Herkunft? Zubereitung? Grob oder fein gemahlen? Sandra hatte keine Ahnung, und die Verkäuferin fragte, wie denn der Kaffee zubereitet werden sollte. »In einer džezva[26], ganz altmodisch.« Ihre Mutter war keine Frau, die an Veränderungen interessiert war. Was sie in ihrer Jugend gelernt hatte,

25 Marktplatz

26 Kännchen zum Kaffeekochen

behielt sie bei, auch wenn manche Neuerungen ihr das Leben erleichtern würden, wie etwa eine Mikrowelle. Aber nein, davon bekam man Krebs, und ein Wäschetrockner kam ihr nicht ins Haus, weil diese Dinger jederzeit in die Luft fliegen konnten, so angeblich einmal geschehen.

Sandra lief hastig an der Staatsbibliothek vorbei und kam auf den Korzo, die Fußgängerzone. Kurz bevor sie das Filodrammatica erreichte, ging sie ins Kraš – ein Süßwarenhersteller, der seine Produkte auch in seinen eigenen Filialen verkaufte. In dieser Filiale gab es zudem ein Café mit göttlichen Kuchen und Eis. Sandra kaufte eine große bonbonnière[27] und verstaute auch diese in ihrer Tasche.

Im Filodrammatica waren nur noch wenige Tische frei. Sie sah Sedlar, Zelenika und Milić an einem kleinen, runden Tisch am Rand sitzen. Eigentlich saß Sandra lieber drinnen, weil ihr die kühle und doch gemütliche Atmosphäre des Cafés gefiel. Stattdessen musste sie nun draußen sitzen, was sie aber erst nervte, seit sie nicht mehr rauchte. Sie sah Zelenika genüsslich Rauch ausblasen, als sie näher kam.

Sedlar hatte für sie noch keinen Kaffee bestellt, schon gar keinen zehnfachen. »Wäre kalt geworden«, erklärte er knapp.

Nachdem sie alle versorgt waren und auch ein bisschen über die neue Hitzewelle geklagt hatten, erzählte Sandra von ihrem Gespräch mit Danica Petrinac, und

---

27 Pralinenschachtel

Zelenika berichtete über den Besuch bei Miki. »Gefunden haben wir nichts, was auch nur annähernd interessant sein könnte. Die Mutter von seinem Freund scheint okay, aber unterschwellig hört man heraus, dass sie nicht gerade begeistert von ihrem ... na ja ... Schwiegersohn ist. Die haben sich wohl eine bessere Partie für ihren einzigen Sohn gewünscht. Dass er schwul ist, scheint sie nicht zu belasten, wobei wir heute nur die Mutter getroffen haben. Der Vater ist gerade wegen eines kleineren Schlaganfalls im Krankenhaus. Das war's so weit.«

»War sein Freund zu Hause, dieser Miro?«

»Ja, der kam extra aus der Arbeit. Hmm, ganz normaler Kerl, sticht durch nichts hervor. Also, die haben da ein Riesenhaus, und die Eltern haben Immobilien in ganz Kroatien. Von denen hat es niemand nötig, Damjan wegen des Hauses zu ermorden.«

Milić wedelte demonstrativ mit der Hand vor seinem Gesicht herum, weil er keinen Zigarettenrauch vertrug, wie er sagte. »Aber wir wissen natürlich nicht, ob es zwischen Miki und Miro immer noch harmonisch zugeht und ob einer von ihnen Schluss machen will. In diesem Fall wäre ein Haus für Miki durchaus attraktiv.«

»Wo ist er jetzt?«, fragte Sandra, da Miki mit ihnen fahren sollte.

»Er wartet in Damjans Büro.«

18

Sedlar, Milić und Zelenika saßen auf den Stühlen, die entweder immer noch oder erneut dort standen. Sandra fragte nicht danach, aber da keine Patienten mehr hierherkamen, standen sie vermutlich seit ihrem letzten Besuch mitten im Raum.

Sandra hatte sich einen Stuhl neben Miki an den Schreibtisch gezogen. Sie war in das Terminbuch vertieft und las jede Seite und jeden Namen. Dabei notierte sie sich ein paar Namen von Leuten, die regelmäßig kamen. Währenddessen beantwortete Miki hier und da eine Frage, die von Sandras Kollegen kam.

Sandra war beim zwölften Mai angekommen, als sie innehielt und auf den Namen starrte. Sie konnte es nicht fassen! Als sie schließlich weiterlas und sich zu konzentrieren versuchte, wanderten ihre Gedanken immer wieder zu dem vertrauten Namen, den sie gelesen hatte. Sandra blickte auf. »Sedlar, sehen Sie doch mal den Computer durch, das Postfach im Besonderen.«

Nach einer Stunde war Sedlar fertig und schüttelte den Kopf. »Nur Terminabsprachen, auch keine Downloads oder andere Dateien. Eigentlich wurde dieses Ding nur für die Termine genutzt.«

»Ja«, meinte Miki trotzig, »das ist korrekt.«

»Aber ich dachte, die Leute haben angerufen?«, sagte Sandra.

»Manche haben die Termine telefonisch vereinbart, manche per Mail«, erklärte Miki geduldig und leicht genervt.

Sandra klappte das Terminbuch zu. »Tja, interessant. Ich habe einige kroatische und sogar ein paar internationale VIPs gefunden.«

»Ach ja?«, fragte Zelenika. »Staatspräsidenten und Großunternehmer?«

»Das nicht gerade, aber Künstler und Kleinunternehmer.«

Sandras Handy klingelte. Es war Perica.

»Ich habe nun alle Informationen, Frau Inspektor.«

»Ja?«

»Dieser Baum, Cerbera odollam, wird tatsächlich in Asien Selbstmordbaum genannt. Der Botaniker in Zagreb befasst sich auch mit diesbezüglichen Mythen, eher als Hobby, obwohl er darüber auch schon Artikel verfasst hat. Nun, Sie wollten wissen, ob eine Vergiftung möglich ist, und falls ja, wie sich diese äußert.«

»Korrekt.«

»Die erste Frage ist ein definitives Ja. In Indien sollen regelmäßig Menschen durch die Frucht dieses Baumes ermordet werden. Gerne wird sie in Scharfes oder Süßes untergemischt, damit der bittere Geschmack übertüncht wird. Ich habe ihm den Fall und Ihren Verdacht geschildert. Er sagte, das könne er sich gut vorstellen, zumal es vom Zeitrahmen her passen würde. Der Tod tritt nämlich nach drei bis sechs Stunden ein. Eine Vergiftung lässt sich kaum nachweisen, denn als Todesursache wird ein Herzinfarkt vermutet.«

»Herzinfarkt?«

»Ganz genau. Sie sagten mir, dass der Arzt dies als Todesursache angegeben hat. Das hat den Botaniker nicht erstaunt.«

»Haben Sie auch mit dem Pathologen gesprochen?«

»Ja, natürlich. Es wurde damals keine Obduktion gemacht. Die Leiche wurde übrigens eingeäschert. Angeblich wollte der Mann es so.«

»Angeblich?«

»Ja, Näheres wissen wir nicht. Irgendjemand hat gesagt, dass er es so gewollt hat. Familie hatte er wohl keine.«

»Ich danke Ihnen vielmals, Perica.«

»Bitte.« Er unterbrach die Verbindung.

Sandra hielt nachdenklich das Telefon in der Hand, dann sagte sie: »Wir müssen sofort nach Malnari. Ich erkläre es euch später. Geht schon mal vor und wartet an den Autos, ich komme in fünf Minuten nach.«

Die Blicke ihrer Kollegen waren leicht erstaunt, aber keiner sagte etwas. Nachdem sie draußen waren, zog Sandra das Terminbuch heran, klappte es auf und zeigte auf den Namen am zwölften Mai, elf Uhr: Pavle Horvat.

Miki sah sie an, dann fing er an, den Kopf zu schütteln. »Ich habe Damjan mein Wort gegeben, dass wir die Dinge hier vertraulich behandeln.«

Sie sah den jungen Mann an, ohne eine Miene zu verziehen. Genau genommen wusste sie gar nicht, was sie sagen sollte. Ihn bitten? Ihm befehlen, mit der Sprache herauszurücken? Keines von beiden erschien ihr angemessen.

»Nicht einmal Miro weiß über einen einzigen Fall Bescheid. Ich war doch wirklich hilfsbereit und bin über meinen Schatten gesprungen. Bei Kata Vrdoljak habe ich eine Ausnahme gemacht, weil sie Damjan schaden wollte. Und ich habe Ihnen sogar von Domagoj Petrinac erzählt. Was wollen Sie noch von mir? Sogar das Terminbuch haben Sie durchgesehen, und das geht mir schon gewaltig gegen den Strich. Aber dass ich Ihnen noch mehr über die Beschwerden der Leute erzähle, können Sie vergessen.«

Sandra stützte den Kopf auf. »Anfang sechzig, Halbglatze, Brille mit Goldrand?«

Miki verdrehte die Augen, dann seufzte er und saß einfach so da. Sandra stand unter Zeitdruck. Sie musste noch nach Malnari, wollte heute zu einer zivilisierten Zeit bei ihren Eltern auftauchen, aber dieser Junge schwieg. Das konnte sie auch. Sie sah ihm direkt in die Augen. Schließlich fragte er: »Ist es Ihr Vater?«

Sandra nickte.

Miki schwieg wieder minutenlang, dann zog er das Terminbuch zu sich heran und umklammerte es, als ob er es nie wieder loslassen wollte. Wie in Zeitlupe wandte er den Kopf und sah Sandra mit einem angedeuteten Lächeln an, als wolle er ihr die Sorge nehmen. »Nichts Schlimmes, wirklich.«

»Dann können Sie es mir doch sagen.«

»Mein Gott, sind Sie hartnäckig.«

»Also?«

»Er leidet unter Schlaflosigkeit.«

»Hat Damjan ihm geholfen?«

»Das weiß ich nicht. Ihr Vater war nur dieses eine Mal hier.«

Sie stand auf und nahm ihre Tasche. »Danke, Miki.«

»Schon okay.«

Sie sahen sich in die Augen, dann setzte Sandra sich langsam wieder auf den Stuhl. »Sagen Sie, Miki, konnten Sie die Gespräche hören, die im Behandlungszimmer stattfanden?« Sie dachte an Tamara, die auch jedes Wort mitbekam.

»Ja.«

»Hat er sonst noch etwas gesagt?«

Miki schloss die Augen und schüttelte den Kopf. »Nein, wirklich nicht. Ich weiß, dass viele ältere Menschen Phasen der Schlaflosigkeit haben. Wenn noch etwas anderes dahintergesteckt hätte, dann hätte er es gesagt.«

»Warum sind Sie da so sicher?«

»Weil alle das tun. Die Menschen haben sich Damjan mehr geöffnet als ihrer Familie oder ihren Freunden.«

»Was sind die häufigsten Themen, wenn es nicht um körperliche Beschwerden geht?«

»Na ja, im Zentrum stand auf jeden Fall die Gesundheit. Deshalb haben sie ihn ja aufgesucht. Aber viele sprachen auch Themen wie Liebe, Familie oder Arbeit an. Weil sie vermuteten, dass ihre Beschwerden psychosomatisch sind.« Miki verzog den Mund, dann sagte er: »Schon verrückt, dass uns Familie, Liebe und Arbeit am wichtigsten sind, sie uns aber auch die größten Sorgen bereiten.«

»Ich habe vor ein paar Wochen im Fernsehen ein Interview mit einer amerikanischen Schauspielerin gesehen. Sie sagte, man solle jedem vergeben, egal, was er getan hat. Sehen Sie das auch so?«

Miki dachte einen Augenblick nach. »Eigentlich sollte man das, ja.«

»Profitieren davon aber nicht die Egozentriker und die Soziopathen, die andere Menschen schlecht behandeln? Wenn jeder ihnen vergeben würde, dann müsste niemand mehr die Konsequenzen aus seinem Handeln ziehen, oder?«

»Man soll es ja auch nicht ihretwegen tun, sondern für sich selbst.«

»Dann ist Vergebung etwas zutiefst Egoistisches?«

»Nein, nur mental sehr reife Menschen sind dazu fähig.«

»Man sollte also zum Beispiel Eltern vergeben, die ihr Kind misshandelt und vernachlässigt haben? Und das sogar dann, wenn sie das Kind nicht einmal um Vergebung gebeten haben? Stellen Sie sich eine Welt vor, die von destruktiven Egozentrikern bevölkert ist und von denjenigen, die alles vergeben. Schaffen wir doch gleich die Polizei und die Gefängnisse ab, einem jeden solle vergeben werden.«

Miki verzog den Mund zu einem Lächeln. »Nun rutschen Sie aber gewaltig ins Extrem ab, finde ich. Aber wissen Sie, was ich gerade denke?«

»Was?«

»Damjan hätte Sie gemocht. Er liebte solche Gedankenspiele.«

»Oh, Sie sind's?«, sagte Benedikta, als sie die Tür öffnete. »Vielleicht sollten Sie nach Malnari ziehen, dann könnten Sie sich die Fahrerei sparen.«

»Wer ist es denn, Diki?«, hörten sie Rafael aus dem Hintergrund rufen.

»Unser nettes Team von der Polizei«, schrie Benedikta zurück.

Sandra hörte eine männliche Stimme »Schon wieder?« sagen, konnte diese aber nicht zuordnen.

»Kommen Sie doch bitte rein«, sagte Benedikta nun in einer freundlicheren Tonlage und trat zur Seite, damit sie eintreten konnten.

»Danke«, murmelte Zelenika.

Alle, außer Daria, waren im Esszimmer um den großen Tisch versammelt und aßen zu Abend. »Recht früh für ein Abendessen«, bemerkte Milić.

»Wir essen immer um achtzehn Uhr«, klärte Benedikta sie auf, die neben ihnen stand. »Nur Daria isst manchmal später alleine, wenn sie die Spätschicht hat. Damjan sagte immer, man solle seine Mahlzeiten früh einnehmen, früh zu Bett gehen und früh aufstehen.«

»Und, halten Sie sich alle daran?«

Benedikta nickte. »Nur Mladen ist ein Langschläfer.«

Mladen hob den Kopf und sagte mit offenem Mund: »Das ist halt meine Biologie.«

»Ja, ja, deine Biologie.« Benedikta sprach das letzte Wort spöttisch aus.

»Tut mir leid, wenn wir Sie beim Essen stören«, sagte Sandra, um eine Einleitung zu finden.

»Nein, wir sind ja fast fertig«, kam es von Tilda. »Möchten Sie auch etwas? Rafael hat eine köstliche Fischsuppe gemacht und Weißbrot gebacken.«

Als Sandra einen Blick in den Topf warf, der mitten auf dem Tisch stand, lief ihr das Wasser im Mund zusammen, aber während der Ermittlungen bei jemandem zu essen, kam selbstverständlich nicht infrage. Es roch nach Tomaten, die Teil der Soße waren, Oliven, Knoblauch und Kräutern. »Nein, vielen Dank. Sehr freundlich von Ihnen, aber ich würde Sie gerne im Wohnzimmer sprechen.«

Der Widerwille darüber war offensichtlich. Niemand hier im Haus schien besorgt, dass möglicherweise jemand unter ihnen ein Mörder war. Vertrauten sie einander wirklich so sehr? Als sich alle gesetzt hatten, fragte Sandra geradeheraus: »Haben Sie keine Angst?«

»Angst?«, riefen Benedikta und Rafael gleichzeitig. Die anderen sahen Sandra nur verwirrt an.

»Wovor denn?«, fragte Gordan.

»Damjan ist ermordet worden. Denken Sie nicht, dass es jemand von Ihnen war?«

»Es war niemand von uns!«, rief Andrija entrüstet. »Das ist vollkommen absurd! Es war jemand von außerhalb. Ein Verrückter. Vielleicht sollten Sie mal alle seine Patienten abklopfen.«

»Nun, alle können wir vorerst nicht abklopfen, aber

in den nächsten Tagen werden wir auch mit diesen Leuten sprechen. Wann kommt Ihre Frau nach Hause?«, wandte sich Sandra an Gordan.

Er blickte auf seine Armbanduhr. »In etwa zweieinhalb Stunden.«

Sandra seufzte. »Wann arbeitet Ihre Frau morgen?«

»Wieder von zwölf bis acht.«

»Gut. Sagen Sie ihr bitte, sie soll mich morgen Vormittag anrufen, damit wir einen Termin vereinbaren.«

»Warum denn?«

»Weil sie jetzt nicht da ist, Herr Dedić. Ich muss auch mit ihr ein paar Punkte durchgehen.«

»Welche Punkte denn?«

Sandra spürte einen Anflug von Gereiztheit hochkriechen, aber es gelang ihr, das Gefühl unter Kontrolle zu halten. Es war wohl am besten, einfach in die Befragung einzusteigen, ohne weiterhin müßige Fragen zu beantworten. »Ich möchte gerne wissen, wer von Ihnen gesagt hat, dass es Luka Frlans Wunsch war, eingeäschert zu werden.«

Alle starrten sie an.

»Also?«, hakte Sandra nach.

»Das habe ich gesagt«, kam es zaghaft von Rafael. »Ich habe es von … dir, Diki.« Er sah zu der alten Frau.

Sie nickte. »Jaa«, sagte sie nachdenklich, »und ich habe es von … dir, Gordan? Oder sagte es mir Daria?«

»Nein, das kann nicht sein«, antwortete Gordan. »Mir hat es doch Mladen gesagt.«

»Ja, aber mir hat es Andrija gesagt«, sagte Mladen.

»Ich?«, tippte Andrija sich fragend auf die Brust. »Ich habe es doch von Tilda.«

Die junge Frau zuckte erschrocken zurück. »Nein, Andrija. Mir hat es Rafael gesagt, und ich habe es an Gordan weitergegeben.«

»Ach, stimmt«, grübelte Rafael. »Dir habe ich es auch gesagt, Tilda. Aber wer hat es mir noch mal gesagt?«

»Oh, Mann«, stieß Zelenika hervor. Er ließ sich nach vorne fallen und stützte die Arme auf den Beinen ab. »Und wenn wir die ganze Nacht hier sitzen, aber wir gehen jetzt alles noch mal durch, wer es von wem erfahren hat, bis wir zur Quelle vorstoßen.«

Es dauerte über eine halbe Stunde, und doch standen sie wieder am Anfang. Ärgerlicherweise kam diesmal sogar eine andere Chronologie zustande als ursprünglich.

»Aber warum ist denn das so wichtig?« Benedikta hob die Hände und ließ sie gleich darauf resignierend in den Schoß fallen. »Wem soll denn das noch nützen?«

»Es könnte Ihrem eigenen Schutz dienen«, erklärte Sandra. »Wir haben Grund zu der Annahme, dass Herr Frlan nicht an einem Herzinfarkt gestorben ist, sondern dass er vergiftet wurde.«

»Vergiftet?«, rief Mladen, und die anderen wiederholten das Wort noch ein paarmal.

»Ganz recht. Aus der Frucht des Baumes, der hier neben dem Haus steht.« Sandra berichtete, was Perica ihr darüber erzählt hatte.

»Aber das hätte man doch festgestellt«, sagte Andrija, wobei es mehr nach einer Frage klang.

»Leider nicht. Wahrscheinlich hat es ihm jemand in sein Frühstück gemischt. Deshalb interessiert es mich, wer von Ihnen sich dafür eingesetzt hat, dass sein Körper verbrannt wird.«

Nachdem niemand reagierte, beschloss Sandra, ebenfalls nichts mehr zu sagen und darauf zu warten, wer als Erster etwas sagen würde, und was er sagen würde. Nach einer Weile merkte sie, wie die Hausbewohner damit begannen, sich anzusehen, skeptisch, ängstlich, abwartend.

»Glauben Sie wirklich«, fing Andrija schließlich an, »dass es jemand von uns war?«

»Ich weiß jetzt nicht, ob Sie Luka Frlan oder Ihren Bruder meinen, aber es spielt auch keine Rolle, denn meine Antwort lautet in beiden Fällen: höchstwahrscheinlich.«

Gordan schüttelte ungläubig den Kopf, Benedikta blickte zu Boden, Tilda legte sich ängstlich die Hand auf die Wange, Rafael schluckte ergriffen, Andrija hatte Tränen in den Augen, und Mladen saß mit verschränkten Armen da und sagte: »Blödsinn. Ich kenne diese Leute hier. Das sind Pussys, die könnten niemanden umbringen.« Benedikta und Tilda nickten, die Männer warfen ihm wütende Blicke zu. Wie es aussah, standen sie lieber unter Mordverdacht, als von Mladen in ihrer Männlichkeit degradiert zu werden.

»Was ich jetzt sage, wird für Sie unangenehm werden und sich für den einen oder anderen schwierig gestalten.« Sandra hatte noch nie gleichzeitig in so viele ängstliche Gesichter geblickt wie jetzt. Aber sie schwiegen und warteten, was jetzt kommen würde. »Ich möchte, dass Sie dieses Haus verlassen.«

Sie reagierten wie erwartet mit Protest und Verärgerung.

»Es ist zu Ihrem eigenen Schutz! Hier sind mit größter Wahrscheinlichkeit zwei Morde passiert. Schalten Sie doch bitte Ihren Verstand ein.«

»Oder«, warf Zelenika ein, »bleiben Sie hier und lassen es schleifen. Wer als Letzter übrig bleibt, ist der Mörder. Wenn Sie das so wollen … bitte sehr!«

Benedikta sah plötzlich sehr niedergeschlagen aus. »Und was schlagen Sie vor, wann wir gehen sollen?«

»So früh wie möglich, am besten packen Sie noch heute und gehen.«

»Aber wo sollen wir denn abends hin? Reicht nicht auch morgen?«

»Besser wäre heute. Aber bis Sie gepackt haben, wird es dauern, und wir können Sie kaum in die Nacht hinausschicken. Einigen wir uns auf morgen früh. Wenn sich alles geklärt hat, können Sie ja zurückkommen. Na ja, in nächster Zeit werden Sie ohnehin eine Absprache mit Miki Stanić treffen müssen.«

Benedikta drehte sich zu Tilda um. »Schätzchen, du kommst mit mir nach Zadar zu meinem Sohn und seiner Familie. Gordan, ich würde dich auch so gerne mitnehmen, aber mit dir und Daria sind es einfach zu viele.«

»Keine Sorge, Diki«, sagte Gordan. »Wir kommen bei Verwandten von Daria unter. Wir wollten ja sowieso ausziehen, allerdings noch nicht morgen.«

Sandra blickte von Benedikta zu Tilda. »Nach Zadar können Sie leider noch nicht, das kann ich nicht zulassen. Sie müssen vorläufig in Rijeka und Umgebung bleiben.«

Benedikta blinzelte verstört. »Na gut.«

»Also, ich bleibe hier!«, rief Andrija überzeugt. Ich werde dieses Haus nur mit den Füßen zuerst verlassen.«

»Das ist zu befürchten«, sagte Zelenika.

»So meinte ich das nicht! Freiwillig gehe ich nicht.«

»Und wohin gehst du, Rafael?«, wollte Benedikta wissen.

Müde rieb Rafael sich die Augen. »Wahrscheinlich auch zu irgendwelchen Verwandten, erst mal. Mein Gott, ich kann mir ein Leben ohne euch nicht mehr vorstellen. Wie sehr ich euch vermissen werde.« Rafael sah Mladen an. »Sogar dich. Ist das nicht verrückt? Wo kommst du überhaupt unter?«

»Ich habe ein kleines Appartement in Srdoči, da werde ich wohl wohnen.«

Die anderen hatten wohl mit allem gerechnet, aber nicht damit. Sie sahen Mladen an, als ob er gerade gesagt hätte, dass er Universitätsprofessor sei.

»Du hast ein Appartement in der Stadt, das dir gehört?«, fragte Rafael und starrte ihn an.

»Ja, hab ich von meiner Oma geerbt.«

»Ach ja?«

»Ja. Alleine leben stelle ich mir langweilig vor«, sinnierte Mladen. »Und den ganzen Scheiß wie Putzen und Kochen muss man auch alleine machen.«

»Was mich interessieren würde«, wandte Sandra sich an Rafael, »Sie werden jetzt nicht mehr fürs Kochen und Putzen bezahlt, machen das aber trotzdem weiter?«

»Putzen tue ich nicht mehr. Aber das Kochen macht mir nichts aus, das tue ich gern.«

Mladen sah Sandra verärgert an. »Nun setzen Sie ihm doch keine Flausen in den Kopf!«

19

Nataša lenkte ihren Wagen in Sandras Straße im Stadtteil Krimeja. Sandra liebte den südöstlichen Teil der Stadt. Früher lebten in den Stadtteilen Bulevard, Krimeja und Pećine Adlige und wohlhabende Leute. Heute waren die Mieten zwar höher als im Norden, wie beispielsweise in den Stadtteilen Drenova oder Škurinje, aber es gab keine reichen oder armen Viertel in dem Sinne mehr. Sandra wohnte in einem achtstöckigen Mietshaus, und mit Jelena als Nachbarin war das der perfekte Wohnstil. Als Kind hatte sie die Sommer mit ihren Freunden am Strand von Pećine verbracht. Von all den Freunden aus der Kindheit war ihr niemand mehr geblieben. Einige der Freundschaften waren zerrissen, als sie zum Studieren nach Zagreb gegangen war, ein Übriges war dem Umstand geschuldet, dass sie wenig Zeit hatte und kein Wochenende im Voraus planen konnte.

Die Kollegen hatten Sandra vor ein paar Stunden bei ihren Eltern abgesetzt und waren alleine zum MUP weitergefahren, um den Dienstwagen abzustellen. Als sie bei ihren Eltern angekommen war und ihrer Mutter die Pralinen und den Kaffee übergab, erwartete sie einen Kommentar wie »Überaus originell« oder »Seit wann müsst ihr denn etwas mitbringen?« Doch manchmal überraschen einen auch diejenigen, die man so gut zu kennen glaubt. Ihre Mutter hatte in die Tüte geblickt und gesagt: »Oh, vielen Dank. Pralinen mag ich, und Kaffee kann man auch immer gut gebrauchen.«

Sie waren am Tisch versammelt und aßen gebratene papalina[28] mit restani krumpir[29] und gemischtem Salat, wie nur ihre Mutter ihn machen konnte, warum auch immer. Eigentlich müsste es keine Zauberei sein, einen Salat zuzubereiten, aber nirgends schmeckte er so gut wie hier. Woran das lag, vermochte sie nicht zu sagen, denn fürs Kochen hatte sie weder Lust noch Zeit. Als Sandra ein wenig über die Ermittlungsarbeit erzählte, meinte ihre Mutter: »Ich frage mich, was das für Vollidioten sind, die zu einem Wunderheiler gehen.«

Noch gestern hätte sie ihrer Mutter recht gegeben, aber es versetzte ihr einen Stich ins Herz, als sie ihren Vater dabei beobachtete, wie er seinen Blick auf den Teller richtete und kein Wort darüber sagte.

Als Nataša jetzt vor dem Mietshaus in Krimeja anhielt, löste Sandra den Sicherheitsgurt und nahm zögerlich ihre Tasche vom Boden. »Kann ich dir etwas anvertrauen?«, fragte sie ihre Schwester ohne Umschweife.

Nataša sah überrascht aus. Sandra liebte ihre Schwester, aber ein inniges Verhältnis hatten sie noch nie gehabt. Vielleicht musste sie sich bloß ein bisschen bemühen und die Dinge, die sie bei Nataša als Schrullen ansah,

---

28 Sprotte/Breitling

29 Pellkartoffeln in Zwiebeln gedünstet und kleingehackt

einfach hinnehmen, ohne sie zu werten. Das war einfacher gedacht als getan, aber vielleicht würde es ihr mit der Zeit gelingen. »Dass du mich das fragen musst, finde ich traurig«, bemerkte Nataša, und es klang verbittert.

Hier war sie schon, die Herausforderung. Sandra ergriff sie. »Du hast recht. Vielleicht bringt das meine Arbeit mit sich.« Sie lächelte. »Du brauchst nicht zu antworten, denn ich weiß, dass ich dir vertrauen kann.«

Nun wurde Natašas Gesichtsausdruck etwas milder. »Natürlich kannst du das. Also, worum geht es?«

»Tata war bei Damjan, vor dreieinhalb Monaten.«

Ein paar Sekunden sagte Nataša nichts darauf, dann fragte sie: »Weißt du auch, warum?«

»Ich habe es irgendwie aus seinem Assistenten rausgequetscht. Tata war nur einmal dort, wegen Schlaflosigkeit.«

Mit einem lauten Seufzer der Erleichterung legte Nataša ihre rechte Hand auf die Brust. »Gott, hast du mir einen Schrecken eingejagt. Ich dachte schon …«

»Ja, ich weiß, tut mir leid.«

»Und … du hast ein Problem damit, oder wie?«

»Nein, nicht wirklich. Aber hättest du das von ihm gedacht?«

Nataša schüttelte den Kopf. »Von Mama wissen wir, dass sie lieber sterben würde, als zu so jemandem zu gehen, aber von Tata können wir gar keine Meinung darüber haben. Was wissen wir denn über ihn? Hat er sich jemals geöffnet? Wie oft sagt er seine Meinung, und was ist überhaupt seine Haltung?«

Obwohl Sandra wusste, dass es genau so war, wie

ihre Schwester es schilderte, tat es dennoch weh, es zu hören. »Das klingt furchtbar.«

»Ja, tut es. Aber wir haben doch nie eine Unterhaltung mit ihm geführt, die länger als fünf Sätze ging.«

»Es klingt banal, aber vielleicht ist er ganz einfach so. Ich meine, vielleicht sollten wir es gar nicht als negativ werten, nur weil wir uns ein anderes Verhalten gewünscht hätten.«

»Kann sein.«

Eine Weile saßen sie einfach so im Dunklen des Wagens und schwiegen. Durch die Scheibe sah Sandra den Vollmond. »Während der Ermittlungsarbeit habe ich Damjans Hausarzt befragt. Er hat mich angerufen und mich um ein Date gefragt.«

»Ach ja?« Nataša betrachtete ihre Schwester und versetzte ihr einen leichten Klaps auf den Oberarm. »Und? Wie ist er?«

»Attraktiv, intelligent, sehr nett und sehr charmant.«

»Na, das klingt doch großartig.«

»Ja.« Sie merkte selbst, dass es nicht überzeugend klang. »Aber es fehlt dieses gewisse Etwas, dieser Funke, der sich einstellt, der Aussehen und Status vollkommen in den Hintergrund rücken lässt. Verstehst du, was ich meine?«

»Ja, vollkommen. Wann hattest du denn dieses Funkengefühl zum letzten Mal?«

»Ich glaube, das willst du nicht wissen.«

»Doch, will ich.«

»Okay.« Mit großer Überwindung sagte sie: »Als mein neuer Kollege zur Tür hereinkam.«

»Dieser Sedlar?«

»Genau.«

»Oje, Arbeitskollege.«

»Na ja, verheiratet ist er auch.«

Nataša riss die Augen auf.

»Sieh mich nicht so an. Das ist einer der Gründe, weshalb niemals zwischen uns etwas passieren wird. Seine Frau ist kürzlich ausgezogen, vielleicht lassen sie sich scheiden. Egal. Jedenfalls kann ich natürlich niemals etwas mit einem Kollegen anfangen, nicht in meinem Beruf und meiner Position.«

Nataša wiegte den Kopf hin und her. »Na ja, du bist schließlich keine Lehrerin, die einen Minderjährigen verführen würde. Aber schon klar, ich verstehe deinen Standpunkt. Das würde viele Probleme mit sich bringen. Besonders, wenn es nicht funktioniert.«

Sandra nickte, dann öffnete sie die Wagentür und setzte einen Fuß nach draußen. Plötzlich beugte Nataša sich zu ihr herüber und gab ihr einen Kuss auf die Wange. Sandra konnte sich nicht erinnern, wann ihre Schwester das zum letzten Mal getan hatte. »Du weißt doch, wie man sagt«, meinte Nataša lachend, »es gibt keine zufälligen Begegnungen. Jeder Mensch ist für uns entweder eine Prüfung, eine Strafe oder ein Geschenk des Schicksals.«

Sandra wusste, dass ihre Schwester offen für esoterische Fragen war. Soweit sie wusste, legte sie keine Tarotkarten und hatte auch kein Pendel zu Hause, aber sie interessierte sich seit ihrer Jugend für mystische Dinge und Übersinnliches. Ganz im Gegensatz zu Sandra, für die Beweise sowohl Anhaltspunkt als auch Ultima Ratio waren. »Aha. Und in welche Kategorie fällt der Arzt?«, fragte Sandra.

»Na in die dritte natürlich. Der Anruf hat deinem Ego doch ganz gutgetan, oder?«

20

Es ist kalt, so kalt. Das Frösteln ist diesmal viel stärker als sonst. Die zwei Decken helfen nicht, es kommt von innen und wird immer stärker. Ich will nicht die Augen schließen, weil dann nur noch ICH bin, allein mit mir selbst. Diesmal war es übereilt, viel zu übereilt. Bisher habe ich sie alle erlöst und ihnen geholfen, ihre Seelen in eine bessere Welt zu schicken. Dieses Mal geschah es aus Eigennutz, purem Eigennutz. Ich weiß, dass es diesmal mein Karma beschädigt, dass ich mich dafür werde verantworten müssen. Nein, nein, das war nicht gut.

Ich habe diese Gefühle, wie beim ersten Mal, Gewissensbisse und Angst. Meine Mutter musste natürlich diese Welt verlassen, um niemandem mehr zu schaden. Aber diesmal habe ich viel zu sehr an mich gedacht. Egoismus widert mich an, und diesmal bin auch ich ihm zum Opfer gefallen …

Bei meiner zweiten Tat konnte ich deutlich spüren, wie sinnvoll und aufopfernd ich gehandelt hatte. Meine Nona[30] *hatte nichts mehr von ihrem Leben, lag in ihrem Bett und starrte den ganzen Tag nur zur Decke.*

30 Im Küstengebiet für »Oma«

Wir haben uns aufgeopfert für nichts. Es war nicht einfach für mich. Ich habe ihr das Kissen aufs Gesicht gepresst. Während ich es zu ihrem Gesicht führte, erschrak sie und sah mich dabei angsterfüllt und verstört an, aber kein Wort hat sie gesagt. Viele, viele Minuten hat es gedauert, bis sie tot war. Sie hat mir die Unterarme zerkratzt, aber ich habe langärmlige Kleidung getragen, um die Kratzer zu verstecken.

In dieser Nacht träumte ich, wie mein Schutzengel mir freundlich entgegenkam und sich für meinen Mut bedankte. Ich weiß, er war da. Ich konnte seinen Atem spüren, als ich aufwachte.

Ich habe die Pistole in meiner Monopoly-Schachtel auf dem Bücherregal, dort haben sie sogar schon nachgesehen. Wenn ich großes Pech habe, werden sie es ein zweites Mal tun. Sie werden denken, die Pistole wurde gestohlen, um jemanden damit zu töten. Aber ich habe sie für mich besorgt. Wenn sie wirklich auf mich kommen, dann muss es schnell gehen. Einen anderen Tod kann ich mir nicht vorstellen. Ich werde diese Welt nicht vermissen. Dort, in der besseren Welt, werde ich mit Liebe empfangen werden. Nur für diese letzte Tat werde ich mich erklären müssen. Vielleicht kann ich es wiedergutmachen. Damjan hatte doch auch Wege gefunden, seine Schuldgefühle zu erleichtern. Ich muss einen Weg finden, mein Karma wegen der letzten Tat aufzulösen. Vergebt mir diesmal meinen Egoismus, meinen widerlichen Egoismus.

21

Sandra schlug die Augen auf und lächelte. Übermorgen war es so weit. Sie würde im Flugzeug sitzen und endlich Urlaub machen. Beim nächsten Gedanken verschwand das Lächeln. Sie würden den Fall bis morgen wohl nicht abschließen können – und sie würde dann nicht mehr da sein. Mandić hatte gesagt, es würde nicht alles zusammenbrechen ohne sie. Als ob sie so selbstverliebt war, das zu glauben. Zelenika würde sie bestens vertreten, und wenn Dragović sich auch noch einbrachte, dann wäre der Fall in besten Händen. Also müsste sie sich keine Sorgen machen. Aber sie wusste schon jetzt, dass sie mindestens zweimal pro Woche Zelenika auf dem Handy anrufen würde, um zu fragen, was es Neues gab. Aus Neugier und aus der Annahme, dass sie vielleicht doch etwas beisteuern könnte … Das war doch verrückt! Ab übermorgen würde sie nur noch an Urlaub denken!

Sandra stand auf und ging ins Bad. Sie gähnte ausgiebig, während sie Zahnpasta auf ihre Bürste tat. Auf der Kommode im Flur klingelte ihr Handy. Sie lief hinaus und sah auf dem Display: Mandić.

»Ja, Chef?«

»Horvat, kommen Sie nicht ins Büro, sondern fahren Sie direkt nach Malnari.«

»Was? Warum?«

»Es gab wieder einen Mord.«

»Waas?!«

»Es gab wieder einen Mord.«

»Ja, ja, hab verstanden. Wer ist ermordet worden?«

»Daria Dedić.«

Sekundenlang brachte sie kein Wort heraus. »Ich brauche zehn Minuten, dann fahre ich los.«

»In Ordnung. Die Streifenwagen und Perica mit seinem Team sind bereits unterwegs. Ich rufe gleich Zelenika an, der soll Milić und Sedlar Bescheid geben.«

»Wissen Sie, wie sie ermordet wurde?«

»Ihr Mann sagt, als er aufwachte, lag sie einfach tot neben ihm. Ich brauche Ihnen ja nicht zu sagen, dass der Kerl mehr als fällig für ein Verhör ist. Die Drohung Damjans, dass er ihn aus dem Testament streichen wird, und dann wacht seine Frau tot neben ihm auf… Na ja, mehr muss ich wohl nicht sagen.«

»Ja, Chef.«

Als Sandra ankam, traf auch Sedlar gerade ein. Sie parkten nebeneinander und stiegen gleichzeitig aus. Nach einem knappen Gruß und während sie eiligen Schrittes Richtung Haus gingen, sagte Sedlar: »Ich weiß, dass Sie keine voreiligen Schlüsse schätzen, aber das kann nur dieser psychopathische Ehemann gewesen sein. Ich wusste gleich, dass der nicht richtig tickt.«

»Tja, davon müssen wir ausgehen.« Dass sie diesen Umstand tief bedauerte und Gordan ihr sogar auf verquere Art sympathisch war, verschwieg sie lieber.

Als sie ins Haus traten, standen Zelenika und Milić im Flur und sahen von der Tür ins Zimmer der Dedićs, wo die Spurensicherung ihre Arbeit erledigte. Sandra warf einen Blick hinein. Perica hob gerade eines von Darias Augenlidern und leuchtete mit einer kleinen Taschenlampe in ihr Auge. Daria lag ganz friedlich da, als ob sie schliefe. Die Farbe war aus ihrer Haut gewichen, und die Totenflecken wurden sichtbar, als Perica den Körper zur Seite drehte.

»Wo ist Gordan Dedić?«, fragte Sandra an Zelenika gewandt.

»Sind alle im Wohnzimmer und flennen.«

»Wir müssen ihn zu einem Verhör mitnehmen.«

Zelenika nickte.

Sandra ging voraus und die drei Männer hinterher.

Die Hausbewohner saßen alle entweder neben oder vor Gordan und drückten ihm die Hand oder sprachen beruhigend auf ihn ein.

»Gordan Dedić«, sagte Sandra mit etwas lauterer Stimme.

Alle drehten die Köpfe zu ihr, Gordan hob den Kopf und wischte sich die Nase mit dem Handrücken ab. »Ich bin aufgewacht und hab sie geschüttelt, weil sie doch zur Arbeit musste. Der Wecker hat geklingelt, aber sie hat nicht reagiert, dann hab ich sie noch mal geschüttelt. Aber sie … konnte ja gar nicht aufwachen, weil sie tot war.« Er wurde von einem heftigen Weinkrampf erfasst.

»Ich muss Sie auffordern, mit uns zu kommen.«

Alle starrten sie an.

»Aber Frau Horvat«, flüsterte Tilda, »seine Frau ist doch gerade gestorben.«

»Wir müssen Sie mitnehmen, Herr Dedić. Kommen Sie, bitte?«

Rafael stand abrupt auf. »Hören Sie, auch wenn Sie es nicht glauben wollen, aber von uns hier ist niemand ein Mörder!«

Nun wurde Sandra etwas ungehalten. »Und auch wenn Sie es nicht hören wollen, Herr Mohorović, aber unter Ihnen befindet sich mit hoher Wahrscheinlichkeit ein Mörder. Die Todesursache von Frau Dedić steht zwar noch nicht fest, aber leider sprechen derzeit alle Indizien gegen Herrn Dedić.«

»Aber Daria ist doch nicht ermordet worden«, appellierte Mladen an Sandras Vernunft. »Wahrscheinlich hatte sie einen Hirnschlag.«

Rafael sah ihn mürrisch an. »Ach, du hast auch einen Hirnschlag, aber einen anderen«, murmelte er.

Gordan rührte sich nicht und blieb sitzen. Plötzlich rief Zelenika: »Könnten Sie jetzt aufstehen, bitte?«

Erschrocken sah Gordan von Zelenika zu Sandra, dann erhob er sich. Zelenika und Milić gingen mit ihm hinaus. Sedlar blieb neben Sandra stehen.

»Sie hätten gestern schon gehen sollen!«, sagte Sandra zu den übrigen Anwesenden.

Benedikta wischte sich die Tränen aus den Augen, stand auf und baute sich in voller Größe vor Sandra auf. »Sie haben den Falschen, Frau Inspektor. Ich war's.«

»Diki?«, kam es von Rafael. »Bist du verrückt geworden?«

Tilda ging zu Benedikta und umarmte sie. »Hör auf damit, Diki«, schluchzte sie. »Sie werden sehen, dass Gordan kein Mörder ist. Du musst dich gar nicht für ihn opfern.«

Andrija saß kopfschüttelnd da und sagte nichts.

»Frau Saršon, war das soeben ein Geständnis?«, fragte Sandra.

Behutsam befreite sich diese aus Tildas Umarmung, dann schüttelte sie beschämt den Kopf. »Er ist wie ein Sohn für mich und Tilda wie meine Tochter. Ich habe ja nicht mehr lange zu leben, deshalb möchte ich bitte ins Gefängnis gehen. Also: Ich war's.«

»Bei allem Verständnis, Frau Saršon«, sagte Sandra, »aber ich möchte Sie bitten, die Ermittlungsarbeit der Polizei nicht zu behindern.«

Benedikta nickte ergeben. »Entschuldigen Sie.«

»Hat jemand von Ihnen etwas zu sagen?«

»Was meinen Sie?«, fragte Rafael.

»Haben Sie etwas Ungewöhnliches gesehen oder gehört?«

Niemand reagierte.

»Also nein?«

Sie schüttelten die Köpfe. Etwas anderes hatte Sandra auch nicht erwartet. Ein Gedanke schoss ihr plötzlich durch den Kopf: Was, wenn mehrere Personen involviert waren?

Sandra ging in den Flur und rief von der Türschwelle Pericas Namen. Das Bett war mittlerweile leer, die Leiche abtransportiert. Der Fotograf und die Kriminaltechnikerin waren noch bei der Arbeit. Perica unterhielt sich gerade mit Sikirica, als Sandra ihn rief. »Kann ich Sie kurz sprechen?«

Perica kam zur Tür. Sie standen sich an der Schwelle gegenüber. »Können Sie vielleicht jetzt schon sagen, ob Sie etwas entdeckt haben, das auf Fremdeinwirkung schließen lässt?«

Perica schüttelte den Kopf. »Keine Anzeichen von Erwürgen oder Erdrosseln. Ob sie möglicherweise erstickt wurde, wird die Untersuchung zeigen, aber es sieht bisher nicht so aus. Ihr Gesicht war nicht blau verfärbt, und es sind keine Petechien sichtbar. Das sind rote Punkte, die ich an den Augäpfeln hätte sehen müssen, wenn dem so wäre. Übrigens scheint sie über sechs Stunden tot zu sein. Die Totenflecken haben sich nicht mehr verlagert, nachdem ich den Körper bewegt hatte. Die Totenstarre lässt ebenfalls darauf schließen, dass sie seit mehreren Stunden tot ist. Das kann ich Ihnen bisher sagen.«

»Sie kann doch nicht einfach so gestorben sein?«

»Nun, es sterben zum Beispiel auch junge und gesunde Menschen an plötzlichem Herztod. Warten Sie einfach meine Untersuchung ab.«

»Danke, Perica.« Sandra ging zurück ins Wohnzimmer. Sedlar stand hilflos im Raum und sah den Bewohnern beim Weinen zu. Sandra appellierte nochmals an alle: »Packen Sie bitte heute noch Ihre Sachen, wie wir besprochen haben, und gehen Sie morgen von hier weg. Niemand von Ihnen verlässt Rijeka weiter als im Umkreis von dreißig Kilometern. Sie haben alle meine

Nummer. Geben Sie entweder mir oder Frau Ibrahimović Ihre neue Anschrift. Deren Nummer steht ebenfalls auf meiner Karte.«

»Niemand kann uns zwingen wegzugehen«, sagte Andrija. »Ich bleibe hier.«

»Ich ebenfalls«, schloss Rafael sich an.

»Und wir beide auch«, sagte Benedikta, drückte Tildas Hand und sah sie erwartungsvoll an. Tilda nickte und lächelte unsicher.

»Und ich bleibe auch da«, rief Mladen.

»Du hast doch ein Appartement«, erinnerte ihn Rafael.

»Ich will euch nicht alleine lassen.«

»Ach ja«, murmelte Rafael, »du bist zu gut für diese Welt.«

Sandra stellte sich vor die Couch, hob die Arme und sprach laut und deutlich: »Ich sage es jetzt ein allerletztes Mal. Morgen Vormittag verlassen Sie dieses Haus. Sie teilen uns umgehend Ihre neue Adresse mit. Dieses Haus wird abgesperrt und durchsucht. Ab morgen Mittag darf niemand mehr hier rein. Ist das jetzt klar?«

22

Nach fünf Stunden Verhör waren sie alle gereizt und müde. Mandić war wie immer geduldig, ging beizeiten aus dem Verhörraum, um einen Anruf entgegenzunehmen, kam aber gleich wieder, um der Vernehmung weiter beizuwohnen. Das Tonband lief, Sedlar sagte kaum etwas, die Intervalle von Milićs genervten Seufzern wurden immer dichter, und Zelenika und Sandra versuchten es bei Gordan mit immer stärkerem Druck. Es half jedoch weder ein verständnisvoller Tonfall und gutes Zureden, noch half Zelenikas Aggressivität, mit der er versuchte, Gordan noch mehr in eine Ecke zu drängen, aus der er nicht mehr herauskam. Gordan sagte immer wieder dasselbe: »Ich habe niemanden getötet!«

Zelenika rückte mit seinem Stuhl näher zu Gordan. Es war, als würde Gordan darüber erschrecken, er wich mit seinem Oberkörper etwas zurück und in seinem Blick lag Angst. »Herr Dedić«, begann Zelenika ruhig, steigerte sich aber allmählich in der Lautstärke. »Als Herr Martinović anders reagierte, als Sie sich das vorgestellt haben, hat Sie das tief getroffen, oder? Sie meinten, er würde Ihnen glücklich um den Hals fallen und Sie ab da nur noch ›mein Sohn‹ nennen. Aber es kam anders. Und dann sagt er Ihnen auch noch, dass er über die Täuschung nicht hinwegsehen kann und Sie deshalb aus dem Testament streichen wird. Sie sind durchgedreht. Wenn Sie mich fragen, ist das ein astreines Motiv.«

Gordan Dedić lächelte verbittert vor sich hin und schüttelte immerzu den Kopf. Er sagte nichts mehr.

»Was ich nicht verstehe, Herr Dedić«, brachte Sandra sich ein, »was ist das Motiv beim Mord an Luka Frlan und an Ihrer Frau?«

Gordan blickte ihr mit leicht geöffnetem Mund in die Augen. Mittlerweile hatte sein Gesicht Züge von Wut und Verzweiflung angenommen. »Haben Sie eine Ahnung, wie es ist, wenn die Ehefrau stirbt, die man geliebt hat – und dann hat man nicht einmal die Zeit, sich von diesem Schock zu erholen, sondern wird als Tatverdächtiger verhört? Können Sie sich vorstellen, wie das ist?«

»Nein, kann ich nicht. Aber wir sitzen nicht hier, um Gefühle zu erörtern, sondern um die Morde aufzuklären.«

Plötzlich lachte Gordan hysterisch auf. »Ja, dann würde ich an Ihrer Stelle diesen Mörder suchen. Ich! Bin! Es! Nicht! Ich habe Luka nicht getötet, nicht Damjan und meine Frau schon gar nicht. Meinetwegen sitzen wir nächstes Jahr noch hier. Aber dieser Psychopath wird immer weitermorden, und was machen Sie? Wir sitzen hier und verschwenden wertvolle Zeit.« Dann schrie er heraus: »Ich war es nicht!«

Sandras Handy klingelte. Sie zog es aus der Hosentasche und blickte auf das Display. Unbekannte Nummer. »Horvat«, meldete sie sich gereizt.

»Guten Tag, liebe Frau Horvat.«

»Wer ist da?«

»Nada Kinkela.«

»Ja?«

»Ich habe Ihnen etwas zu sagen, und ich glaube, es könnte vielleicht wichtig sein.«

»Und was?«

»Sie sind normalerweise sehr nett, aber jetzt sind Sie ziemlich kurz angebunden.«

»Ich befinde mich gerade mitten in einem Verhör.«

»Ja, ich weiß, dass Sie Gordan verhören. Es fällt mir schwer zu glauben, dass er das gewesen sein soll. Aber das ist nicht der Grund, weshalb ich anrufe. Wissen Sie, Inspektor Horvat, meine Pistole ist gestohlen worden. Letzte Nacht ist jemand durchs Kellerfenster eingestiegen, ist ins Wohnzimmer rauf, hat die Schublade aufgebrochen und hat die Pistole gestohlen.«

Auch das noch, dachte Sandra, sprach es aber nicht aus.

»Das ist so ein furchtbarer Gedanke für mich, dass jemand in meinem Haus war, während ich schlief.«

»Das glaube ich Ihnen sofort.«

»Tja, jetzt kann ich mich gar nicht verteidigen, wenn noch jemand einbricht.«

»Ich schicke gleich ein paar Beamte zu Ihnen, um nach Spuren zu suchen. Bleiben Sie also bitte zu Hause.«

»Selbstverständlich.«

Während Sandra ihr Handy wieder in die Hosentasche steckte, berichtete sie, weshalb Nada angerufen hatte.

»Scheiße«, kommentierte Zelenika, »jetzt hat der Verrückte auch noch eine Knarre.« Er wandte den Kopf zu Gordan. »Was wissen Sie darüber?«

Gordan funkelte ihn an. »Einen Scheißdreck weiß ich darüber. War das jetzt deutlich genug? Haben Sie es endlich gerafft? Ich habe keine verfickte Ahnung, wer der Mörder und Waffendieb ist! Ich kann es auch gerne noch hundertfünfzig Mal sagen, bis es bei Ihnen ankommt.«

Zelenika sah ihn von oben bis unten an, dann sagte er: »Und Sie haben keine Ahnung, wer dahintersteckt?«

»Nein, habe ich nicht! Wie soll ich begreifen, dass Daria tot ist? Sie war immer kerngesund. Ich würde gerne sagen: ›Fragen Sie ihren Hausarzt‹, aber sie hatte gar keinen, weil sie nie zum Arzt musste. Sie hatte nicht einmal eine Erkältung.«

Tamara riss die Tür auf. »Inspektor Horvat? Telefon. Mirta Car.«

»Das gibt's doch nicht«, fing Mandić an zu schimpfen, »ist die denn verrückt geworden? Haben Sie ihr nicht gesagt, dass wir im Augenblick Besseres zu tun haben, als Interviews zu geben?«

Tamara klimperte ein paarmal mit den Augen, während sie ihren Chef ansah. »Natürlich habe ich das gesagt! Sie will unbedingt Horvat sprechen. Es ist sehr wichtig, sagt sie.«

Mandić nahm einen so tiefen Atemzug, dass sich sein Brustkorb wölbte. »Gehen Sie, Horvat. Wimmeln Sie sie ab.«

Sandra ging zu Tamaras Schreibtisch, nahm das Telefon und ging damit in den Wartebereich, der gerade leer war. Grußlos stieg sie ein: »Was ist denn, Marta? Ich bin gerade in einem wichtigen Verhör.«

»Ich habe hier das Foto von Daria Dedić vorliegen.« Wie es aussah, hatte Marta ebenfalls beschlossen, keine Zeit auf Floskeln zu verwenden.

»Und?«, fragte Sandra ungeduldig.

»Ich habe Ihnen doch gesagt, dass ich vom Auto aus durchs Fernglas gesehen habe, wie Dedićs Frau ins Zimmer kam und er sie wütend von sich gestoßen hat.«

»Ja.«

»Ich habe einfach angenommen, dass es seine Frau war. Aber die Frau, die ich gesehen habe, sah anders aus. Wie groß war Daria Dedić eigentlich?«

»Mittelgroß, so einsfünfundsechzig oder etwas größer.«

»Und wie groß ist Gordan Dedić?«

»Etwa einsachtzig.«

»Aha. Dann war die Frau, die ich gesehen habe, auch etwa einsachtzig, die beiden waren nämlich gleich groß, und sie war jünger als Daria und hatte hellere Haare.«

Tilda? Die Beschreibung passte auf Tilda! Gordan und Tilda hatten ein Verhältnis?! Oder wollte sie ihn einfach nur trösten, weil Damjan gestorben war?

»Als er die Frau weggestoßen hat, Marta, geschah das entrüstet und verstört, weil sie ihn küssen wollte – oder eher unbeherrscht und zornig, weil er die Situation gerade nicht wollte oder *nicht mehr* wollte?«

»Jebi ga[31], Sie fragen vielleicht Sachen.«

»Gut, ich formuliere es anders. Hatten Sie den Eindruck, er war schockiert darüber, dass sie ihn küssen wollte? Oder war es eher so, dass er genervt von ihr war und eine Affäre beendet wissen wollte?«

»Ich würde sagen, eher das Zweite. Er kam mir nicht überrascht vor, dass sie sich ihm näherte, sondern schien sich bedrängt zu fühlen.«

»Okay, Marta. Danke, dass Sie mir das erzählt haben. Ich bin ab übermorgen in Urlaub, aber ich sage Milić, dass er Sie mit oberster Priorität behandeln soll.«

»Äh, ja, danke.«

»Sie haben sich ja gestern Abend getroffen. Ich hatte bisher keine Gelegenheit, Milić danach zu fragen. Waren Sie zufrieden?«

»Wie bitte?«

»Mit den Informationen?«

»Den Informationen, ja, ja. Sehr zufrieden. Danke. Ich muss mich jetzt wieder an die Arbeit machen. Bis bald und schönen Urlaub.« Klick.

Sandra starrte das Telefon an. »Ach, so ist das.« Sie grinste.

Sandra schloss die Tür hinter sich, setzte sich Gordan gegenüber und fragte geradeheraus: »Sie haben eine Affäre mit Tilda Medica?«

Alle richteten ihre Blicke auf den erstarrten Gordan.

31 »Fuck it«

»Eine Affäre?«, flüsterte er verwirrt. »Wir hatten keine Affäre.«

Sandra verschränkte ihre Finger. »Herr Dedić, Sie wurden beobachtet, wie Tilda Sie küssen wollte und Sie Tilda zurückstießen. Aber nicht etwa, weil Sie entrüstet darüber waren, sondern weil sie Ihnen auf die Nerven ging.«

Gordan senkte den Kopf, dann setzte er sich gerade hin und sagte mit klarer Stimme: »Vor ein paar Wochen saßen Tilda, Diki und ich noch spätabends draußen auf der Bank, wie so oft. Diki sagte, sie wäre müde und ginge jetzt ins Bett. Tilda und ich blieben noch sitzen, unterhielten uns über Seelenverwandtschaft und Karma. Tilda sagte, dass sie ein Band zwischen uns beiden spürte, und dass wir zusammengehörten. Sie können mich meinetwegen für beschränkt halten, aber ich habe das auf freundschaftlicher Ebene verstanden, deshalb habe ich ihr das auch bestätigt. Sie küsste mich, und ich ließ es geschehen, weil es mich so überraschte und ich deshalb wie paralysiert war. Jedenfalls hat sie das anders verstanden. Bei jeder Gelegenheit, wenn wir alleine waren, erzählte sie, dass das Schicksal uns zueinander geführt habe.«

Zelenika sah ihn abfällig an. »Tss, sie ist achtzehn und Sie siebenundzwanzig, das ist doch widerlich.«

»Was?«, rief Gordan.

»Na ja«, lenkte Milić ein. »Übertreiben müssen wir es auch nicht, Zelenika. Es ist ja nicht so, dass sie fünfzehn und er fünfzig ist.«

»Ich bin ihr aus dem Weg gegangen«, erzählte Gordan weiter, »aber ich habe gemerkt, dass sie sich in mich verliebt hat.«

»Hmm, das ist ja noch kein Verbrechen«, sagte Mandić.

»Natürlich nicht«, pflichtete Gordan ihm bei, »aber das Ganze entwickelte sich bei ihr zu einer fixen Idee. Doch dann kam sie langsam wieder zur Vernunft, sagte, sie würde warten, bis ich diese Liebe ebenfalls spüren würde – und wenn nicht, dann sei es eben so. Aber als Damjan tot war, wollte sie mir wieder näherkommen, doch ich habe gesagt, sie soll das lassen, denn ich liebe meine Frau.«

Sandra blickte zu ihren Kollegen. »Zelenika und Milić, unsere Leute sollen zu Nada Kinkela fahren. Möglicherweise finden sich Spuren des Einbruchs. Ihr fahrt ebenfalls nach Malnari, nehmt Tilda von dort mit und bringt sie hierher. Ich würde gerne heute noch mit ihr sprechen. Und wir beide, Sedlar, fahren zu Tildas Vater.«

»Warum?«, fragte Sedlar.

»Das Mädchen ist total alleingelassen und traumatisiert. Sie sagt, ihr Vater sei schlimm. Ich weiß ja nicht, aber vielleicht hatte er einen Hass auf Damjan, weil Tilda bei ihm lebte und nicht zu Hause bei ihm. Ich will mir einfach ein Bild von dem Mann machen. Außerdem ist zu erwarten, dass Tilda zu ihm geht, nachdem ich alle gebeten habe, das Haus zu verlassen. Dann kann ich mir gleich ihre Version dieser Affäre anhören. Mal sehen, ob sie es genauso sieht wie Sie, Herr Dedić.«

23

Sedlar bot an zu fahren, aber Sandra lehnte ab. Volosko lag ein paar Kilometer von Rijeka entfernt. Sie fuhren in nordwestlicher Richtung aus der Stadt raus, auf der Liburnijska Richtung Opatija. Die Strecke fand Sandra angenehm zu fahren, weil das üppige Grün genügend Schatten spendete. Inmitten dichter Bäume und wildem, teilweise rotem Karst.

Wenige Kilometer vor Opatija bog Sandra nach links ab und schlängelte sich bergab durch die Straßen, wie in einer Schleife. Von der Črnikovića kam sie auf die Obala[32] Frana Supila, auf der sie in unmittelbarer Nähe zum Meer fuhr, das sich zu ihrer Linken ausbreitete. Sie fuhr noch ein Stückchen weiter, bis sie einen kleinen Parkplatz am Ufer erreichte. Sie stiegen aus, und Sandra sah sich um. Für ein altes, kleineres Fischerstädtchen gab es eine relativ große Marina.

»Wir müssen landeinwärts, in die Siedlung«, sagte Sandra, »aber falls Sie mal Lust haben, auf dem Lungomare spazieren zu gehen: Hier fängt er an und verläuft über Opatija bis nach Lovran. Allerdings kann das hin und zurück den ganzen Tag dauern, weil er zwölf Kilo-

32 Küste/Ufer

meter lang ist. Dafür ist es wunderschön, immer am Meer entlang.«

»Vielleicht komme ich darauf zurück.«

Sie gingen an einer caffe bar vorbei, vor der Einheimische und Touristen saßen und sich die Sonne des späten Nachmittags auf die Haut scheinen ließen. Eine Frau sagte auf Englisch gerade etwas zu ihrem Mann. Sie war krebsrot, und zwischen dem Rundhalsausschnitt ihres T-Shirts und ihrem Hals zog sich ein knallweißer Streifen von einem Bikinioberteil. Komisch, dachte Sandra, dass die Nord- und Mitteleuropäer immer noch nicht begriffen hatten, dass man sich nicht in der Mittagshitze aalen sollte.

Als sie endlich die gesuchte Adresse erreicht hatten, standen sie vor einem mittelgroßen Haus, dessen Garten und Terrasse gepflegt waren. Das Haus war weiß getüncht, mit grünen Fensterläden und einer ovalförmigen grünen Eingangstür. Sie klingelten mehrmals, aber es öffnete niemand. »Verdammter Mist«, fluchte Sandra leise.

»Vielleicht ist er beim Einkaufen?«

»Kann sein. Wir warten. Sehen wir uns ein bisschen um.«

Sie gingen nach links ums Haus herum. Die Fenster zweier Zimmer standen weit geöffnet.

»Na so was«, wunderte sich Sedlar, »man geht doch nicht weg und lässt die Fenster offen stehen.«

Als sie an das erste der beiden Fenster kamen, warf Sandra einen Blick hinein. »Das scheint das Schlafzimmer des Vaters zu sein. Doppelbett, ältere Fotos ...«

Sedlar schaute ihr über die Schulter. »Sehen Sie mal auf die Fotos«, sagte er dann. »Auf denen, wo Tilda drauf ist, ist sie nur als Kind, bis etwa zwölf, dreizehn Jahre. Es gibt kein aktuelles Foto.«

»Ja. Aber das muss nichts bedeuten.«

Das Fenster daneben ließ den Blick auf ein Zimmer frei, das nur Tildas sein konnte. »Es ist kein typisches Kinderzimmer«, überlegte Sandra laut, »aber trotzdem sieht man, dass es ihres ist. Auch hier gibt es eine Hängematte, wie in Malnari, Bücher über Forensik und Karma …«

»Lassen Sie uns mal sehen, ob der Vater nicht vielleicht hinter dem Haus ist.«

Sandras Handy klingelte. Es war Zelenika, der berichtete, dass Tilda bereits fort war. »Sie hat eine Adresse dagelassen, ein Hostel am Belveder. Ich habe dort angerufen, aber sie haben niemanden unter dem Namen Tilda Medica. Ich habe schon veranlasst, dass die Kollegen dem Hostel ein Foto rüberschicken. Falls Tilda eintrifft, sollen sie mich gleich anrufen, ohne ihr etwas davon zu sagen. Na ja, sicher ist sicher, denke ich.«

»Alles klar, Zelenika.« Sandra berichtete Sedlar, was Zelenika gesagt hatte, dann gingen sie weiter, und noch bevor sie Tildas Vater entdeckten, hörten sie das Geräusch von Holzhacken. Er stand mit dem Rücken zu ihnen. Die Ärmel des rotblau-karierten Hemdes hatte er hochgekrempelt, seine Jeans war abgetragen und schmutzig. Er trug schwarze Badeschlappen, die ebenfalls zerschlissen wirkten. Sein Haus hielt er offensichtlich gut instand, doch bei sich selbst war er etwas nachlässig.

»Tomislav Medica?«, rief Sandra.

Erschrocken ließ der Angesprochene die Axt fallen, mit der er gerade zu einem Schlag ausgeholt hatte. Sie fiel auf den Boden, und es gab ein lautes Geräusch, als sie auf den Mosaiksteinplatten aufschlug. Tomislav Medicas Augen waren aufgerissen, als er fragte: »Wer sind Sie?« Sandra schätzte ihn auf Anfang bis Mitte vierzig, aber in seinem Gesicht lagen schon tiefe Furchen. Es hatte diesen sorgenvollen und traurigen Ausdruck, den Sandra schon häufig gesehen hatte.

»Kriminalpolizei Rijeka.« Sie hielt ihm den Ausweis hin. »Ich bin Inspektor Sandra Horvat, das ist mein Kollege Danijel Sedlar. Wir müssen mit Ihnen sprechen.«

Der Mann bückte sich seelenruhig nach seiner Axt, hob sie auf und legte sie behutsam auf den Baumstumpf. »Kriminalpolizei?«

»Wir ermitteln in einem Mordfall, und manchmal müssen wir eben auch mit Leuten sprechen, die uns eventuell kleine Informationen geben können, um alle Puzzleteile zusammenzufügen. Wir haben Ihre Tochter Tilda kennengelernt, und sie ist ein nettes Mädchen, Herr Medica. Wir haben erfahren, dass sie eine Verbindung zu einem Mann hatte, der in unseren Fokus gerückt ist. Vielleicht wissen Sie etwas darüber?«

Tomislav Medica sah verwirrt aus. »Gehen wir ins Haus.« Er ging voran, durch die geöffnete Haustür, und führte sie ins Wohnzimmer. Nachdem er ihnen einen

Platz angeboten hatte, nahm er ein großes altes Handtuch und breitete es auf der Couch aus, um sich draufzusetzen. Ungewöhnlich für einen Mann, überlegte Sandra, dass er so darauf achtete, die Couchpolster nicht schmutzig zu machen. Trotzdem herrschte hier keine zwanghafte Ordnung wie bei Danica Petrinac, sondern eher eine legere Sauberkeit.

Sandra erforschte das Gesicht von Tildas Vater. Er musste einmal ein gut aussehender Mann gewesen sein, ovales und feingeschnittenes Gesicht mit strahlend blauen Augen. Aber Sandra hatte die Vermutung, dass er nicht oft lächelte.

»Was ist denn das für ein Mordfall, in dem Sie ermitteln?«, wollte Tomislav Medica wissen.

»Es geht um den Mord an Damjan Martinović, den Wunderheiler. Nun ist ein weiteres Opfer hinzugekommen, Daria Dedić. Wir vermuten zudem, dass es noch einen Mordfall gab, der weiter zurückliegt. Der Name des dritten Opfers war Luka Frlan. Alle drei lebten im selben Haus in Malnari bei Crikvenica. In diesem Haus lebt auch Ihre Tochter Tilda.«

»Was?« Tomislav Medica wich zurück. »Sie soll sofort nach Hause kommen!«

Sandra nickte. »Das wird sie vermutlich. Ich habe alle Bewohner aufgefordert, dieses Haus zu verlassen. Sie hat eine Adresse eines Hostels dagelassen, aber möglicherweise überlegt sie es sich anders und kommt nach Hause.«

Tildas Vater nickte, als wolle er sich dies selbst bekräftigen.

»Herr Medica, hat Tilda einen gewissen Gordan erwähnt?«

»Nein, der Name sagt mir nichts.«

»Wann haben Sie Tilda das letzte Mal gesehen?«

»Vor sechs Monaten.«

»Sie hatten in dieser Zeit keinerlei Kontakt?«

Traurig schüttelte er den Kopf. »Ich wusste ja nicht, wo sie war.«

»Wie kommt das?«

»Wir haben jeden Tag gestritten. Diese abgehobenen Ideen, die sie hat. Karma und spirituelle Welt, damit kann ich nichts anfangen. Ich bin Katholik.«

»Ja, ich verstehe, Herr Medica. Aber sie ist doch auch ehrgeizig und möchte studieren.«

Ein Lächeln stellte sich auf seinem Gesicht ein, verschwand aber schon in der nächsten Sekunde. »Klug war sie schon immer, war immer Klassenbeste. Na ja, Freunde hatte sie kaum, weil sie eben immer ein bisschen anders war, viel weiter als ihre Klassenkameraden. Das machte die anderen Kinder neidisch.«

Sandra legte sich die nächste Frage zurecht. »Hatte sie mal einen Freund oder einen Schwarm, auf den sie sich emotional stark einließ? Einen ... Seelenverwandten, auf den sie fixiert war?«

Medica schüttelte den Kopf. »Nein, sie hatte nie einen Freund, ging auch nicht aus, war immer in ihrem Zimmer und hat gelesen oder gelernt.«

»Dürfen wir uns Tildas Zimmer mal ansehen?«

»Von mir aus.«

Sandra und Sedlar standen vor dem Bücherregal in Tildas Zimmer. Plötzlich sprang Sandra ein Buch ins Auge, das sie vorhin, beim ersten Blick ins Zimmer, nicht gesehen hatte: Giftpflanzen. Neben den Büchern über Forensik und Anatomie fand sich ein Buch über Tötungsarten und Mörderprofile auf Englisch. »Tilda las auch auf Englisch?«, fragte Sandra den Vater, der an der Zimmertür stehen geblieben war.

»Ja, in Englisch war sie ein As. Bei den Filmen hat sie die kroatischen Untertitel irgendwann gar nicht mehr gelesen, weil sie von klein auf so ehrgeizig war, diese Sprache zu lernen. Ihr Traum war es, in Amerika zu studieren, aber das können wir uns nicht leisten.«

Sedlar zog ein altmodisches Fotoalbum aus dem Regal. Ungewöhnlich, überlegte Sandra, dass ein so junges Mädchen ein so antiquiertes Fotoalbum besaß. Sedlar schlug es auf, und während er darin blätterte, kam immer dasselbe zum Vorschein: Damjan und nichts als Damjan. Ausgeschnittene Berichte aus Zeitungen und Zeitschriften, mal kleiner, mal größer. Sandra und Sedlar warfen sich einen Blick zu. Es war offensichtlich, dass Tilda gelogen hatte, als sie sagte, sie habe zufällig weinend vor Damjans Büro gesessen. Das war alles andere als zufällig gewesen. Sedlar klappte schweigend das Fotoalbum zu und stellte es zurück ins Regal.

Sandras Blick wanderte zu den Fotos, die an der Wand hingen. Sie entdeckte keines, auf dem Tilda mit einer Freundin oder einem Freund drauf war. An einem Foto blieb sie hängen. Tilda und ihr Vater saßen auf einer Hollywoodschaukel, Tilda in der Mitte, links neben ihr der Vater und rechts eine fettleibige Frau. Auf diesem Foto war Tilda schätzungsweise zwölf oder dreizehn. »Wer ist das?«, fragte Sandra und zeigte auf die Frau.

»Meine verstorbene Frau, Tildas Mutter.«

Tilda hatte gesagt, dass ihre Mutter gestorben war, als sie noch klein war und sie sich kaum an sie erinnern konnte!

»Wie alt war Tilda, als ihre Mutter starb?«

»Vierzehn.«

»Wie ist Ihre Frau gestorben?«

»Sie ist ertrunken.«

»War Tilda dabei?«

»Ja.« Bei dem Gedanken schloss Medica betroffen die Augen. »Wir waren am Strand. Ich bin zurück, weil ich nicht sicher war, ob ich das Auto abgeschlossen hatte. Als ich wiederkam, zog Tilda sie gerade aus dem Wasser. Meine Frau hatte einen Krampf im Bein, außerdem war sie keine gute Schwimmerin. Tilda kam zu spät. Es war furchtbar für das Kind. Sie hat den Tod ihrer Mutter mit angesehen.«

Sandra sah ihn an und versuchte ein verständnisvolles Lächeln. »Ja, sehr traumatisch für ein so junges Mädchen. Hat sie … noch andere Menschen verloren?«

Tomislav Medica nickte. »Ihre Nona. Sie war ein Pflegefall. Aber es hat Tilda viel bedeutet, dass ihr Gesicht das Letzte war, das ihre Nona im Leben sah. Tilda hat ihr abends noch einen Gutenachtkuss gegeben. Als ich am nächsten Morgen ins Zimmer kam, war sie tot.« Seine Lippen zitterten bei der Erinnerung. »Es roch nach Urin, meine arme Mutter hatte ins Bett gemacht, wahrscheinlich im Augenblick ihres Todes.«

Sandra wusste, dass Menschen, die gewürgt oder erstickt wurden, häufig urinierten. »Was hat der Arzt festgestellt?«, fragte sie. »Altersschwäche?«

»Herzversagen.«

Sandra nickte. Sie wollte mit Sedlar alleine sprechen, deshalb fragte sie Tildas Vater: »Herr Medica, wäre es anmaßend, Sie zu bitten, uns einen Kaffee zu machen?«

»Was? Kaffee?«, stotterte er geistesabwesend. »Nein, nein, kein Problem.« In gebückter Haltung machte er sich auf den Weg in Richtung Küche.

In diesem Augenblick klingelte Sandras Handy. »Ja, Perica?«

»Horvat, erwarten Sie bitte keine weltbewegenden Neuigkeiten.«

»Deshalb rufen Sie mich an?«

»Ich habe bei der Untersuchung von Daria Dedić etwas entdeckt.«

»Und was?«

»Warum flüstern Sie?«

»Ich kann nicht lauter sprechen. Was haben Sie entdeckt, Perica?«

»Die Untersuchung des Mageninhalts hat nichts ergeben, dabei habe ich auch den Toxikologen hinzugezogen, in Gedanken an diesen Selbstmordbaum. Leider hat auch der Ultraschall keine Auffälligkeiten gezeigt. Auch fand sich nichts zwischen den Zähnen, was auf die Frucht hindeuten könnte. Davon abgesehen hätte sie gelitten, und das hätten die Hausbewohner sicher mitbekommen. Es fanden sich keine verdächtigen Fasern, ein Ersticken ist demzufolge unwahrscheinlich. Das Opfer hatte auch keine Gewebespuren unter den Fingernägeln, was darauf schließen ließe, dass sie sich gewehrt hat und mit dem Mörder in Berührung kam.«

Sandra seufzte. »Das heißt, Sie haben nichts gefunden.«

»Doch. Ich habe zwei Einstichlöcher in der rechten Armbeuge entdeckt.«

»Könnte sie drogensüchtig gewesen sein?«

»Nein, sieht nicht danach aus.«

»Was vermuten Sie?«

»Nun ja, es wurde ihr in dieser Nacht etwas gespritzt. Die Frage ist, was? Es muss etwas sein, das zum Tode führt, aber sich nicht nachweisen lässt. Möglicherweise … nun … Wissen Sie, ob jemand aus dem näheren Kreis des Opfers als Arzt, Krankenschwester oder Pfleger tätig ist? Hat jemand Zugang zu Medikamenten?«

Nun flüsterte Sandra noch leiser, obwohl Medica lautstark in der Küche herumhantierte. »Ich weiß, wer Praktika in Kliniken und Tierkliniken absolviert hat. Tilda Medica.«

»Ist das die große junge Frau mit langem Haar?«

»Ja.«

»Nun, ich könnte mir nämlich vorstellen, dass Frau Dedić Succinylcholin gespritzt wurde, und zwar ziemlich viel, zwei Spritzen davon. Nachweisen kann man es nicht.«

»Was ist das überhaupt?«

»Ein muskellähmendes Mittel aus der Anästhesie, das bei Operationen einleitend oder unterstützend verwendet wird.«

»Aber würde man davon nicht aufwachen?«

»Wenn das Opfer tief schläft und der Täter die Injektion geschickt setzt, dann wacht man davon nicht auf.«

»Danke, Perica.«

»Bitte. Ich melde mich, falls sich weitere Erkenntnisse ergeben sollten.« Sandra drückte den roten Knopf auf ihrem Gerät, dann erzählte sie Sedlar leise, was Perica berichtet hatte.

Sedlar schüttelte ungläubig den Kopf. »Es ist schwer zu glauben, dass Tilda auch mit dem Tod ihrer Mutter und Großmutter etwas zu tun hat.«

»Ja, ich weiß.«

»Aber es sterben einfach zu viele Menschen aus ihrem Umfeld, um an Zufall zu glauben. Warum hoffe ich nur, dass sich alles auflösen wird und Tilda nichts damit zu tun hat?«

Sandra lächelte ihn verständnisvoll an. »Weil Sie sie mögen. Erinnern Sie sich an unser Gespräch, als Sie gerade ganz neu zu uns gekommen waren? Sie waren erbarmungslos in Ihrer Theorie über Mörder. Tja, Sedlar. Manchmal ist es eben nicht ganz so einfach, sie zu hassen.«

Sedlar sah ihr in die Augen, dann sagte er: »Vielleicht.«

Tomislav Medica brachte den Kaffee und zwei Gläser Wasser. Er stellte das Tablett auf dem Nachtkästchen ab.

»Das ist sehr freundlich von Ihnen, vielen Dank«, sagte Sandra.

»Wissen Sie, ich hab einen Haufen Arbeit«, begann Tildas Vater. »Ich weiß ja nicht, was Sie noch vorhaben hier ...«

»Wir würden sehr gerne mit Tilda sprechen. Und wir glauben, dass sie hierher kommt. Sie könnte uns für die Ermittlungen ein paar wertvolle Informationen geben, besonders über Gordan Dedić, der unter Verdacht steht, etwas mit den Morden zu tun zu haben. Tilda kannte ihn recht gut. Haben Sie etwas dagegen, wenn wir hier unseren Kaffee trinken und ein bisschen in diesen interessanten Büchern blättern?«

Tomislav Medica sah sie verständnislos an. »Machen Sie nur. Haben Sie vielleicht Tildas Handynummer? Dann könnte ich sie anrufen und bitten, nach Hause zu kommen.«

»Niemand von den Bewohnern in Malnari besitzt ein Handy, zumindest nicht offiziell.«

»Wieso denn?«

»Weil Damjan Martinović das nicht wollte, und sie alle haben sich daran gehalten.«

In einem kurzen Anflug von Verärgerung presste Medica die Lippen aufeinander. »Hm. Was *ich* gesagt habe, das hat Tilda nie interessiert. An *meine* Anweisungen hat sie sich nie gehalten.« Mit schweren Schritten ging er aus dem Raum. Sie hörten, wie er in der Küche anfing, das Geschirr zu spülen.

24

Mit den Kaffeetassen in der Hand saßen sie am Fußende von Tildas Bett. »Ich frage mich nur«, begann Sandra leise, »wann wir erfahren werden, wie es sich mit Luka Frlan und Daria Dedić genau zugetragen hat.«

»Sie glauben, dass Tilda nicht gestehen wird?«, flüsterte Sedlar.

»Doch, früher oder später. Irgendwann wollen sie alle darüber sprechen, selbst über Morde, die ihnen nicht nachgewiesen werden konnten. Dann erzählen sie eben ihrem Zellennachbarn, wie sie mit einem ihrer Morde davongekommen sind. Leute, die nie im Gefängnis waren, erzählen es irgendwann einem Angehörigen oder guten Freund, wie sie das perfekte Verbrechen begangen haben.« Sie schüttelte den Kopf. »Warum wirft ein so junger und intelligenter Mensch sein Leben weg?«

»Tilda ist sehr krank, Horvat.«

»Was Sie nicht sagen.«

»Was, wenn sie nicht auftaucht? Werden wir die ganze Nacht hier sitzen?«

Sie zuckte die Schulter. »Wenn's sein muss.«

Sedlar nahm ihr die leere Tasse aus der Hand und stellte beide Tassen auf das Tablett. »Dürfen wir schlafen?«

»Natürlich nicht!«, zischte sie leise.

»Das war ein Scherz.«

»Zum Glück.«

»Ich kann mir gar nicht vorstellen, dass Sie ab übermorgen für zwei Wochen weg sind.«

»Wollen wir's hoffen. Falls Tilda uns nicht vorher mit der Hitlerwaffe abknallt.«

Sedlar lachte leise in sich hinein. »Das war jetzt wirklich rabenschwarzer Humor.« Er hörte zu lachen auf, dann flüsterte er: »Ich will nicht klingen wie ein Schleimer, aber Sie sind wirklich ein Vorbild für mich. Ich meine, jeder hat wohl seine eigenen Methoden. Zelenika und Milić arbeiten unterschiedlich und wiederum ganz anders als Sie. Sie sind nur dann brüsk und autoritär, wenn es erforderlich ist, und wenn Sie es tun, dann wirkt es. Das ist die perfekte Dosierung, finde ich. Ich habe gemerkt, dass die Leute Ihnen ... ja, ich will fast sagen, dass die Leute Ihnen vertrauen. Früher habe ich nie darüber nachgedacht, aber jetzt glaube ich immer mehr, dass hier womöglich der Schlüssel liegt. Sie versuchen nicht, wie ein Kerl rüberzukommen. So wie Sie sind, sind Sie perfekt.«

»Sedlar, irgendwie habe ich das dumpfe Gefühl, dass Sie wieder mit mir flirten. Das ist ein verdammt schlechter Zeitpunkt.«

»Irgendwie müssen wir doch die Zeit rumkriegen, und wenn das Problem nur im ungünstigen Zeitpunkt liegt, dann ...«

»Das tut es nicht!«

»Ich finde, wir sollten uns mal privat treffen. Wir

könnten ... Enten füttern gehen oder uns händchenhaltend von der Brücke stürzen.«

»Was?«

»Bungeejumping.«

»Ich denke, man sollte Sie in eine kleine Dorfgemeinde versetzen lassen. Außerdem bin ich sechs Jahre älter als Sie. Scheiße, worum geht es hier eigentlich?«

»Sechs Jahre? Ich bin schockiert. Ich gehe nur Enten füttern mit Frauen, die höchstens dreißig Tage jünger oder älter sind.«

Sandra rollte mit den Augen. »Pardon, aber Sie sind ein Idiot.«

»Ja, aber ich bin klug, interessant und attraktiv.«

Sandra sah ihn an, dann musste sie lachen.

»Wissen Sie was, Horvat?«, fuhr Sedlar fort. »Zelenika und Milić stören irgendwie. Ständig sind sie da. Ich finde, wir sollten sie beseitigen und das jemand anderem in die Schuhe schieben.«

Sie schüttelte den Kopf über ihn, konnte sich aber ein Schmunzeln nicht verkneifen.

Das Öffnen der Haustür war zu hören, dann Schritte. »Tata? Bist du zu Hause?«

Sandra und Sedlar sprangen auf, und Sandra machte eine Handbewegung, um ihm zu verstehen zu geben, dass sie sich hinter die Tür stellen sollten. Tildas Stimme kam immer näher. Die Schritte waren jetzt genau neben ihnen im Flur. Sie ging weiter. Sandra spähte durch den Türschlitz. Tilda war nicht bewaffnet. Ihre linke Hand war leer, in der rechten trug sie eine große Leinentasche. Sie ging aus dem Flur in die Küche.

»Sie ist nicht bewaffnet«, flüsterte Sandra ihrem Kollegen zu.

»Tata, da bist du ja. Warum meldest du dich nicht, wenn ich dich rufe?«

»Ich bin so froh, dass du hier bist, Tilda«, hörten sie Tomislav Medica fröhlich sagen. Er lachte. »Da hat es mir glatt die Sprache verschlagen. Ach ja, zwei Leute von der Polizei sind hier.«

Sandra und Sedlar liefen aus dem Zimmer in Richtung Küche. Tilda stand mit dem Rücken zu ihnen und hielt immer noch die Leinentasche in der Hand. »Polizei?«, kam es gerade erschrocken von ihr.

Tomislav Medica wandte den Blick von seiner Tochter auf Sandra, als sie zusammen mit Sedlar die Küche betrat.

Tilda drehte in Zeitlupentempo den Kopf und sah die Beamten an. Ihr Gesicht war ausdruckslos. Sie wich ein paar Schritte zurück.

»Hallo, Tilda.« Sandra versuchte, möglichst unbeschwert zu klingen. »Wir sind hier, weil wir Ihre Hilfe brauchen. Wir möchten Ihnen auf dem Präsidium ein paar Fragen stellen.«

»Was denn für Fragen?« Tilda klang, als wäre sie ganz woanders, abwesend und leicht benebelt.

»Ach, nur ein paar Dinge über Damjan, Gordan und so weiter. Sie würden uns sehr helfen, wenn Sie mitkämen, Tilda, dann haben Sie es heute noch hinter sich und können nach Hause gehen. Sedlar, rufen Sie doch schon mal die Streife.«

Sedlar zog sein Handy hervor und wählte.

Tilda hob die Leinentasche nach oben und hielt sie sich an die Brust.

»Was haben Sie da in der Tasche, Tilda?«

»Nichts.«

Sandra hörte, wie Sedlar die Adresse an die Kollegen durchgab.

»Was ist in der Tasche?«

»Was soll denn da sein?«

»Stellen Sie die Tasche auf den Boden, Tilda!«

»Inspektor Horvat«, lächelte diese ganz entspannt, »kein Grund sich aufzuregen.« Sie hielt mit einer Hand die Tasche fest, und mit der anderen langte sie jetzt hinein.

In Sekundenschnelle griff Sandra unter den Blazer nach ihrer Waffe, zog sie aus dem Halfter und entsicherte sie. Die Mündung zielte auf Tilda. »Stellen Sie sofort die Tasche auf den Boden, und ziehen Sie langsam Ihre Hand heraus, ganz langsam!«

»Was tun Sie?«, rief der Vater. »Tilda, sag doch einfach, was du in der blöden Tasche hast.«

Tilda zog langsam ihre Hand aus der Tasche.

»Tilda! Sie sollen die Tasche erst auf den Boden …«, schrie Sandra.

Nada Kinkelas Walther PPK kam zum Vorschein, die Mündung zeigte zur Seite. Tilda hielt die Waffe an sich gepresst wie einen lieb gewordenen Gegenstand. Das Mädchen bewegte sich keinen Zentimeter mehr. »Es ist ein Geschenk des Himmels, dass Sie hier sind. Und wissen Sie, warum? Sie werden mich nämlich erschießen, dann brauche ich es nicht selbst zu tun.«

Sandras Herz klopfte plötzlich wie verrückt.

Sedlar stand wie angewurzelt neben ihr. Tildas Vater war nicht imstande sich zu bewegen, stand traumatisiert und mit offenem Mund da und war nur noch sein eigener Schatten. »Tilda, was …«, kam es stockend von ihm.

»Haben Sie schon mal auf jemanden geschossen, Inspektor Horvat?«, fragte Tilda kühl.

»Ja.«

»Haben Sie schon mal jemanden erschossen?«

»Nein, Tilda, bitte«, fing Sandra an, beruhigend auf die junge Frau einzureden, »ich gebe Ihnen mein Wort, dass ich mich persönlich dafür einsetzen werde, dass Sie die bestmögliche Hilfe bekommen.«

Tilda sah sie mitleidig an. »Hilfe? Die bestmögliche Hilfe bekomme ich von meinen spirituellen Führern, aber bestimmt nicht hier auf Erden im Irrenhaus.«

»Es gibt längst keine Irrenhäuser mehr, Tilda. Dort ist alles gut eingerichtet, und dort arbeiten hochqualifizierte Leute, die Ihnen helfen können.«

»Sag ihnen, dass du niemanden ermordet hast!«, schrie der Vater.

»Ich habe sie nicht ermordet, sondern erlöst.«

»Was redest du denn da?«

»Ich habe sie erlöst, von Bösartigkeit, Qualen oder Schuldgefühlen. Ja, ich gebe zu, dass jedes Mal auch ein wenig Eigennutz dabei war. Aber sie sind jetzt an einem besseren Ort und bekommen eine neue Chance. Ich weiß, dass du das nicht verstehst, Tata.«

Der Vater fing an zu weinen.

»Schsch, weine doch nicht. Ich habe ihnen geholfen, sich zu befreien. Ruža war voller Hass, besonders auf mich. Nona hat nur noch dahinvegetiert.«

»Und was ist mit den anderen, Tilda?«, fragte Sandra. »Ihren Freunden?«

»Warum versteht ihr das nicht? Luka hat so sehr gelitten unter seinen schweren Depressionen, nicht einmal Damjan konnte ihm helfen. Ich habe ihm einfach eine giftige Frucht in den Früchte-Milchreis gemischt. Dann hatte ich endlich ein Zimmer für mich alleine – und er hatte seinen Frieden. Und Damjan habe ich auch an einen besseren Ort geschickt, wo er jetzt befreit von seinen Schuldgefühlen lebt. Sie haben ihn völlig erdrückt.« Sie lächelte, als sie sagte: »Der Mord an ihm war einfacher als gedacht. Ich hörte durch das offene Fenster, wie Gordan ihm sagte, dass er sein Sohn sei und Damjan ganz wütend wurde. Er wollte ihn aus dem Testament streichen, aber wir brauchten doch das Geld, um neu anzufangen. Wir gehören nämlich zusammen, Gordan und ich.

Damjan war ganz überrascht, mich so früh anzutreffen. Ich sagte, ich wolle mit ihm zusammen meditieren, und er freute sich. Aber ich hätte meinen Ohrring verloren, log ich, da, am Rand des Abhangs. Er bückte sich ganz tief und suchte nach dem Ohrring. Da nahm ich Anlauf und stieß ihn hinunter. Er war viel kleiner und schwächer als ich. Er hat keinen Laut von sich gegeben. Ich glaube, es ist ein Mythos, dass Menschen schreien, wenn sie irgendwo hinuntergestoßen werden. Aber bei Daria habe ich meine Zweifel, ob ich damit nicht mein Karma beschädigt habe. Denn das war zu egoistisch, das gebe ich zu. Dafür werden sie mich bestimmt zur Rechenschaft ziehen.«

»Warum hast du es dann getan?!«, schrie Tildas Vater.

»Daria wollte weg mit Gordan. Der einzige Mensch, den ich je wirklich geliebt habe. Sie wollte auf und davon und ihn mir wegnehmen. Aber sie hat nicht verstanden, dass wir zusammengehören.« Sie sah Sandra in die Augen, und plötzlich nahm ihr Gesicht einen hasserfüllten Ausdruck an. »Ihr habt ihn mitgenommen, habt ihn mir einfach weggenommen!«

»Das mussten wir tun.«

Tildas Blick richtete sich auf die Mündung von Sandras Waffe. »Dabei weiß er von nichts, ist ganz unschuldig. Ich war es ganz alleine, bin in ihr Schlafzimmer, Gordan und Daria schliefen ganz fest. Ich habe ihr vorsichtig zwei Injektionen in den Arm verabreicht, ein Narkosemittel. Sie hat sich nur kurz bewegt, aber ist nicht aufgewacht. Das Mittel wirkt in weniger als einer Minute. Sie hat nicht gelitten, und jetzt ist sie mir vielleicht sogar dankbar. Vielleicht wird sie unter viel glücklicheren Umständen wiedergeboren, wer weiß. Aber jetzt habe ich Gordan nicht mehr. Das war keine gute Tat, mein einziger Fehler bisher. Ich war blind vor Liebe und habe nicht bedacht, dass Sie ihn verdächtigen würden. Menschen sterben manchmal, einfach so. Aber ich hätte wissen sollen, dass die Polizei das nicht glauben wird. Mein Leben hat ohne Gordan keinen Sinn mehr.«

»Was … was … meinst du denn damit?«, fragte ihr Vater weinend.

»Ich denke, ich sollte mich töten. In dieser Welt habe ich nichts mehr verloren. Aber in der spirituellen Welt werden sie mich verstehen. Dort lieben sie mich.«

»Was redest du da, Tilda?!« In der Stimme ihres Vaters lag pure Verzweiflung. »Warum bist du dann hergekommen, wenn du dich selbst töt …«

»Ist es nicht ein bemitleidenswertes und niederes Bedürfnis, dass ich es dir vorher erzählen wollte?«

»Warum?«

»Aber warum denn nicht? Du hast mich als Kind nicht vor dieser Hexe beschützt, die sich meine Mutter nannte. Du hast mich aus dem Haus gehen lassen, statt mich aufzuhalten, hast mir nie gesagt, dass du mich liebst, und es interessierte dich in den letzten sechs Monaten kein bisschen, ob ich alleine zurechtkomme. Du hast gar nicht nach mir gesucht, oder?«

»Doch, ich habe jeden Menschen gefragt, der dich kennt, und ich …«

»Hör auf! Im Grunde bist du auch nur eine unreife Kreatur. Es ist gut für dein Karma, dass du diese Versäumnisse wiedergutmachst, indem du zusiehst, wie ich mich erschieße.«

»Nein, ich werde nicht dabei zuse …« Er machte einen Schritt auf seine Tochter zu, aber Sedlar war schneller und hielt ihn fest.

Tilda war einen Schritt zurückgewichen.

»Hören Sie mir zu, Tilda! Sie werden jetzt den Arm langsam nach unten …«

»Nein, nein, Inspektor Horvat. *Sie* werden *mir* zuhören. Ganz aufmerksam. Wenn Sie mich anschießen, werde ich auf meinen Vater oder auf Sie zielen. Haben Sie verstanden? Ich werde die Waffe nicht fallen lassen. Entweder Sie erschießen mich, oder Sie sehen dabei zu, wie ich mich selbst erschieße. Mir ist es egal. Sie haben die Wahl.«

Die Sekunden vergingen, zogen sich wie Minuten. Der schwere Atem von Sandra, Sedlar und Medica war deutlich zu hören. Nur Tilda war ruhig, blickte Sandra aus ihren leeren Augen abwartend an.

»Nein!«, brüllte Tildas Vater. »Erschießen Sie sie nicht!«

Tilda hob den Arm. »Sie hatten genug Zeit, Inspektor Horvat.« Die Waffe war in Höhe ihrer Wangen, auf dem Weg zur Schläfe. Sandra hatte mindestens eine Sekunde Zeit, bis Tilda die Kraft aufbringen konnte, den Abzug zu drücken! Sandra sprang nach vorne, mit ihrer linken Hand packte sie Tildas rechte und drehte sie nach oben. Mit ihrer ganzen Kraft drückte sie Tilda gegen die Wand. Sedlar nahm die Waffe aus Tildas Hand und hielt sie fest, als wolle er sie nie wieder loslassen.

Tilda ließ sich an der Wand nach unten gleiten und starrte leer geradeaus.

Ihr Vater, Sandra und Sedlar standen da, und niemand sagte ein Wort.

Es klingelte. Die Kollegen, die Sedlar vor einer scheinbaren Ewigkeit gerufen hatte, waren eingetroffen.

Tilda hob langsam den Kopf, sah Sandra an und lächelte. »Sie hätten damit nicht leben können, oder? Aber es ist nur beim ersten Mal schlimm.«

Zweieinhalb Wochen später

Tamara hob den Kopf, als Sandra an ihr vorbeiging. »Schön braun geworden. War's gut?«

»Ja, danke, Tamara. Wie geht es Ihnen?«

»Bestens.«

Ika kam ihr mit einem Eimer entgegen. »Na, auch wieder da?«

»Ja, freust du dich?« Sandra erwartete alles andere als ein Ja, eher einen frechen Spruch, und Ika wich nicht von ihrem Image ab: »Na ja, du bist von allen noch das geringste Übel.«

»Danke, Ika.«

»Nichts zu danken. Ich sage ja nur, was ich denke.«

Als sie die Tür zu ihrem Büro öffnete, saßen dort Sedlar, Milić und Zelenika. »Oh, mein persönliches Empfangskomitee«, rief Sandra gut gelaunt.

Zelenika breitete die Arme aus, als wolle er zum Ausdruck bringen, wo sie denn endlich bliebe. »Wir dachten, du würdest dich freuen, wenn wir dir das Gefühl geben, dass wir es kaum erwarten konnten.«

»Ha! Als ob ich nicht wüsste, dass es so ist«, sagte sie lachend und setzte sich auf die Kante ihres Schreibtisches.

»Wie war Ihr Urlaub?«, fragte Sedlar.

»Molto bene.«

»Tss«, machte Zelenika, »was für eine Angeberin. Ist wahrscheinlich das Einzige, was du in zwei Wochen gelernt hast.«

»Ich habe ein paar Floskeln gelernt. Ihr wisst schon, mein Name ist, ich komme aus, bla bla ... Mit zwei sehr charmanten Männern habe ich mich bestens unterhalten, dann wollten sie wissen, was ich beruflich mache. Schade, dass ich ihre Gesichter nicht fotografiert habe, die hättet ihr sehen sollen. Plötzlich fiel ihnen ein, dass sie noch ... was weiß ich, hab's nicht verstanden. Wahrscheinlich Wäsche aufhängen müssen oder so was.«

»Reagieren die Männer hierzulande besser darauf?«, fragte Milić. »Sind sie hier aufgeschlossener, wenn sie von Ihrem Beruf erfahren?«

»Na, da haben Sie auch wieder recht, Milić. Na ja, egal. Was gibt's Neues?«

Zelenika zuckte die Schultern, Milić fing an, ein paar Vorkommnisse aufzuzählen, Sedlar schien als Einziger zu wissen, was Sandra gerade am meisten interessierte: »Tilda ist noch in der Psychiatrie in Lopača. Wohin man sie später bringen wird, wird sich noch zeigen.«

Sandra nickte. »Ich werde dort anrufen und einen Termin mit dem Arzt vereinbaren.«

»Weil Sie es ihr versprochen haben?«, fragte Sedlar.

Sandra wandte den Blick ab. »Ich denke hierbei an den Vater.«

Sedlar blickte in die Runde. »Ich wollte euch noch erzählen, dass ich vor ein paar Tagen in Malnari angerufen habe.«

»Warum?«, fragte Zelenika.

»Na ja, wahrscheinlich ist das nicht üblich, aber es hat mich interessiert, wie es den Leuten geht und ob sie noch dort sind.«

»Erzählen Sie mal«, forderte Sandra ihn auf.

»Andrija war am Telefon. Er sagte, Benedikta sei nach Zadar gezogen. Sie soll gesagt haben, sie habe ein schlechtes Gewissen, weil sie gelogen hat. Sie hat Rafael damals tatsächlich ein Zeichen gegeben, er solle still sein, aber doch nur, weil sie Gordan und Tilda schützen wollte. Mladen ist in sein Appartement gezogen, Rafael hat einen neuen Job als Haushaltshilfe in Crikvenica, hat aber versprochen, die anderen regelmäßig zu besuchen. Jetzt sind nur noch Gordan und Andrija in dem Haus. Sie werden bleiben, bis Miki sie hinauswirft, sagt Andrija. Aber Miki soll gesagt haben, sie können erst mal bleiben und später dann Miete zahlen, wenn das Erbe geregelt ist. Ach ja, und den Selbstmordbaum gibt es nicht mehr. Er wurde von der Stadtverwaltung gefällt und entsorgt.«

»Hmm, ist wohl besser so«, sagte Sandra. »Und? Wird Andrija in Damjans Fußstapfen treten?«

»Andrija sagt, dass Miki ihm ausgeredet hat, die Praxis zu übernehmen. Vielleicht sei das wirklich besser so, meinte er. Außerdem sei er nicht mehr der Jüngste. Miki hat die Räume sowieso beim Vermieter schon gekündigt und überhaupt … Na ja, und dann sagte er noch, dass sie sich von dem Schock, dass Tilda eine mehrfache Mörderin ist, nie richtig erholen werden.«

»Doch, sie werden sich erholen. Aber dass der Schock tief sitzt, glaube ich.«

»Hier«, meinte Zelenika plötzlich und zeigte auf ein kleines Päckchen, das auf ihrer Ablage neben dem Computer lag. »Das ist letzte Woche für dich angekommen.«

Sie nahm das Päckchen und sah auf den Absender: Nada Kinkela. Sandra riss es auf und zog ein zusammengefaltetes Papier heraus. In ungelenker Krakelschrift stand da:

Liebe Frau Horvat,
gestern habe ich meine Waffe zurückbekommen – und ich habe jetzt ein neues Kellerfenster, nämlich mit Gitterstäben, ha ha, man kann ja nicht vorsichtig genug sein.
Ich hatte zufällig noch weinrotes Garn. Hoffentlich gefällt es Ihnen. Ein kleines Andenken – die Ereignisse waren furchtbar, aber vielleicht behalten Sie die meisten von uns in Malnari dennoch in angenehmer Erinnerung.
Alles Gute!
Ihre Nada Kinkela.

Sandra legte den Brief beiseite und sah in die beiliegende Tüte. Sie zog ein weinrotes Spitzdeckchen mit goldfarben besticktem Rand hervor. Das waren diese kleinen Augenblicke, die sie rührten. Sie faltete es auseinander und lächelte.

Leseprobe

Ranka Nikolić

MORD
MIT
MEERBLICK

978-3-7341-0354-4

I

Mato Vlastić steckte sich eine Zigarette zwischen die rauen Lippen. Im Radio lief in den frühen Morgenstunden immer Musik aus den Fünfziger- und Sechzigerjahren. *Wahrscheinlich wegen all der Greise,* dachte er, *die unter Schlaflosigkeit leiden und um diese Zeit Tee trinkend im Nachthemd Radio hören.* Mato schlief immer von sechs Uhr morgens bis zwölf Uhr mittags, nachdem er von der Arbeit nach Hause gekommen war.

Das Dröhnen des Motors nahm er nach zweiundzwanzig Jahren gar nicht mehr richtig wahr. Er mochte seine Arbeit, obwohl das die meisten Leute, die er kannte, nicht verstehen konnten. Die wenigen Verwandten und Freunde, die er hatte, wurden nicht müde, ihn über offene Stellen zu informieren. Während er mitten in der Nacht durch Rijeka fuhr und die Straßen der Stadt säuberte, saß er friedlich in seinem Wagen, ließ hin und wieder Wasser auf den Asphalt spritzen und hatte danach das Gefühl, etwas Nützliches getan zu haben. Ihm war es zu verdanken, dass die Einwohner und Touristen Rijekas durch saubere Straßen spazierten, jeden Tag aufs Neue. Was sollte daran schlecht sein? Aber ihm war klar, dass es Leute gab, die seine Arbeit nicht würdigten, ja, sie sogar für minderwertig hielten. Dabei waren sie sich nicht im Klaren darüber, was für eine Freiheit er dabei genoss. Mato hatte keinen Vorgesetzten, der ihn in einer Tour anpfiff, und er musste sich mit keiner Kundschaft herumplagen. Doch das Schönste an seiner Arbeit war, dass er nicht freundlich sein musste und für sich alleine sein konnte. Mato hörte die Musik, die er wollte, rauchte so viele Zigaretten, wie er Lust hatte, und musste nicht lächeln, um irgendjemandem zu gefallen.

Er hasste die Menschen nicht, aber er fand es anstrengend, sich mit ihnen abzugeben. In seinem Appartement hatte er zwei Katzen und einen Fernseher, das reichte ihm zum Leben. Seine kleine Welt machte ihn zufrieden, manchmal sogar glücklich. Es gab nichts, was ihm fehlte, außer etwas mehr Geld vielleicht, aber wer hätte das nicht von sich behaupten können?

Frühmorgens war die Stadt jedes Mal wie ausgestorben. Nur selten fuhr ein Auto vorbei, und auf den Gehsteigen bekam man kaum eine Menschenseele zu Gesicht. Gemächlich tuckerte Mato an der Placa vorbei, wo es in ein paar Stunden hoch hergehen würde. Komisch, dachte er, dass niemand das kroatische Wort *tržnica* für den Marktplatz verwendete. Aufgrund der italienischen Minderheit im Land hatte man zahlreiche italienische Wörter in den Sprachgebrauch übernommen, wenn auch in abgewandelter Form. Aber sie hörten sich immer noch ähnlich an – so wie eben Piazza und Placa. Die Einwohner Rijekas kauften hier ihr

Obst, ihr Gemüse und ihren Fisch. Die weniger gut Betuchten suchten nach allen möglichen Dingen, die es billiger gab als in den Kaufhäusern. Mato beispielsweise erstand seine Socken, Unterwäsche und Schuhe an den zahllosen kleinen Ständen. Allerdings war das Obst und Gemüse längst nicht mehr so erschwinglich wie früher. Heute bekam man das pestizidgespritzte Zeug im Supermarkt oft günstiger. Und erst der Fisch! Für einen einfachen Mann wie ihn kostete er ein Vermögen. Manchmal schlenderte Mato nach der Arbeit über die Placa und sah den Verkäufern zu, wie sie ihre Ware aufbauten und sich auf das bunte Treiben vorbereiteten, oder er schlenderte in den Pavillons herum und kaufte Käse. Die ausgestellten Tierleichen versuchte er dabei so gut es ging zu ignorieren. Am liebsten ging er in die Fischhalle, wegen der schönen Atmosphäre. Von innen sah sie ein bisschen wie eine Kirche oder ein Theater aus, fand er. Wenn er eine der Verkäuferinnen um fünf Sardinen bat, guckten sie für eine Sekunde irritiert, reagierten aber freundlich. Einmal hatte ihm eine ältere Dame drei Sardinen zusätzlich draufgelegt. »Die schenke ich Ihnen«, hatte sie gesagt. Das hatte er sehr nett gefunden, sich aber gleichzeitig gefühlt, als würde er Almosen entgegennehmen. Hin und wieder setzte er sich nach den Einkäufen für einen Moment auf die Parkbank vor dem Nationaltheater, das sich direkt neben der Placa befand, und fütterte Tauben.

Der Vollmond stand hell am Himmel, was Mato besonders mochte. Vollmondnächte hatten etwas Mystisches, was die Menschen empfänglicher zu machen schien. Mato zog ein letztes Mal an seiner Zigarette und drückte sie dann in einem winzigen Aschenbecher aus. *Schon wieder alles voll mit Touristenautos.* Von Juni bis August verstopften sie die Straßen, und am Hafen wurden sie von ihren Besitzern oft über mehrere Tage abgestellt. Mato mochte diesen Abschnitt, rechts die Placa und links der Hafen. Früher war Rijeka einer der wichtigsten Umschlagplätze Europas gewesen und heute noch der größte Kroatiens. Hier wurde Handel in Containern betrieben mit Erz, Erd- und Mineralöl, Baumaterial, Getreide und vielem mehr. Am Passagierterminal brachten die Fähren Fluten von Menschen in andere Städte oder auf die umliegenden Inseln.

Mato hielt einen Moment inne und bewunderte den Anblick, wie sich der Mond im Meer spiegelte. Das Einzige, was ihn während seiner Nachtschichten manchmal nervte, waren die jungen Leute, die sich scharenweise ins Nachtleben stürzten, in ihre Rockfestivals und Clubs. Im Radio hatte er gehört, dass gerade wieder irgendwo ein »Electro Club« aufgemacht hatte, was immer das sein mochte. Für manche stellte gerade die Tatsache, dass in Rijeka nicht um Mitternacht die Bürgersteige hochgeklappt wurden, eine besondere Attraktion dar. Für Mato nicht. Wenn es nach ihm gegangen wäre, hätte das Jungvolk die dreizehn Kilometer nach Opatija weiterfahren können. Besonders hoch her ging es zu Maškare[33], da war die Stadt regelrecht im Ausnahmezustand. Obwohl er währenddessen jedes Mal viel zu putzen und zu reinigen hatte, mochte er die Straßenfeste, mischte sich ins bunte Treiben der verrückt gewordenen Menschenmassen und fühlte sich wohl.

Während er so dahinfuhr, blickte er nach links zum Hafen, wo ein riesiges Schiff namens Marco Polo vor Anker lag. Marco Polo! Über dessen Herkunft stritten sich die Kroaten und Italiener noch heute, über diesen Kerl, der angeblich die ganze Welt bereist hatte. Die Kroaten sagten, er sei auf Korčula geboren, für die Italiener hingegen war er einer der ihren. Als gäbe es nichts Wichtigeres auf der Welt …

Kein Zweifel, Mato liebte die Hafenatmosphäre, ganz besonders an Silvester, wenn die Sirenen der Schiffe ertönten und überall Raketen abgefeuert wurden. Für ihn eindeutig die schönste Nacht des Jahres. Das fröhliche Stimmengewirr, das von den Schiffssirenen übertönt wurde. Seit einigen Jahren gab es hier sogar Partyschiffe und ein Botel.

Leider hatten sie gerade erst August, und Silvester lag noch in weiter Ferne. Jetzt, zur Sommerzeit, ging er nach der Arbeit gerne an den Strand, wenn das Meer noch ruhig vor ihm lag. In der Stadt konnte man an manchen Stellen baden, aber er fuhr am liebsten mit dem Bus nach Lovran, hinter Opatija, oder nach

33 Karneval

Kostrena, beides etwas außerhalb. Dort konnte er in aller Ruhe aufs Meer hinausblicken und über das Leben nachdenken. Am späten Vormittag, wenn es laut wurde und Touristen und Einheimische mit ihren tragbaren Kühlschränken und ausklappbaren Stühlen kamen, packte er seine Sachen zusammen und ergriff die Flucht.

Mato blickte nach rechts, zu den Mietshäusern. Etwas ließ ihn innehalten und aus seinen Gedanken auftauchen. Etwas, das ihm die Kehle zuschnürte.

Er drückte auf die Bremse, und der Wagen kam abrupt zum Stehen. Eine Weile saß Mato wie vom Donner gerührt da und starrte auf ein gepflegtes gelbes Mietshaus. Die Eingangstür war gestern entfernt worden und würde wohl heute oder morgen durch eine neue ersetzt werden. Auf dem Fliesenboden im Inneren des Hauses war eine große Lache zu sehen, daneben die Umrisse von etwas, das er in der Dunkelheit nicht erkennen konnte. Angst machte sich in ihm breit, kroch ganz langsam von seinen Beinen hinauf zum Herzen und dann in seinen Kopf, wo er sie am wenigsten ertragen konnte.

Bitte mach, dass es kein Blut ist …

Blut lähmte seinen Körper und seinen Geist. Mato schluckte. Er wusste nicht weshalb, doch er spürte das Unheil in den Gliedern. Das Gefühl wurde immer stärker. Aber er konnte doch nicht einfach weiterfahren, als hätte er nichts gesehen! Er reckte den Kopf aus dem Beifahrerfenster.

Was, wenn das dort ein Mensch war, der noch lebte? *Und was, wenn ihm selbst jemand ein Messer in den Rücken stieß, sobald er sich in den Hauseingang traute?* Unsinn, versuchte er sich zu beruhigen. Rijeka war kein amerikanischer Großstadtmoloch, wo ständig jemand Amok lief oder mordete. Er überwand sich und stieg aus dem Wagen.

Sein Herz fing an zu hämmern, und sein Mund wurde trocken. Mato näherte sich dem Hauseingang und sah, was er im tiefsten Inneren befürchtet hatte: einen leblosen Körper.

»Oh, mein Gott!« Mato eilte neben die Gestalt, rief: »Hallo, können Sie mich hören?«, obwohl er wusste, dass es unsinnig war. Die Welt begann sich zu drehen, und er erbrach sich auf den Gehsteig. Er wischte sich den Mund am Jackenärmel ab und lief zum Wagen. Dort rief er mit seinem Handy die Polizei, die sein atemloses Gestotter kaum verstehen konnte.

2

Das einzig Gute an diesem Morgen war, dass sie früh um halb vier noch nicht mit dem Verkehr kämpfen musste. Sandras Laune war miserabel, und das nicht so sehr, weil man sie wegen eines Mordes in aller Herrgottsfrühe aus dem Bett geklingelt hatte, schließlich geschah das nicht zum ersten Mal. Nein, ihr Unmut rührte von ihrem Kaffeedefizit her. Wenn sie etwas hasste, dann einen Morgen ohne Koffein. Seit sie nicht mehr rauchte, hatte sich ihre Sucht von Nikotin auf Koffein verlagert. Aber fünf Tassen Kaffee waren immer noch besser als ein Päckchen Walter Wolf. Früher hätten um diese Zeit bestimmt schon drei zerdrückte Kippen in ihrem Aschenbecher gelegen. Manchmal fehlte ihr das Rauchen, besonders wenn sie angespannt war.

Sie hatte nur zwei Stunden geschlafen, weil sie mit ihrer Nachbarin Jelena über deren blöden Freund Siniša geredet und seine Unzuverlässigkeit analysiert hatte. Dabei war es der Kerl gar nicht wert, dass man so viel über ihn sprach. Komisch, dachte sie, Jelena war eine kluge Frau, die Fehler und Schwächen anderer Menschen mit bewundernswerter Schärfe analysieren konnte, aber was Siniša anging, war sie eine Meisterin im Verdrängen.

Am Ende des Hafens bog Sandra in die Riva Boduli ein, die neben der Placa verlief. Zelenika hatte gesagt, das Mietshaus läge zwischen einem Delikatessengeschäft und einem Laden für Angelbedarf. Schon von Weitem sah sie die Polizeiautos und die Absperrung. Ihr Blick fiel auf das glitzernde Wasser im Hafen und die Schiffe, die vor Anker lagen. Sie hatte keine allzu große Affinität zum Meer, was etwas untypisch für eine Kroatin war, doch im Moment wäre sie tausend Mal lieber auf einem dieser Touristenschiffe gewesen, als einen Mordfall zu untersuchen. Aber ihre Arbeit ließ ihr ohnehin kaum Zeit für Mußestunden am Strand. Im Gegensatz zu den kalten Scheinwerfern der Polizeiautos wirkten die Lichter auf den Schiffen einladend. Sie fror ein wenig. Nachts konnte es manchmal recht kühl sein, bis es gegen sieben langsam anfing, wärmer zu werden, und sich schließlich um neun eine mitunter unerträgliche Hitze über die Stadt legte.

Sie brachte ihren Wagen am Ufer zum Stehen und gähnte noch einmal kräftig, bevor sie ausstieg.

Ilija Perica, der Gerichtsmediziner, nickte ihr schon von Weitem lächelnd zu. Zumindest schien er das zu glauben. Um wirklich zu lächeln, war er zu cool. Er stand neben den anderen im Hauseingang und trug noch seine Handschuhe.

»Guten Morgen, wenn man das so sagen kann«, rief er in Sandras Richtung. Bei ihm hörte sich jedes Wort auf eine merkwürdige Art gewichtig an, so als hätte es einen tieferen Sinn. Sie kannte niemanden, bei dem dieses Phänomen so ausgeprägt war wie bei Perica.

Sie lächelte gequält. »Morgen. Ja, um diese Uhrzeit können wir uns eigentlich nur gegenseitig bemitleiden.« Sie sah zu ihren Kollegen Mihajlo Zelenika und Jakov Milić hinüber, hob kurz die Hand zum Gruß und wandte sich dann wieder an den Gerichtsmediziner, der gerade auf die Leiche deutete.

»Du lieber Gott«, stöhnte Sandra beim Anblick des vielen Bluts.

»Och, nennen Sie mich doch Milić«, hörte sie eine Stimme hinter sich.

Ihr Kollege grinste sie an. Sein trockener Humor hatte schon so manche anstrengende Nacht erträglicher gemacht. Mit seinen lustigen braunen Knopfaugen hinter der randlosen Brille und den dunklen Locken sah er eher aus, als würde er in einem Kindergarten arbeiten statt bei der Mordkommission.

Mihajlo Zelenika beendete sein Gespräch mit einem Uniformierten und trat ebenfalls zu ihnen. »Hey, Horvat. Wie geht's«, sagte er, ohne wirklich eine Antwort zu erwarten.

Mihajlo Zelenika war serbischer Abstammung und machte einen guten Job. Sandra fand es bedauerlich, dass er sein Alkoholproblem auch nach mehrmaligen Versuchen noch nicht im Griff hatte. Mittlerweile sah man ihm die Trinkerei an, sein Gesicht wirkte müde und war von feinen roten Äderchen durchzogen. Er wäre ein attraktiver Mann gewesen, groß und kräftig, mit honigfarbenem Haar und den grünsten Augen, die sie je gesehen hatte. Eine greise Zeugin hatte mal zu ihm gesagt: »Sie haben die Augen einer Hexe. Vielleicht haben Sie den bösen Blick!« Zelenika hatte erwidert, seine Frau würde das schon lange vermuten.

»Sie haben Glück, Horvat«, sagte Perica, während er mit seinen behandschuhten Händen herumfuchtelte, »das Opfer hatte einen Ausweis dabei.«

»Ach ja?« Sandra warf einen Blick ins Innere des Hauses. Die Spurensicherung war immer noch bei der Arbeit.

Zelenika meldete sich zu Wort: »Sein Name ist Anton Paulić.« Er deutete lässig auf das Mordopfer, als würde er ihr das neueste Automodell vorführen. Nach den vielen Jahren bei der Mordkommission war Zelenika sichtlich abgebrüht. »Der Kerl ist einunddreißig.«

»Darf ich?« Sandra griff nach der großen Taschenlampe, die Sikirica von der Spurensicherung in der Hand hielt.

»Natürlich«, nickte der Kollege schüchtern. Sikirica war nicht größer als einssechzig und wog vielleicht fünfzig Kilo. Im Präsidium hatte Zelenika mal laut gerufen: »Ist Sikirica noch da? Oder hat er sich in einer Schublade versteckt?« Sikirica war gekränkt gewesen, und Sandra hatte Zelenika gebeten, künftig auf solche Späßchen zu verzichten. Alles in allem hatte Sandra noch nie mehr als drei Worte am Stück von Sikirica gehört.

Sandra besah sich den Toten. Man hatte ihm die Kehle durchgeschnitten. Der Schnitt verlief mitten durch eine Tätowierung, die sich bis zum Kinn zog. Durch das viele Blut konnte man das Motiv nicht mehr erkennen. Der Mann hatte mittellanges schwarzes Haar. Sein Gesicht war auf eine primitive Art attraktiv. Sie sah auf den ersten Blick, dass es sich nicht gerade um einen Sohn aus gutem Hause handelte. Wenn sie etwas konnte, dann in Gesichtern lesen. In diesem hier lag Schmerz und Wut. Sie merkte immer, wenn jemand vom Leben gebeutelt war, egal, wie viel Armani und Gucci die Fassade hergab. Wahrscheinlich brachte das der Job mit sich, auch wenn Milić der Ansicht war, dass sie ein besonderes Talent dafür hatte.

»Bestimmt ein Junkie«, bemerkte Milić.

Sandra sah ihn an und schüttelte dann den Kopf. »Ich weiß nicht recht. Er sieht mir gut genährt aus. Auch sein Gesicht lässt nicht auf harten Drogenkonsum schließen.« Sie gab Sikirica die Taschenlampe zurück.

»Danke«, murmelte er und lächelte wieder schüchtern.

»Was?«, meinte Sandra, in Gedanken noch immer bei dem Opfer. »Wofür?«

»Wegen der Taschenlampe. Weil Sie sie mir zurückge… ach, egal.«

»Ach so, ja. Bitte sehr, Sikirica.«

Zelenika blickte von einem zum anderen. »Seid ihr beide auf Valium, oder was?«

»He, es ist ziemlich früh am Morgen«, grummelte

Sandra und fügte dann hinzu: »Jedenfalls sieht mir unsere Leiche nicht nach einem Junkie aus. Dafür ist der Typ viel zu kräftig und gepflegt.«

»Ja«, murmelte Milić. »Außerdem hatte er zweitausend Kuna[34] und hundertfünfzig Euro bei sich. Hat den Täter nicht interessiert.«

»Hm … verstehe.«

»Seltsam, so was«, brummte Zelenika vor sich hin. »Ich meine, wenn ich schon jemanden absteche, dann nehm ich doch auch das Geld, oder?«

»Du schon«, warf Milić ein, »du würdest deine eigene Großmutter für ein paar neue Reifen verkaufen.«

Genervt rollte Zelenika mit den Augen. »Denk doch einfach mal logisch, ja?«

»Tolle Idee«, sagte Milić ironisch. »Das versuche ich normalerweise zu vermeiden.«

Zelenika ging nicht darauf ein. »Der Mörder denkt sich: Was soll's, der Kerl braucht's doch eh nicht mehr. Und schlimmer als Mord ist Diebstahl ja nun nicht. Die paar Scheine machen das Kraut auch nicht mehr fett.«

Sikirica lachte leise auf und senkte dann den Blick. Für Perica war das Gespräch sowieso unter seiner Würde.

»Ach, übrigens«, meinte Milić plötzlich an Sandra gewandt. »Ich hoffe, Sie haben sich Freitag, an Velika Gospa[35], nicht freigenommen.«

---

2 1 € entspricht ca. 7,5 Kuna

3 Mariä Himmelfahrt

»Nein, habe ich nicht.« Sandra war nicht gerade eine Vorzeigekatholikin, sehr zum Missfallen ihres Vaters – und noch mehr ihrer Mutter. Immerhin feierte sie Weihnachten und Ostern und hatte ein Kruzifix in der Küche hängen, das sie von ihrer Mutter zu ihrem dreißigsten Geburtstag geschenkt bekommen hatte. Sandra war nur einmal auf Trsat gewesen, obwohl es der älteste Marienwallfahrtsort Kroatiens war und die Menschen am 15. August von überall herbeipilgerten. 2003 war das gewesen, als der Papst zu Besuch war. Wie oft hatte sie sich schon vorgenommen, ihre Mutter mal wieder zu begleiten, aber ihre Arbeit ließ es meistens nicht zu.

»Wieso?«, hakte Sandra nach. »Haben *Sie* sich denn freigenommen?«

»Na ja«, wand sich Milić, »ich habe meiner Mutter versprochen, wenn es irgendwie geht …, nehme ich mir einen Tag Urlaub.«

»Nur zu. Ich habe Anfang September zwei Wochen Urlaub.« Bei diesem Gedanken löste sich Sandras Anspannung für einen Moment. »Jelena und ich fliegen für eine Woche nach Sizilien.«

Alle kannten ihre Freundin, weil Sandra sie auf jede Weihnachtsfeier mitnahm. Jelena war seit drei Jahren wieder zurück in ihrer Geburtsstadt. Im Alter von zwei Jahren war sie mit ihren Eltern nach München ausgewandert und dort aufgewachsen. Während eines Sommerurlaubs hier in Rijeka hatte sie sich Hals über Kopf in Ivica verliebt, sich Knall auf Fall in München abgemeldet und geheiratet. Nach nur zehn Monaten war die Ehe geschieden worden. Ivica hatte sich als aggressiv, untreu und spielsüchtig entpuppt. Zurück nach Deutschland wollte Jelena nun nicht mehr, denn sie hatte keine Kraft mehr, wieder bei null anzufangen.

An Jelena war etwas Mütterliches, das jeden auf Anhieb für sie einnahm. Milić hatte ihr letztes Jahr auf der Weihnachtsfeier Avancen gemacht, doch er war ihr nicht »Manns genug« gewesen, wie sie sich ausgedrückt hatte. »Das ist bestimmt einer, der dich 'ne Stunde streichelt, dir jede Strähne aus dem Gesicht streicht und jede einzelne Sommersprosse abküsst, bevor er zur Sache kommt.«

»Jelena!«, hatte Sandra schaudernd gerufen. Zu spät: Tagelang hatte sie das Bild des sich zärtlich anbiedernden Milić nicht mehr aus dem Kopf bekommen, und jedes Mal, wenn er ihr über den Weg gelaufen war, war Unbehagen in ihr aufgestiegen.

»Na toll, ich habe erst im Dezember wieder Urlaub«, seufzte Zelenika.

Milić sah ihn an. »Selber schuld, wenn du deinen ganzen Urlaub im Juni verpulverst.«

»Ich nehme im Juni Urlaub, weil wir dieses verdammte Ferienhäuschen auf Mali Lošinj haben, das meine Frau geerbt hat.«

»Ja«, entgegnete Milić, »und das scheint dich unglaublich glücklich zu machen.«

»Wer hat Paulić eigentlich gefunden?« Sandra versuchte, das Gespräch wieder auf die Arbeit zu lenken.

Ihre beiden Kollegen konnten sich gnadenlos in ihre Wortgefechte hineinsteigern. Zelenika hatte Milić sogar schon mal vor die Füße gespuckt, um später zu behaupten, er hätte ein Haar im Mund gehabt.

»Unser Braveheart da drüben.« Milić machte eine Kopfbewegung Richtung Hafen. Sandra erblickte ein Fahrzeug der Straßenreinigung und daneben einen Mann, der nervös rauchend auf und ab ging.

»Der scheint ziemlich runter mit den Nerven.« Sandra wusste, dass nicht jeder einen Leichenfund verkraftete. Aber ihre Kollegen hatten nicht immer Verständnis dafür, dass andere weniger abgebrüht waren als sie selbst.

»Ja«, murmelte Zelenika. »Ich glaube, er hat in einer halben Stunde ein halbes Päckchen geraucht.«

»Wie heißt er?«, wollte Sandra wissen.

Zelenika warf einen Blick auf seinen Notizblock. »Mato Vlastić.«

Sandra ging zu dem fahrig umherlaufenden Mann. Je näher sie ihm kam, desto größer und besorgter schienen seine Augen zu werden.

»Herr Vlastić?«

»Ja?«, erwiderte er aufgeregt. »Hören Sie, ich habe den Mord nicht gesehen, und ich habe außerdem schon alles erzählt.« Gierig zog er an seiner Zigarette. »So, wie Sie den Mann da sehen, habe ich ihn gefunden. Das schwöre ich beim Grab meiner Stiefmutter. Verstehen Sie, ich weiß von nichts!«

»Okay«, antwortete Sandra beruhigend. »Geht es Ihnen denn gut?«

»Könnte besser sein.« Er musterte sie von oben bis unten. »Wer sind Sie überhaupt?«

»Ich bin Inspektor Sandra Horvat. Ich leite die Ermittlungen in diesem Fall.«

Matos Stirn legte sich in Falten. Er sah aus, als hätte sie ihm soeben offenbart, dass sie die Königin von Saba war. »Sie sind ein Inspektor?«

»Nun ja, eine Inspektor*in*.«

»Ist das nicht gefährlich? Was sagen denn Ihre armen Eltern dazu?«

»Äh, Herr Vlastić, vielleicht könnten wir uns wieder auf den Toten konzentrieren.«

»Entschuldigung.« Er zog wieder an seiner Zigarette und blickte auf seine Schuhe.

»Kein Problem.« Sie lächelte ihm freundlich zu. »Wie und wann haben Sie die Leiche gefunden?«

Als Mato zu seinem Bericht ansetzte, war Sandra enttäuscht, dass er nicht mehr gesehen hatte. »Als Sie die Straße hier entlangfuhren«, versuchte sie es noch einmal, »ist Ihnen da niemand begegnet? Kurz bevor Sie den Toten gefunden haben?«

»Nein, ich glaube nicht.«

»Denken Sie noch mal gründlich nach. Vielleicht haben Sie ja doch etwas gesehen und es nur nicht richtig registriert.«

Er dachte nur kurz nach. »Na ja, es geht schon hin und wieder mal jemand durch die Straßen, aber ich guck da nicht so genau hin, wissen Sie.«

»Es wäre aber wichtig«, beharrte Sandra, »ich kann

gut verstehen, dass Sie sich gerade nicht konzentrieren können. Schlafen Sie eine Nacht darüber, und denken Sie dann noch mal gründlich nach.«

»In Ordnung, Frau Inspektor. Ihr Kollege da drüben, der mit dem zerknitterten Gesicht...«

»Zelenika?«

»Ja, genau. Der hat mir seine Karte gegeben, falls mir noch was einfällt oder so.«

Sandra nickte und fügte hinzu: »Und jetzt beruhigen Sie sich. Sie brauchen keine Angst zu haben.«

Er hob den Kopf und sah sie an. »Ich ertrage solche Situationen nicht. Als ich klein war, da..., na ja, egal.« Er winkte ab.

»Schon gut. Fahren Sie nach Hause. Allerdings müssen wir noch einen Vernehmungstermin ausmachen.«

Erschrocken riss er die Augen auf. »Wieso?«

»Sie sind ein wichtiger Zeuge und haben ein Mordopfer gefunden. Ich werde mich später bei Ihnen melden, dann vereinbaren wir einen Termin, ja?«

»Wenn's sein muss.« Mato schnippte seine Zigarette weg und seufzte müde.

Sandra hatte sich schon halb abgewandt, als sie noch einmal innehielt und fragte: »Sie werfen Ihre Kippe auf die Straße? Das wundert mich, bei Ihrem Beruf.«

»Na, was glauben Sie denn, wer das morgen früh sauber macht?«

Sandra zuckte die Schultern. »Okay, schon klar.« Sie verabschiedete sich und ging wieder zu ihren Kollegen hinüber. »Perica? Können Sie schon etwas sagen?«

Der Gerichtsmediziner holte tief Luft, warf einen Blick auf die Leiche und sah dann von Sandra zu Milić und schließlich zu Zelenika. Wer ihn kannte, wusste, dass Perica diese theatralischen Momente brauchte wie die Luft zum Atmen.

»Hey, Perica, soll ich dir ein Mikrofon hol…« Weiter kam Zelenika nicht, weil Milić ihn in die Rippen stieß. »Nimm die Leute doch einfach mal so, wie sie sind«, flüsterte er.

»Wenn ich das nicht täte, wärst du längst 'ne Politesse.«

»Psst«, machte Sandra und sah die beiden verärgert an. Sie sehnte sich mehr denn je nach ein bisschen Ruhe und einem doppelten Espresso. »Wenn ihr nicht endlich still seid, lass ich euch von euren Eltern abholen.«

Ein paar der Uniformierten grinsten. Sandra wandte sich wieder an den Gerichtsmediziner: »Also, Perica. Schießen Sie los.«

»Nun ja, das Ganze scheint mir eher ein Akt der Angst gewesen zu sein. Wie Sie sehen, verläuft der Schnitt unterhalb des Kiefers. Ein Profi hätte wohl eher seitlich zwischen Kiefer und Schulter zugestochen.«

Milić nickte. »Und warum nicht ein schneller Stich in den Brustkorb statt in den Hals?«

Zelenika drehte seinen Stift zwischen den Fingern. »Der Täter könnte Angst gehabt haben, dass sein Opfer noch um Hilfe schreit. Bei einer durchgeschnittenen Kehle geht das nicht mehr.«

»Möglich«, meinte Perica nur knapp.

Sandra klappte den Kragen ihres schwarzen Blazers hoch. »Ja, das kann durchaus sein. Wann ist es denn ungefähr passiert?«

Perica hob nachdenklich den Kopf und genoss die vielen Blicke, die auf ihm ruhten. »Ich muss erst noch ein paar Untersuchungen vornehmen, aber ich würde sagen, vor etwa einer Stunde, weil das Blut bisher nur dort getrocknet ist, wo es dünne Rinnsale gebildet hat. Alles Weitere dann im Laufe des Tages, Horvat.« Er zog sich die Handschuhe aus und drehte sich um.

»Danke, Perica.« Sie sprach noch kurz mit Sikirica von der Spurensicherung, der ihr aber noch nichts von Belang mitteilen konnte.

»Warum steht hier eigentlich keiner der Nachbarn blöd rum wie sonst auch immer?«, fragte Sandra an ihre beiden Mitarbeiter gewandt.

Zelenika grinste. »Ein altes Ehepaar war bis gerade eben noch da. Die wohnen aber im dritten Stock und haben nichts gehört. Sind beide ziemlich taub. Wir konnten sie erst nach dem fünften Klingeln aus dem Bett holen.«

»Nein«, warf Milić ein, »die sind nicht beide taub.«

»Na gut, taub und blind.«

»Er ist *fast* taub, und sie ist *fast* blind. Das haben mir die beiden selbst gesagt.«

»Das haben sie dir gesagt?« Zelenika grinste ungläubig. »Wir sind *fast* taub und *fast* blind?«

»Nein, die Frau sagte: Ich sehe ganz, ganz schlecht, und mein Mann ist so gut wie taub.«

»Wie heißen die beiden?«, wollte Sandra wissen.

»Ana und Albert…« Zelenika blickte auf seine Notizen. »Marković. Sie haben uns auch über die anderen Mieter aufgeklärt. Zwei Parteien sind über die Feiertage weg, eine Wohnung steht gerade leer, und im ersten Stock links wohnt ein junges Paar, das die Wohnung als Stadtwohnung nutzt, ansonsten aber in Opatija wohnt. Und dann ist da noch die Frau, die aussieht wie eine Tunte.«

»Wie bitte?« Sandra hoffte, sich verhört zu haben.

»Eine Frau, die aussieht wie eine Tunte«, wiederholte Zelenika. »Wie heißt sie noch mal, Milić? Du hast es dir doch aufgeschrieben.«

Milić blätterte in seinem Block und sagte schließlich: »Eva Jakšić.«

»Aha«, sagte Sandra. »Haben Sie mit ihr gesprochen?«

»Mit der Tunte? Ja, aber die sagt, sie hat nichts gehört, weil sie nachts immer Ohrenstöpsel trägt.«

»Aber sie hat euch doch auch klingeln gehört.«

Zelenika zog eine Grimasse. »Angeblich ist ihr in der Zwischenzeit ein Stöpsel rausgefallen. Tja, so was liest sich immer lustig im Bericht, nicht wahr?«

»Und das Ehepaar, das eigentlich in Opatija lebt?«, fragte Sandra weiter.

»Offenbar nicht da. Es hat niemand aufgemacht.«

Sandra seufzte. »Also nur die seltsame Frau und die zwei Alten, die nichts gesehen haben und noch dazu schlecht hören?«

»Nein«, meldete sich Milić wieder, »*er* hört schlecht, aber *sie* …«

»Ja, Milić, wir haben's kapiert«, rief Zelenika.

Sandra sah auf die Uhr. Es war zu spät, um noch mal nach Hause zu fahren, und zu früh, um ins Büro zu gehen.

Zelenika gähnte. »Was ist? Gehen wir auf einen Kaffee in den Drecksladen um die Ecke? Ich glaube, der hat die ganze Nacht auf.«

»Drecksladen klingt verlockend«, meinte Milić.

Beim Stichwort Kaffee setzte Sandra sich in Bewegung. »Gehen wir.«

3

Als Sandra die Tür des Lokals öffnete, stellte sie fest, dass Zelenika mit dem »Drecksladen« nicht übertrieben hatte. Kroatische Gastronomen investierten normalerweise viel Geld in eine geschmackvolle Einrichtung und achteten auf Sauberkeit, doch dieser Schuppen hier war an Nachlässigkeit nicht zu überbieten. Das Mobiliar stammte noch aus der Zeit Jugoslawiens, bestehend aus Spanplatten in Eiche-Optik. Braune Stühle mit schwarzen Metallbeinen, gelbliche Wände, dic mal weiß gewesen sein mussten, und Gardinen in dergleichen Farbe. Wenn in einem Restaurant schon Gardinen an den Fenstern hingen … Sandra schüttelte sich. Die Tische waren nicht abgewischt, und in den Aschenbechern türmten sich Kippen. Früher durfte man überall rauchen, danach galt pauschal das Nichtrauchergesetz. Seit einiger Zeit durfte man in einigen Lokalen wieder rauchen, wenn der Gastwirt eine geeignete Lüftung installiert hatte. Manche Lokale machten sich das zunutze, andere ließen ihren Laden bewusst rauchfrei. Nur Milić war ein noch militanterer Nichtraucher als Sandra. Im Gegensatz zu ihr hatte er noch nie im Leben eine Zigarette geraucht.

Sie setzten sich an den saubersten Tisch, ans Fenster. Zelenika zündete sich eine Zigarette an. Offenbar hatte er das Gefühl, sich anpassen zu müssen. »Das Opfer kommt mir bekannt vor, aber ich habe keine Ahnung, weshalb.« Genüsslich blies er den Rauch aus.

»Mal sehen, was der Computer so hergibt«, meinte Sandra. »Wir finden sicher etwas. Der Typ ist ja recht markant. Tattoos, verlebtes Gesicht, machohaftes Outfit, viel Kohle im Geldbeutel, Rolex und manikürte Hände.«

Milić zog seine Jacke aus. »Hey, Zelenika, schrei doch bitte mal prollmäßig nach der Bedienung. Das kannst du so schön.«

Sandra grinste, doch Zelenika, gänzlich unbeeindruckt, tat Milić den Gefallen. »Hey, Bedienung! Muss man sich seinen Kaffee hier selber kochen, oder was?«

Eine etwa fünfzigjährige Frau mit strähnigem Haar und grellrotem Lippenstift schlurfte zu ihrem Tisch. »Sie sind ja sehr charmant.«

Milić nickte. »Und heute ist einer seiner guten Tage.«

»Was darf's sein?«, fragte sie genervt.

Zelenika musste gar nicht erst fragen. »Zwei doppelte Espresso für die beiden. Mir bringen Sie einen Milchkaffee mit aufgeschäumter Milch, aber nicht in der Tasse, sondern im Glas. Und tun Sie noch einen extra Schuss Milch rein, aber keine kalte. Obendrauf kommt etwas Kakaopulver. Und wenn Sie noch einen Keks dazu hätten, wäre ich überglücklich.«

Die Kellnerin legte die Stirn in Falten, sah ihn an, als

hätte er gerade vor ihren Augen einen Kanarienvogel verschluckt, und stapfte dann zum Tresen zurück.

Sandra dachte nach und fragte, an Zelenika gewandt: »Glaubst du nur, dass du den Toten kennst, oder hattest du vielleicht schon mal mit ihm zu tun?«

»Kann ich nicht sagen. Ich komme momentan nicht drauf, aber irgendwas in meinem Kopf bringt ihn mit einer Straftat in Verbindung.«

Sandra überlegte. »Hatte er sonst noch etwas bei sich?«

Zelenika schüttelte den Kopf. »Nur seinen Geldbeutel. Darin waren sein Pass und das Geld. Außerdem ein Mitgliedsausweis vom Fitnessclub und eine Monatskarte für den Bus.« Er nahm einen letzten tiefen Zug aus seiner Zigarette.

»Kein Autoschlüssel?«

»Nein«, meldete sich Milić zu Wort, »das hat uns auch gewundert. Wahrscheinlich wohnt er in der Nähe, oder er hat gar kein Auto.«

Ein Kroate ohne Auto? Das war praktisch undenkbar, überlegte Sandra. Ein Mann musste weiß Gott nicht alles haben, aber ohne Auto war er untendurch.

»Er hat sich mit jemandem getroffen«, fuhr Zelenika fort. »Ziemlich ungewöhnliche Zeit, und warum in einem Mietshaus?«

Milić nickte. »Der Mord war geplant, ganz klar. Was hätte er sonst alleine in dem Hauseingang verloren, und das Geld ist auch noch da. Muss also Rache oder ein ähnliches Motiv gewesen sein.«

Die Bedienung brachte den Kaffee. In Zelenikas Glas steckte ein Strohhalm. »Was soll ich denn damit?«, schimpfte er und warf ihn angewidert auf den Tisch. »Ich bin doch kein nuckelndes Kleinkind.«

»Wie ich sehe, tragen Sie einen Ehering«, sagte die Bedienung unvermittelt. »Wo haben Sie Ihre Frau denn kennengelernt? Im Dschungel, da, wo Sie aufgewachsen sind?«

»Nein«, erwiderte Zelenika amüsiert. »In der Bibliothek. Bei den Ratgebern für den Umgang mit schwierigen Mitmenschen.«

Die Bedienung nickte, gespielt einsichtig. »Viel hat's nicht gebracht, aber zumindest haben Sie's versucht.« Sie drehte sich um und schlurfte davon.

»Warum kannst du nicht ein bisschen freundlicher zu den Leuten sein?«, fragte Milić.

Zelenika sah ihn gespielt unschuldig an. »Ich bin doch freundlich.«

Milić kniff die Augen zusammen. »Das soll wohl ein Witz sein?«

»Ich kann doch nichts dafür, wenn die anderen Leute sich so dämlich anstellen.« Er machte eine kleine Pause. »Ich ... na ja, ich versuche gerade, nichts mehr zu trinken. Vielleicht bin ich deshalb etwas griesgrämiger als sonst.«

Sie schwiegen eine Weile. Sandra tätschelte seine Hand und sagte: »Wenn man will, kann man alles schaffen.« Dasselbe hatte er ihr vor siebzehn Monaten gesagt, als sie die schlimmste Zeit ihres Lebens durchgemacht hatte. Er hatte sich um sie gekümmert, ihr Suppe vorbeigebracht und ihr auf eine unbeholfene Art ebenfalls die Hand getätschelt. Sie arbeiteten schon lange zusammen, und er war der einzige Kollege, der auch ihre andere Seite kannte, ihre verletzliche, die sie sonst niemandem zeigte. Zelenika gegenüber hatte sie keine Angst, Autorität einzubüßen. Er hatte sie durch die Anfangszeit bei der Mordkommission gebracht und sie vor den Chauvi-Sprüchen ihrer männlichen Kollegen beschützt. Zelenika hatte jedem das Maul gestopft, der ihr nicht den nötigen Respekt entgegengebracht hatte. Das würde sie ihm nie vergessen.

Zelenika schluckte. »Vorgestern stand meine Frau mit zwei gepackten Koffern vor mir. Sie sagte, entweder der Alkohol oder sie. Das hat mich beinahe umgebracht. Wenn ich nicht endlich versprechen würde aufzuhören, dann sei es für immer vorbei.« Er lächelte bitter. »Sie hat jetzt einen Psychofritzen für mich gefunden, da muss ich dreimal die Woche hin.«

»Wann hast du eigentlich damit angefangen?«, fragte Milić.

»Das kann ich nicht genau sagen.« Zelenika spielte mit dem Strohhalm, der auf dem Tisch lag. »Das war so eine schleichende Sache. Irgendwie ist es immer mehr geworden, und irgendwann habe ich gemerkt, dass ich das Zeug brauche.«

Milić nippte an seinem Kaffee. »Du packst das schon.«

Sandra sah Zelenika an. »Du hast eine tolle Familie,

und du hast uns. Wir stehen zu dir, und du kannst jederzeit mit uns reden, Zelenika.«

»Danke. Aber bitte erzählt es nicht weiter. Wenn ich es nicht schaffe, stehe ich als totaler Versager da.«

»Du wirst es schaffen. Aber wir erzählen es nicht weiter, wenn du das nicht möchtest. Nicht wahr, Milić?«

»Ist doch Ehrensache.« Milić blickte auf seine zierlichen Hände. »Da scheint ja vorgestern ein übler Tag für uns beide gewesen zu sein.«

»Wieso?« Zelenika nahm einen kräftigen Schluck aus seinem Glas.

»Dolores hat Schluss gemacht.«

Zelenika und Sandra sahen ihn schweigend an, und als Milić nicht weitersprach, sagte Zelenika: »Hör zu, mein Freund. Ich habe es dir immer und immer wieder gesagt, aber du scheinst es einfach nicht zu kapieren.«

»Eine Frau soll mich so akzeptieren, wie ich bin, mit all meinen Ecken und Kanten.«

»Milić ...«

»Und ich dachte wirklich, Dolores sei anders.«

Zelenika schnaubte verächtlich. »Wann wirst du endlich begreifen, dass Frauen keine Muttersöhnchen wollen?«

Milić setzte sich kerzengerade hin. »Ich bin kein Muttersöhnchen.« Er wandte sich an Sandra. »Was ist denn bitteschön schlimm daran, dass ich noch bei meiner Mutter wohne? Einer Frau sollte der Respekt, den ich für meine Mutter empfinde, doch wohl eher imponieren, oder nicht?«

Sandra atmete hörbar aus. »Na ja ...« In Kroatien war es nichts Ungewöhnliches, bei den Eltern zu wohnen, bis man heiratete, was auch am Wohnungsmangel lag. So manchem ging es allerdings eher um seine Bequemlichkeit. In den letzten Jahren, in etwa seit der Jahrtausendwende, waren immer mehr Paare unverheiratet zusammengezogen und hatten Kinder bekommen. Bis dahin wäre es für kroatische Eltern ein mittelschweres Drama gewesen, wenn die Kinder in wilder Ehe eine Familie gegründet hätten.

»Blödsinn!«, warf Zelenika ein. »Das ist doch abtörnend. Was sagst du denn einer Frau nach einer heißen Nacht? Tut mir leid, aber ich muss jetzt nach Hause, sonst macht Mami sich Sorgen?«

»Quatsch! Ich kann nach Hause kommen, wann ich will.«

»Dass du das extra erwähnst, macht mir Angst.«

»Also, nur so aus Neugierde, Milić.« Sandra beugte sich vor. »Was machen Sie eigentlich, wenn Sie Feierabend haben? Diese Serien für alte Damen müssen Sie doch entsetzlich langweilen, oder?«

»Ich habe einen eigenen Fernseher in meinem Zimmer.«

»In deinem Kinderzimmer, wolltest du wohl sagen«, bemerkte Zelenika. »Hoffentlich habt ihr in der Zwischenzeit die Cowboytapeten und das Gitterbettchen ausgetauscht.«

Milić zog eine genervte Grimasse. »Ich habe dir gerade erzählt, dass Dolores Schluss gemacht hat, und du kritisierst nur an mir herum.«

Zelenikas Gesichtszüge wurden weicher. »Tut mir leid. Ich mag Dolores, das weißt du.«

Milić schien über etwas nachzudenken: »Vielleicht sollte ich sie noch mal anrufen … Vielleicht sollte ich zu ihr ziehen?«

Zelenika grinste. »Nimmst du deine Mutter dann mit?«

»Das wäre natürlich ideal«, erwiderte Milić unbeeindruckt, »aber darauf lässt sich Dolores wahrscheinlich nicht ein.«

Zelenika und Sandra warfen sich einen Blick zu. Zelenika stützte verzweifelt den Kopf in die Hände und sah Milić an. »Ich gebe dir nur einen einzigen Rat mit auf den Weg, und das, obwohl ich wahrscheinlich ein größerer Verlierer bin als du.«

»Ich liebe deine Art, Menschen zu motivieren.«

»Pack deine Klamotten zusammen, küss deiner Mutter die Hand und mach die Socken scharf, Kumpel.«

»Das würde meiner Mutter das Herz brechen.« Milić sah seinen Kollegen verständnislos an.

Zelenika machte das Victoryzeichen. »Glücklich derjenige, der niemals erwachsen wird.«